Un Noël dans les Catskills

NORA ROBERTS

Un Noël dans les Catskills

Collection : NORA ROBERTS

Titre original : A WILL AND A WAY

Traduction française de ANDREE JARDAT

HARLEQUIN®
est une marque déposée par le Groupe Harlequin

Photos de couverture
Paysage enneigé : © ROYALTY FREE/FOTOLIA
Sapin enneigé : © ROYALTY FREE/FOTOLIA
Paysage enneigé : © ROYALTY FREE/FOTOLIA
Coucher de soleil : © ROYALTY FREE/FOTOLIA
Traces de pas dans la neige : © ROYALTY FREE/FOTOLIA
Paysage enneigé : © FREEMAN PATTERSON/MASTERFILE
Paysage : © ROYALTY FREE/PHOTOGRAPHER'S CHOICE/GETTY IMAGES
Réalisation graphique couverture : M. GOUAZE

83-85, boulevard Vincent-Auriol 75646 PARIS CEDEX 13.
Service Lectrices — Tél. : 01 45 82 47 47
www.harlequin.fr
ISBN 978-2-2802-3406-1

Chapitre 1

Cent cinquante millions de dollars ! Voilà bien une somme qui ne se refusait pas.

Aucune des personnes réunies ce jour-là dans la vaste bibliothèque de la demeure d'oncle Jolley n'osait rompre le silence quasi religieux derrière lequel chacune s'était retranchée.

Aucune, sauf Pandora qui manifesta sa présence en éternuant bruyamment dans le mouchoir qu'elle tenait roulé en boule dans sa main. Après s'être essuyé le nez, elle s'assit, souhaitant ardemment que les antihistaminiques ingurgités, un moment auparavant, fassent rapidement leur effet. Si seulement elle avait pu se trouver à des milliers de kilomètres de là ! songea-t-elle avec tristesse.

Elle connaissait cette pièce par cœur, pour y avoir passé de longues heures à lire en compagnie de son oncle. Sur les rayonnages qui recouvraient presque tous les murs, étaient alignés quantité de livres, dont certains avaient été lus et des centaines d'autres superbement ignorés. Elle aimait l'odeur des reliures en cuir qui se mêlait étroitement à celle, âcre, de la poussière. Beaucoup plus qu'elle n'aimait le parfum entêtant des bouquets de lilas et de roses placés çà et là dans des vases en cristal.

Elle regarda avec nostalgie l'échiquier en marbre et en ivoire sur lequel elle avait disputé, et perdu, tant de parties mémorables avec l'oncle Jolley. Car le vieux filou cachait sous des airs innocents de redoutables talents de tricheur, que Pandora, magnanime, acceptait sans sourciller. Peut-être était-ce là la raison pour laquelle Jolley prenait tant de plaisir à jouer avec sa nièce. Il savait que, quels que soient les moyens employés, il en sortirait toujours vainqueur.

Une lueur blafarde et sinistre, parfaitement assortie aux circonstances et à l'humeur mélancolique de la jeune femme, s'insinuait par les trois fenêtres en ogive de la pièce.

A croire que c'était ce bon Jolley lui-même qui s'était mêlé de planter le décor pour les événements qui allaient suivre.

Pandora adorait son oncle. Et comme chaque fois qu'elle aimait quelqu'un, elle le faisait sans restrictions, lui témoignant un amour sans limites, acceptant toutes les bizarreries dont ce vieil original de quatre-vingt-treize ans était capable. Il appréciait son caractère entêté et son énergie débordante, elle adorait sa joie de vivre et ses excentricités.

Elle se souvint qu'un mois avant sa mort, tous deux étaient partis pêcher, enfin… braconner plus exactement, car le lac sur lequel ils avaient jeté leur dévolu appartenait à un voisin irascible. De retour, et chargés de plus de truites qu'ils n'en pouvaient manger, ils en avaient nettoyé une bonne demi-douzaine qu'ils avaient ensuite fait parvenir au propriétaire des lieux.

Oncle Jolley allait tellement lui manquer ! D'ailleurs, il lui manquait déjà… Comment imaginer qu'elle ne verrait plus jamais le visage rieur du vieil homme, qu'elle n'entendrait plus sa voix de stentor, qu'elle serait privée de ses innombrables facéties !

Depuis l'immense portrait qui trônait sur l'un des murs, Jolley la fixait de ce regard narquois qui le caractérisait, le même dont il usait pour des transactions de plusieurs millions de dollars ou pour guetter les réactions du vice-président de son entreprise à qui il venait de jouer un tour pendable.

Aucun des membres de sa famille ne la comprenait, ne l'acceptait comme l'avait fait son oncle. Et c'était l'une des raisons pour lesquelles elle l'aimait tant !

Le cœur lourd de chagrin, Pandora écoutait d'une oreille distraite Edmund Fitzhugh débiter d'une voix monocorde les modalités d'usage précédant le testament d'oncle Jolley.

Toute sa vie, Maximilian Jolley McVie avait clamé haut et fort que les choses devaient être faites à fond ou pas du tout. L'épais dossier ouvert devant le notaire semblait refléter au mieux son goût pour la discussion.

Se souciant peu d'afficher le peu d'intérêt qu'elle portait à la lecture de ce testament, Pandora trompait son ennui en observant tour à tour les différentes personnes présentes dans la bibliothèque. La mine contrite qu'ils arboraient tous, sans exception, aurait sans aucun doute réjoui Jolley, heureux du dernier tour qu'il venait de leur jouer.

Il y avait d'abord le fils unique de Jolley, l'oncle Carlson et son épouse, comment s'appelait-elle déjà ? Lona, Mona ? Quelle importance d'ailleurs ? Tous deux se tenaient serrés l'un contre l'autre, bien droits. Vêtus de noir de la tête aux pieds, ils ressemblaient à ces corbeaux qui, sagement alignés sur un fil électrique, attendent la proie qui leur fera quitter leur poste d'observation et jeter aux orties leur attitude compassée.

Venait ensuite la cousine Ginger, si douce, si mignonne, si inoffensive et pourtant si superficielle ! Cette fois, ses goûts changeants lui avaient fait adopter une coupe et une couleur à la Jean Harlow. A ses côtés se trouvait le cousin Biff, sanglé dans son costume strict tout droit sorti de chez Brooks Brothers. Bien calé contre le dossier de son siège, une jambe croisée sur l'autre, il était suspendu aux lèvres du notaire, donnant ainsi l'impression d'assister à un match de polo passionnant. Quant à sa femme — comment s'appelait-elle déjà, Laurie ? —, elle affichait un air guindé qui se voulait respectable et avait pour habitude de n'ouvrir la bouche que pour acquiescer bêtement et en toute occasion aux propos de son mari vénéré. Jolley, qui ne la portait pas dans son cœur, ne la désignait jamais autrement que sous le sobriquet de « l'assommante idiote ».

Il y avait aussi l'oncle Monroe, replet, fier de lui, qui exhalait la fumée d'un gros cigare sous le regard courroucé de sa sœur Patience qui tentait de marquer timidement sa désapprobation en pressant délicatement un petit mouchoir blanc sur son nez. Mais Monroe, qui adorait embêter sa sœur, faisait mine de ne rien voir.

Le cousin Hank, quant à lui, était tout en muscles, et rivalisait avec sa femme, Meg, aussi athlétique et acharnée de sport que lui. En guise de voyage de noces, tous deux s'étaient offert une randonnée dans le massif des Appalaches, ce qui faisait dire à Jolley, goguenard, qu'à chaque fois qu'ils avaient envie de faire l'amour, ils devaient s'adonner auparavant à une séance de stretching et d'assouplissement.

Cette pensée provoqua chez Pandora un accès d'hilarité qu'elle étouffa dans son mouchoir. Son cousin Michael lui lança un regard étonné. Michael était-il réellement son cousin, d'ailleurs ? se demanda-t-elle soudain. Elle n'avait jamais vraiment saisi le degré de parenté qui les liait à cet homme, hormis le fait que sa mère était une lointaine nièce par alliance de son oncle Jolley. Bref, des liens de sang compliqués pour l'homme compliqué qu'était Michael Donahue.

Pandora et lui ne s'étaient jamais entendus, malgré le fait qu'oncle Jolley, pour une raison inconnue de la jeune femme, aimait beaucoup Michael. Pour Pandora, gagner sa vie en imaginant des scénarios pour une série télé à succès était une activité stupide, digne d'un parvenu, attiré par l'argent facile. Avec une satisfaction mesquine, elle se souvint le lui avoir signifié au cours d'une de leurs rares rencontres.

Sans parler des femmes qui jalonnaient sa vie ! Lorsqu'un homme ne fréquentait que des starlettes sans cervelle, il était bien évident que ce n'était pas pour refaire le monde. Un sourire amusé flotta sur les lèvres de Pandora : elle se rappela le jour où elle s'était ouvertement moquée de Michael à ce sujet au cours d'une de leurs visites chez l'oncle Jolley. Celui-ci riait tant qu'il avait failli tomber de sa chaise !

Oncle Jolley… La gaieté céda le pas à la tristesse. Elle devait bien reconnaître que parmi tous les gens présents dans cette assemblée, Michael Donahue était le seul, hormis elle bien entendu, à avoir témoigné au vieil homme une affection sincère et désintéressée.

Pandora regarda Michael à la dérobée. Elle nota sa bouche parfaitement dessinée et encadrée de deux fines ridules qui en accentuaient la sévérité et l'arrogance naturelles. Les rares fois où elle avait vu ses lèvres s'entrouvrir, c'était uniquement pour lui adresser un ricanement sardonique.

Oncle Jolley aimait l'humour pince-sans-rire de son neveu et n'avait pas caché à Pandora son désir de voir les deux jeunes gens entretenir une relation plus « amicale ». Idée saugrenue que la jeune femme s'était empressée de lui faire oublier. Ou, plus exactement, qu'elle avait tenté, sans y parvenir, de lui faire oublier.

Etant lui-même petit et bien en chair, Jolley admirait, avec une pointe d'envie, la silhouette élancée et le visage racé de Michael. Plus d'une fois, Pandora avait été tentée de détailler le physique avantageux de son cousin, mais le regard froid et détaché dont il la gratifiait invariablement l'en avait dissuadée à jamais.

A ce moment précis, vêtu d'un costume sombre d'une élégance décontractée, négligemment appuyé contre un mur, il paraissait légèrement décalé et ressemblait à l'un des héros de ses scénarios. Avec ses cheveux mi-longs qui retombaient en mèches folles autour de son visage, on aurait pu penser qu'il avait négligé de se recoiffer après une virée en décapotable. Et qu'il se moquait éperdument de l'opinion de ceux qui l'entouraient. Il avait l'air de s'ennuyer prodigieusement et d'attendre le moment propice pour pouvoir, enfin, quitter les lieux.

Quel dommage, songea Pandora, qu'ils ne se soient jamais entendus. Ils auraient pu échanger leurs souvenirs du vieil oncle excentrique, et rire ensemble de ses lubies. Mais cette perspective n'était pas envisageable et l'oncle Jolley, là-haut dans son cadre, ne devait pas l'ignorer. Même s'il le déplorait.

Pandora laissa échapper un petit soupir et se moucha de nouveau, en essayant cette fois de s'intéresser à ce que disait Fitzhugh. Ce dernier était-il réellement en train d'évoquer un legs concernant des baleines ? Peut-être avait-elle mal compris. Il devait s'agir de baleiniers.

Michael de son côté étouffa un bâillement. Encore une heure comme celle-là, se dit-il, et il ne répondrait plus de rien. Et s'il entendait encore une fois Fitzhugh prononcer : « attendu que… »

Il expira profondément et se résigna à attendre patiemment la fin de la séance. S'il avait accepté de venir, c'était uniquement parce qu'il adorait ce vieux fou d'oncle Jolley. Et si la dernière chose à faire pour lui témoigner son affection était de se tenir là, parmi tous ces vautours, à écouter jusqu'au bout la teneur de ce testament qui n'en finissait pas, eh bien, il le ferait ! Lorsque cette corvée serait terminée, c'est en privé qu'il se servirait un verre de brandy et porterait un toast à la mémoire de son oncle qui, de son vivant, avouait un petit faible pour cet alcool.

Michael ne pouvait oublier que lorsqu'il était jeune, Jolley avait été le seul à encourager des rêves que personne, pas même ses parents, ne comprenait. A chacune de ses visites, son oncle lui demandait d'inventer une histoire et de lui expliquer comment il pourrait la mettre en scène. Jolley se carrait alors dans un fauteuil et, les yeux pétillant d'une joie enfantine, piaffant d'une impatience mal contenue, il attendait que son neveu s'exécute.

Lorsque, quelques années plus tard, Michael avait reçu

la première des nombreuses récompenses qui allaient jalonner sa carrière de scénariste, il n'avait pas hésité une seconde à se rendre dans le massif des Catskills pour dédier son trophée à son oncle. La statuette trônait toujours en bonne place dans la chambre du défunt.

La voix impersonnelle du notaire ramena Michael à la réalité et avec elle, le besoin impérieux de fumer une cigarette. Cela faisait maintenant deux jours qu'il avait arrêté. Deux jours, quatre heures et trente-cinq minutes exactement, durant lesquels cette envie avait viré à l'obsession.

Il eut soudain l'impression d'étouffer parmi tous ces gens qui, du vivant de Jolley, considéraient ce dernier comme un vieux fou assommant, mais n'avaient néanmoins aucun scrupule à vouloir s'approprier sa fortune colossale. Ses titres de propriété et ses actions en Bourse étant, eux, parfaitement sains ! Depuis l'ouverture du testament Michael avait surpris à plusieurs reprises des regards cupides errant sur le mobilier de style anglais qui équipait la bibliothèque, chacun cherchant à en estimer la valeur. Michael connaissait l'attachement sentimental qui liait Jolley à chacun de ses meubles, chérissant la moindre chaise sans valeur mais qui avait son histoire.

Michael douta que l'un des membres de cette famille soit venu rendre visite à leur parent défunt au cours des dix dernières années. Excepté Pandora qui, elle aussi, il devait bien le reconnaître, adorait leur oncle.

Elle paraissait accablée de chagrin. Michael ne se souvenait pas l'avoir connue un jour aussi malheureuse. Il l'avait déjà vue en colère, exaspérante, méprisante, mais malheureuse, jamais. S'il n'avait craint de se faire repousser sans ménagement, il serait allé s'asseoir à côté d'elle pour tenter de la réconforter. Il aurait essuyé ses beaux yeux bleus rougis et gonflés par trop de larmes.

Son regard glissa sur les boucles fauves qui cascadaient librement sur les épaules de la jeune femme, sans souci de style ou de discipline. La pâleur de son teint faisait ressortir les petites taches de rousseur qui, habituellement, se fondaient dans son teint de porcelaine. Le rose délicat qui colorait si joliment son visage avait déserté ses joues creusées par la tristesse.

Tache bleue éclatante au milieu de sa famille endeuillée, elle se détachait, tel un perroquet au plumage royal parmi un vol de corbeaux sinistres. Michael comprenait parfaitement qu'elle n'ait pas besoin de crêpe noir pour porter le deuil de son oncle chéri.

Avec ses vues tranchantes sur sa façon de mener sa vie privée et sa carrière, Pandora avait le don d'exaspérer au plus haut point Michael. Et lorsqu'elle le provoquait, il s'empressait de la critiquer à son tour. Après tout, elle n'avait pas de leçons à lui donner, elle qui se contentait de créer, certes avec talent, des bijoux fantaisie, plutôt que d'exploiter les diplômes universitaires dont elle était bardée.

Elle le trouvait matérialiste, il la trouvait idéaliste. Elle le traitait de macho, il la traitait de fausse intellectuelle. Jolley, les mains croisées sur le ventre, assistait à leurs joutes verbales sans intervenir, un sourire narquois au coin des lèvres. Mais maintenant que le vieil homme les avait quittés, il n'y avait plus aucune raison pour qu'ils se rencontrent et déversent leur fiel l'un sur l'autre. Curieusement, cette pensée ne fit qu'accentuer un peu plus le vide qu'il ressentait.

Ce sentiment tenait probablement au fait que rien ne le liait aux autres membres de sa famille. Pas même à ses propres parents. Son père se trouvait quelque part en Europe en compagnie de sa quatrième épouse et sa mère s'était coulée avec bonheur dans la haute société de Palm Springs à l'occasion de son troisième mariage. Aucun des deux n'avait compris les choix de leur fils, contrairement à Jolley que cette voie enthousiasmait.

Michael eut un sourire amusé lorsque Fitzhugh évoqua un legs consacré à une association baleinière. Sacré Jolley ! Cela lui ressemblait tellement ! Les grincements de dents de quelques-unes des personnes présentes ne lui échappèrent pas. La peur de voir cent cinquante millions de dollars leur échapper, probablement…

Michael leva les yeux vers le portrait de son oncle. « Tu as toujours mis un point d'honneur à avoir le dernier mot, vieux fou, songea-t-il. Dommage que tu ne sois pas là pour en rire avec nous, cette fois ! »

— « A mon fils Carlson… »

Un silence sépulcral se fit, tandis que Fitzhugh s'éclaircissait la gorge avant de poursuivre.

Pandora observa avec intérêt la réaction des membres de l'assistance devenus soudain très attentifs : domestiques et œuvres caritatives ayant reçu leurs miettes du gâteau, restaient les plus grosses parts à se partager.

Fitzhugh lança un bref coup d'œil à l'assemblée avant de reprendre sa lecture.

— « Dont… heu…, la médiocrité a toujours été pour moi un mystère, je lègue ma panoplie complète de magicien. Peut-être, grâce à elle, se découvrira-t-il un jour un sens de l'humour qui jusqu'à présent lui a fait singulièrement défaut. »

Pandora piqua dans son mouchoir en voyant son oncle frôler la crise d'apoplexie. « Bravo, oncle Jolley. Un bon point pour toi ! applaudit mentalement la jeune femme. D'ici que tu lègues toute ta fortune à la S.P.A... ! »

— « A mon petit-fils Bradley ainsi qu'à ma petite-fille par alliance, Lorraine, je souhaite mes meilleurs vœux. Ils ne méritent pas plus. »

Pandora retint les larmes qui lui brûlaient les yeux à l'évocation de ses parents. Elle les avait appelés à Zanzibar quelques heures auparavant. Certainement apprécieraient-ils à sa juste mesure la décision de Jolley.

— « A mon neveu, Monroe, qui n'a jamais eu plus d'un dollar en poche, je lègue le premier billet que j'ai gagné, cadre inclus. A ma nièce Patience, je laisse ma maison de Key West, tout en sachant pertinemment qu'elle ne l'intéresse pas du tout. »

Monroe tirait nerveusement sur son cigare tandis que Patience arborait une mine horrifiée.

— « Ma collection de boîtes d'allumettes revient à mon petit-neveu, Biff. A ma charmante petite-nièce, Ginger, dont la coquetterie n'a d'égale que la frivolité, je lègue mon miroir en argent massif, qui a prétendument appartenu à la reine Marie-Antoinette. Quant à Hank, mon second petit-neveu, il héritera de la somme de trois mille cinq cent vingt-huit dollars, de quoi attendre qu'une idée de génie germe enfin dans son esprit. »

Les murmures outrés qui avaient accueilli la première annonce s'amplifièrent jusqu'à devenir un grondement sourd. Sacré Jolley ! Comme il se serait réjoui du spectacle de tous ces visages décomposés par la haine et le ressentiment !

Pandora commit l'erreur de regarder par-dessus

son épaule. Michael ne paraissait plus si distant ni détaché, à présent. Au contraire, elle crut même lire de l'admiration dans ses yeux posés sur elle.

Croisant son regard, elle laissa éclater le fou rire qu'elle s'évertuait à refouler depuis plusieurs minutes et attira sur elle les regards assassins de l'assemblée.

Carlson se leva soudain de son siège, s'improvisant porte-parole de l'assemblée.

— Monsieur Fitzhugh, le testament de mon père n'est ni plus ni moins qu'une farce grotesque. Il est évident qu'il n'était pas dans son état normal lorsqu'il l'a fait établir. Nous n'en resterons pas là, croyez-moi ! Ce sera à la justice de trancher !

— Monsieur McVie…, avança prudemment Fitzhugh avant de s'interrompre une nouvelle fois.

Au-dehors, un faible rayon de soleil tentait de se frayer un passage à travers l'épaisse couverture des nuages, mais personne n'y prêtait attention.

— Je comprends tout à fait ce que vous ressentez. Néanmoins, je suis là pour certifier que mon client était parfaitement sain de corps et d'esprit lorsqu'il m'a dicté ses dernières volontés. Ce testament est tout ce qu'il y a de plus légal mais libre à vous de le contester si vous le jugez irrecevable. Ce dernier point étant éclairci, je vais vous demander de me laisser poursuivre.

— Foutaises ! enchaîna Monroe en tirant de plus belle sur son cigare. Foutaises ! répéta-t-il tandis que sa sœur lui tapotait le bras et lui murmurait des paroles réconfortantes.

— Qu'est-ce qui ne va pas ? intervint sèchement Pandora en chiffonnant son mouchoir.

Elle se sentait prête à les affronter tous pour défendre

la mémoire de son oncle. En outre, sortir de sa réserve lui permettrait d'atténuer sa peine. Elle regarda tour à tour chacun de membres de l'assistance et demanda :

— S'il avait eu envie de léguer sa fortune à « l'Association de la prévention contre la bêtise », c'était son droit le plus strict, non ?

— Tu as parfaitement raison, ma chère, répliqua Biff en polissant machinalement ses ongles sur le revers de sa veste.

Un rayon de soleil fit étinceler le bracelet en or de sa montre de prix.

— Mais tu riras moins si ce vieux sénile t'a fait don d'une bobine de fil en Nylon pour enfiler tes perles !

— Ne te réjouis pas trop vite, mon vieux, intervint Michael d'une voix égale. Tu n'as pas encore palpé tes allumettes, mais lorsque le grand jour sera venu, tâche d'en faire bon usage.

Dix paires d'yeux se braquèrent sur lui.

— Mais enfin, laissez Me Fitzhugh poursuivre sa lecture, intercéda Ginger, enchantée de son héritage. « Le miroir de Marie-Antoinette ! se disait-elle, ivre de fierté. Songez un peu ! »

— Les deux dernières volontés sont indissociables l'une de l'autre, s'empressa de reprendre Fitzhugh avant d'être de nouveau interrompu. Et, je l'avoue, très peu orthodoxes.

— C'est l'ensemble de ce testament qui n'est pas orthodoxe ! protesta Carlson.

Plusieurs personnes acquiescèrent d'un hochement de tête.

Pandora comprit soudain pourquoi elle avait toujours évité les réunions familiales. Tous ces gens l'ennuyaient à mourir. Presque délibérément, elle porta sa main devant sa bouche et se mit à bâiller ostensiblement.

— Pourriez-vous continuer, maître, avant que les membres de ma famille ne finissent par s'entretuer ? suggéra-t-elle posément.

Une imperceptible lueur de reconnaissance passa dans le regard atone de Fitzhugh.

— M. McVie a tenu à ce que je retranscrive tels qu'il me les a dits chacun des mots qui vont suivre, précisa-t-il.

Puis il marqua une courte pause afin de ménager son effet. A moins que ce ne soit pour se donner du courage.

— « A Pandora McVie et Michael Donahue, lut-il, les deux seuls membres de ma famille à m'avoir témoigné une sincère affection et à avoir su m'enthousiasmer par leur vision de la vie, je lègue la totalité de mes biens, à savoir : mes comptes bancaires ainsi que mes valeurs, titres et actions, l'ensemble de mes sociétés, mes biens immobiliers et tout ce qui m'appartient en nom propre. Avec toute mon affection. »

Pandora n'entendait même pas les hurlements de protestation que cette dernière décision avait provoqués. Elle bondit de sa chaise, abasourdie et furieuse.

— Je refuse ! Je ne veux pas de cet argent, s'écria-t-elle.

Evoluant entre les sièges, elle se fraya un passage et alla se planter devant Fitzhugh.

L'homme de loi, qui s'attendait à de violentes réactions de la part du clan soudé, dut affronter la riposte imprévue de la jeune femme.

— Je ne saurais pas quoi en faire de toute façon, poursuivit-elle. Cela ne ferait que me compliquer la vie !

Elle agita la main devant l'épais dossier qui se trouvait sur le bureau.

— Il aurait dû m'en parler d'abord.

— Mademoiselle McVie…

Mais Pandora fondait déjà sur Michael, empêchant Fitzhugh de terminer.

— Tu peux tout garder. Je suis sûre que toi, tu sauras gérer tout ça ! Libre à toi d'acheter un hôtel à New York, des appartements à Los Angeles, un casino à Chicago, et même un jet privé pour pouvoir aller de l'un à l'autre, je m'en fiche !

Impassible, Michael glissa ses mains dans ses poches.

— J'apprécie beaucoup ton offre, cousine. Cependant je te suggère d'attendre que M. Fitzhugh ait fini la lecture du testament.

Pandora le considéra un moment en silence, si proche de lui que leurs visages se frôlaient presque. Puis, parce que c'est ainsi qu'on l'avait élevée, elle inspira profondément afin de recouvrer tout son sang-froid et répéta d'une voix radoucie :

— Je ne veux pas de cet argent.

Michael leva un sourcil, avec cet air à la fois cynique et amusé qui avait le don d'exaspérer la jeune femme.

— Bravo ! Ton petit show est parfaitement au point. Ils sont tous fascinés.

Rien n'aurait pu lui faire retrouver plus vite le contrôle d'elle-même. Elle releva fièrement le menton et siffla entre ses dents.

— Très bien.

Puis elle se retourna vers l'assemblée et annonça avec une politesse excessive :

— Je vous prie de bien vouloir m'excuser. Monsieur Fitzhugh, si vous voulez bien terminer…

Ce dernier prit le temps d'ôter ses lunettes et de les essuyer avec un grand mouchoir blanc.

Il avait compris, le jour où Jolley lui avait fait établir son testament, que l'heure venue, il aurait à affronter les foudres d'une famille rongée par la colère. Il avait bien tenté de faire prendre conscience au vieil homme de l'absurdité de ses dernières volontés. Mais il avait eu beau argumenter, raisonner, invoquer toutes les raisons du monde, Jolley était resté intraitable.

— « Je laisse donc tout à Pandora et à Michael, reprit Fitzhugh, l'argent, qui en soi n'est pas grand-chose, mes actions en Bourse qui, bien que nécessaires, sont mortellement ennuyeuses à gérer, et toutes mes sociétés, véritables chaînes aux pieds. Je leur lègue également ma maison et tout ce qui s'y trouve, car eux seuls savent à quel point j'y suis attaché. Je sais que grâce à eux, ce lieu, ainsi que les souvenirs qui le peuplent, me survivront. Je veux que tout ce qui m'a appartenu leur appartienne désormais. Mais pour cela, je leur demande, à chacun, une seule chose en retour. »

Michael, qui avait flairé une dernière farce de son oncle, finit par se détendre.

— Nous y voilà, murmura-t-il avec un petit sourire entendu.

— « Trente jours au plus tard après l'ouverture de ce testament, Pandora et Michael devront emménager dans ma maison des Catskills, plus connue sous le nom de “La Folie de Jolley”. Ils devront y vivre ensemble durant six mois, aucun des deux ne devant s'absenter plus de deux nuits consécutives. A la fin de ces six mois, l'intégralité de mes biens leur reviendra à parts égales. Si l'un des deux refuse cette clause ou la rompt avant le terme échu, je veux que mes biens soient partagés entre mes héritiers et l'Institut pour la recherche des plantes carnivores. Dans l'espoir que vous ne me décevrez pas, recevez, mes enfants, mon entière bénédiction. »

Durant les trente secondes qui suivirent, un silence pesant s'abattit sur l'assemblée. Fitzhugh en profita pour rassembler ses papiers et lever la séance.

— Vieille crapule ! murmura Michael.

En d'autres circonstances, Pandora se serait offusquée. Mais cette fois, elle était entièrement d'accord avec son cousin.

L'ambiance survoltée de la pièce les fit battre tous deux en retraite. Michael prit Pandora par le bras et l'entraîna à sa suite. Ils longèrent le couloir et s'isolèrent dans l'un des nombreux petits boudoirs de la maison. A peine Michael eut-il refermé la porte sur eux que des éclats de voix leur parvinrent de la bibliothèque.

Pandora sortit de sa poche un mouchoir propre, se moucha une nouvelle fois, puis elle se laissa tomber sur le bras d'un fauteuil. La nouvelle l'avait laissée sous le choc.

— Et maintenant, que fait-on ? s'enquit-elle.

Michael palpa machinalement ses poches à la recherche d'un paquet de cigarettes avant de réaliser qu'il avait arrêté de fumer.

— Eh bien, nous devons prendre une décision.

Pandora lui adressa un de ses regards pénétrants qui

avaient le don de troubler la plupart des hommes qui croisaient sa route. Mais Michael, lui, s'assit nonchalamment en face d'elle et soutint son regard sans ciller.

— J'étais sincère lorsque j'ai dit que je ne voulais pas de cet argent, affirma Pandora. Une fois cette somme partagée en deux et les impôts payés, il devrait nous rester cinquante millions chacun. C'est ridicule ! ajouta-t-elle en levant les yeux au ciel.

— C'est surtout du Jolley tout craché, dit Michael, remarquant le voile de tristesse qui venait d'assombrir le visage de Pandora.

— Je sais qu'il a toujours adoré jouer. Le problème c'est que cette fois, il est allé trop loin.

Incapable de rester en place, Pandora se leva et alla vers la fenêtre.

— Michael, je t'assure que j'étoufferais si je me retrouvais soudain avec autant d'argent.

— Allons, ce n'est quand même pas si grave que ça, tenta de la rassurer Michael.

Pandora émit un bruit semblable à un ricanement et, d'un petit bond, se percha sur le rebord de la fenêtre.

— Evidemment, je suppose que toi, tu ne refuseras pas une somme pareille !

A ce moment précis, il aurait aimé avoir le pouvoir d'effacer ce sourire irrésistible du visage de Pandora.

— En effet, je ne méprise pas l'argent comme tu sembles le faire.

Pandora haussa négligemment les épaules.

— Eh bien, prends tout, alors. Je te cède ma part.

Michael saisit délicatement un petit œuf en porcelaine bleue, d'une valeur inestimable, qu'il s'amusa à faire passer d'une main dans l'autre. Il apprécia le contact lisse et doux contre sa paume rugueuse.

— Ce n'est pas ce qu'exige le contrat.

Tout en reniflant, Pandora quitta son poste et, d'un geste brusque, lui retira l'œuf des mains.

— « Ils se marièrent et vécurent heureux jusqu'à la fin de leurs jours… » C'est ça ? déclama-t-elle avec cynisme en lui rendant machinalement la petite porcelaine. J'aimerais beaucoup faire plaisir à oncle Jolley, malheureusement, je n'ai pas l'âme d'une martyre, vois-tu. D'ailleurs, je croyais que tu étais fiancé à cette petite danseuse blonde qui te suit partout en ce moment ?

Michael reposa calmement l'œuf pour ne pas céder à l'envie de l'envoyer à la tête de Pandora.

— Pour quelqu'un qui méprise tout ce qui touche de près ou de loin aux séries télévisées, tu sembles bien au courant des ragots de la presse à scandale, dis-moi.

— En effet, j'*adore* les ragots, renchérit Pandora avec une telle exagération que Michael éclata de rire.

— Très bien, Pandora. Et si nous déposions les armes un instant ?

Pourvu que chacun y mette un peu du sien, ils parviendraient peut-être à se parler comme deux adultes civilisés.

— Non seulement je ne suis pas *fiancé,* comme tu dis, mais il n'est absolument pas question de mariage dans la proposition d'oncle Jolley, attaqua-t-il. Tout ce que nous avons à faire, c'est partager le même toit pendant six mois.

Tandis qu'il s'adressait à elle, Pandora ressentit une pointe de déception. Car s'il était certain qu'ils ne s'entendaient pas, elle avait pourtant le plus grand respect pour l'affection qu'il avait toujours témoignée à leur oncle.

— Ta décision est prise ? Tu veux vraiment prendre cet argent ?

Michael fit deux pas en avant et vint se planter devant Pandora qui soutint vaillamment son regard.

— Pense ce que tu veux.

Il parlait calmement, comme si le ton méprisant de Pandora le laissait indifférent.

— Tu ne veux pas de cet argent, c'est ton droit le plus strict. Mais réfléchis bien. Tu vas laisser cette bande de vautours, ou une équipe de chercheurs complètement illuminés, hériter de cette maison à ta place ? Jolley a toujours adoré cet endroit ainsi que tout ce qui s'y trouve. Et je pensais que toi aussi tu y étais attachée.

— Je le suis, riposta Pandora.

« Il ne faisait aucun doute que les autres la vendraient », songeait-elle. Chacune des personnes présentes dans la bibliothèque aujourd'hui s'empresserait de la mettre en vente pour en retirer le plus d'argent possible. C'en serait alors définitivement fini de « La Folie de Jolley », de son charme baroque, de son luxe tapageur.

Oncle Jolley était mort, pourtant il semblait toujours tirer les ficelles.

— Ne dirait-on pas que, de là-haut, il dirige encore nos vies ?

Michael leva un sourcil surpris.

— Ça t'étonne ?

— Pas vraiment, répondit Pandora en éclatant de rire.

Michael regardait la jeune femme aller et venir dans la pièce. Son œil professionnel admirait la crinière de feu qu'incendiait un peu plus le rayon de soleil qui entrait à présent à flots par la fenêtre. Pandora aurait pu faire une carrière à la télévision ou au cinéma si elle l'avait voulu. Sa façon de bouger, son port de reine étaient ceux d'une star, sa chevelure de feu, un peu agressive dans la réalité, aurait pu être atténuée par la magie des filtres. Il s'était d'ailleurs souvent demandé pourquoi elle avait choisi de conserver sa couleur naturelle.

Michael se demanda à quoi Pandora pensait. Lui se moquait bien de l'argent, mais il ne pouvait supporter l'idée que tout ce que Jolley avait construit finisse entre les mains d'une bande de charognards. Il ne laisserait pas une telle chose arriver. Et si, pour cela, il fallait en découdre avec Pandora, eh bien il n'hésiterait pas une seconde ! Cette perspective pourrait même se révéler amusante.

Des millions de dollars. Pandora était persuadée qu'une somme aussi indécente ne pourrait être qu'une source d'ennuis. Comptes bancaires, actions en Bourse, conseils d'administration, fiscalité. A tout cela, elle préférait largement la vie plus simple, bien que bourgeoise, qu'elle s'était choisie. Elle estimait qu'au-dessus, ou en dessous, d'un certain niveau de revenus, la vie quotidienne pouvait se transformer en parcours du combattant. Si l'on choisissait un juste milieu en revanche, elle devenait un long fleuve tranquille. Objectif qu'elle avait presque atteint.

Evidemment, si elle acceptait, l'héritage colossal de son oncle donnerait un sacré coup de pouce à sa carrière. Elle bénéficierait de la liberté artistique dont elle avait toujours rêvé et n'aurait plus à s'inquiéter des fins de mois difficiles. Car si la critique, unanime, reconnaissait en elle une créatrice de talent, Pandora devait bien admettre que l'argent ne coulait pas encore à flots. En dehors du circuit très fermé de Manhattan, ses créations étaient jugées trop originales. Elle devait donc se plier, pour garder la tête hors de l'eau, à des stéréotypes qui l'agaçaient prodigieusement. Avec cinquante ou soixante millions, elle pourrait…

Furieuse contre elle-même, elle chassa cette idée de son esprit. Plutôt mourir que de devenir comme Michael qui, en visant l'héritage et en tournant la situation à son avantage, se rangeait du côté de l'ennemi ! Non, il lui fallait trouver d'autres solutions pour préserver la mémoire d'oncle Jolley.

Il lui suffirait, tout comme pour une partie d'échecs, de choisir la bonne tactique.

Pandora n'avait jamais vécu avec un homme. Elle avait choisi à dessein de mener sa barque en solitaire car, plus que le quotidien, elle ne supportait pas l'idée même de devoir partager son espace vital avec quelqu'un. Si elle acceptait de vivre avec Michael, ce serait la première d'une longue liste de concessions.

Il ne fallait pas écarter non plus le fait que Michael était un homme extrêmement séduisant. Au point que, s'il n'avait pas été aussi ennuyeux, elle aurait pu se laisser prendre à son charme. Elle songea, amusée, au pouvoir qu'elle avait sur lui. Ne s'était-elle pas toujours enorgueillie de le mener par le bout du nez ? Quelquefois, la tâche était ardue, mais cela n'en rendait leurs altercations que plus intéressantes. En outre, ils n'avaient jamais vécu sous le même toit plus d'une semaine.

La seule chose dont elle était sûre c'est qu'elle aimait

son oncle de tout son cœur. Comment pourrait-elle se regarder encore dans une glace si elle ne respectait pas ses dernières volontés ? Ou plutôt dans ce cas précis, sa dernière facétie.

Six mois. Son regard accrocha celui de Michael. Cela pouvait se révéler interminable, surtout si elle n'était pas vraiment convaincue du bien-fondé de sa décision.

— A ton avis, Michael, crois-tu que nous puissions vivre six mois sous le même toit sans en venir aux mains ?

— Non.

Il avait répondu sans une seconde d'hésitation.

— De toute façon, je suppose que nous nous ennuierions s'il en était autrement, répliqua Pandora en riant. Le temps de régler mes affaires, je serai prête à emménager d'ici trois jours. Quatre, tout au plus.

— C'est parfait.

Michael sentit son corps se détendre. En fait, il avait vraiment redouté un refus de la part de Pandora. Pour le moment, il ne voulait pas s'interroger sur les raisons d'une telle réaction. Il lui tendit sa main ouverte.

— Marché conclu.

Pandora inclina la tête au moment où sa paume touchait celle de Michael.

— Marché conclu, acquiesça-t-elle, étonnée par le contact rugueux de sa peau contre la sienne. Elle s'était attendue à ce que sa main soit douce et souple. Ces six mois à venir risquaient de lui réserver bien d'autres surprises.

— Nous allons annoncer notre décision aux autres ? proposa-t-elle.

— Prépare-toi à affronter une meute de hyènes.

Un sourire narquois fleurit sur les lèvres de Pandora, éclairant son visage d'une lumière que Michael ne lui connaissait pas.

— Je sais. Toi, en revanche, essaie de cacher ta joie.

Lorsqu'ils sortirent enfin de la pièce, ils tombèrent nez à nez avec quelques-uns des membres de la famille qui s'étaient repliés dans le couloir. Ils étaient occupés à ce qu'ils savaient faire le mieux : se disputer.

— Oh toi, disait méchamment Biff à Hank, tu gaspillerais ta part en moins de deux ! Moi, au moins, je sais ce que je ferais de cet argent.

— Oui, rétorquait tout aussi méchamment Monroe en tirant sur son éternel cigare. Tu le perdrais aux courses. Ou en investissements foireux. Peut-être même en redressements fiscaux, tiens !

— Et toi tu pourrais te payer des cours où tu apprendrais enfin à faire des phrases complètes, intervint Carlson en se dégageant du nuage de fumée que Monroe venait de souffler dans sa direction. Je suis le fils unique de ce vieux fou, c'est donc à moi de prouver qu'il était complètement sénile.

Un mélange égal de frustration et de dégoût fit avancer Pandora vers le petit groupe.

— Oncle Jolley avait certainement plus de tête que vous tous réunis ! Et il a légué à chacun de vous exactement ce qu'il méritait.

Biff sortit négligemment de la poche de sa veste un étui à cigarettes en or.

— Apparemment, notre chère Pandora a changé d'avis au sujet de cet argent qu'elle méprisait tant tout à l'heure. La décision a dû être difficile à prendre, n'est-ce pas, chérie ? insinua-t-il avec perfidie.

Une main ferme agrippa l'épaule de Pandora, empêchant cette dernière de fondre sur l'agresseur.

— Décidément, tu ne changeras jamais, lança Michael dans son dos, il faut toujours que tu te fasses remarquer !

— Notre petit écrivaillon serait-il en train de devenir violent ? poursuivit Biff en allumant sa cigarette. Allons, ne fais pas cette tête ! Je jette l'éponge.

— En effet, je pense que c'est ce que tu as de mieux à faire, approuva la femme de Hank qui venait de les rejoindre.

Elle gratifia les deux jeunes gens d'une accolade sincère et chaleureuse.

— Vous pourriez aménager une salle de gym, vous en profiteriez pour vous muscler un peu. Allons, viens Hank, nous partons.

Avec l'étoffe de sa veste tendue à l'extrême par sa musculature avantageuse, Hank suivit sa femme en silence.

— Décidément, rien dans la tête, tout dans les muscles, ces deux-là, grommela Carlson tandis que le couple s'éloignait. Viens Mona, nous n'avons plus rien à faire ici, nous non plus, ajouta-t-il en ouvrant la voie.

Lorsqu'il arriva à la hauteur de Pandora et de Michael, il s'arrêta devant eux pour les fusiller du regard.

— Nous n'en resterons pas là, jeta-t-il d'un ton menaçant.

Pandora lui adressa en retour son plus beau sourire.

— Rentre bien, oncle Carlson.

— A bientôt devant les tribunaux, rétorqua-t-il en se dandinant sans se retourner.

Ignorant l'ambiance tendue qui régnait autour d'elle, Patience applaudit des deux mains.

— Key West ! s'exclama-t-elle. Je n'en reviens pas ! Moi qui ne suis jamais allée au-delà de Palm Springs !

Ginger posa sa main sur le bras de Michael et battit des cils.

— Quand crois-tu que je vais pouvoir récupérer mon miroir ?

Michael considéra le joli minois en forme de cœur, les yeux aussi bleus que la mer des tropiques. Par chance, ce n'était pas avec elle qu'il allait devoir passer six mois !

— Je suis certain que Me Fitzhugh va faire le nécessaire le plus vite possible, dit-il d'un ton rassurant.

— Allons, Ginger, la rabroua Biff. Il est temps que nous nous rendions à l'aéroport.

Il sourit hypocritement à Pandora, puis se pencha vers Michael et lui dit sur le ton de la confidence :

— Vois-tu, je serais inquiet si je ne vous connaissais pas si bien. Mais avec vos sales caractères, je suis prêt à parier que vous ne tiendrez pas une semaine. Je vous donne deux jours avant de commencer à vous entretuer.

— Et moi, prévint Michael avec un sourire goguenard, je te conseille de ne pas trop dépenser en pensant empocher un jour cet argent. Parce que nous tiendrons six mois. Ne serait-ce que pour vous faire mentir.

L'air supérieur qu'avait affiché Biff s'évanouit aussitôt.

— Nous verrons bien qui sortira vainqueur de ce petit jeu, menaça-t-il.

Drapé dans sa dignité, il s'éloigna à grandes enjambées, suivi de son épouse qui avait écouté sans dire un mot.

— Biff, demanda-t-elle avec candeur en trottinant

derrière lui, qu'est-ce que tu vas faire de toutes ces allumettes ?

— Brûler ses vaisseaux, j'imagine, siffla Pandora entre ses dents. Eh bien, reprit-elle à voix haute, il n'y avait déjà pas beaucoup d'amour entre nous tous, mais on peut dire qu'à présent il n'en reste rien du tout !

— Ça te pose un problème de te fâcher avec tous ces vautours ?

La jeune femme haussa négligemment les épaules et, d'un geste machinal, arrangea les roses disposées près d'elle dans un vase.

— A vrai dire, c'est curieux mais je n'ai jamais eu ce genre de problème avec toi. A quoi est-ce dû, à ton avis ?

— Jolley avait coutume de dire que nous nous ressemblions beaucoup.

Pandora haussa un sourcil sceptique.

— Vraiment ? Une fois de plus, je ne suis pas d'accord avec lui. Nous n'avons rien en commun, toi et moi, Michael Donahue.

— Nous verrons bien dans six mois, dit-il.

Il s'approcha de Pandora et prit son menton entre son pouce et son index.

— Tu as de la chance, dis-moi, tu aurais pu tomber sur Biff.

— Plutôt mourir !

— Je suis flatté que tu me préfères à lui, s'exclama Michael, un sourire satisfait aux lèvres.

— Il n'y a vraiment pas de quoi ! riposta sèchement Pandora.

Cependant, elle ne s'écartait pas de lui. Pas encore.

Elle trouvait intéressant qu'ils restent si proches sans se disputer.

— La seule différence, c'est que je te trouve un peu moins barbant que lui.

— C'est largement suffisant, commenta Michael en esquissant un petit sourire. Je te le répète, je suis flatté. Même si, je te l'accorde, je me contente de peu.

Il caressa du doigt la joue veloutée de Pandora. Elle était toujours aussi pâle mais ses yeux étincelaient à présent.

— Crois-moi, Pandora, reprit-il d'une voix suave, je n'ai pas l'intention de m'ennuyer au cours de ces six mois. Au contraire, nous les mettrons à profit pour expérimenter un tas de choses agréables.

Mieux valait garder à la mémoire le fait qu'il ne la trouvait pas séduisante et que si, par hasard, il se hasardait à la séduire ce ne serait que pour flatter son ego surdimensionné.

— En tout cas, conclut-elle, je n'ai pas encore compris pour quelle raison tu voulais honorer ce contrat, mais en ce qui me concerne, sache que je n'accepte que pour oncle Jolley. En outre, je pourrai facilement installer un atelier à « La Folie ».

— Quant à moi, que j'écrive là-bas ou ailleurs…

Pandora préleva une rose du bouquet.

— Si toutefois, on peut qualifier d'écriture tes improbables scénarios, asséna-t-elle perfidement.

— Parce que tu crois qu'on peut qualifier d'« œuvres d'art » ces espèces de chaînettes que tu relies les unes aux autres pour en faire des bijoux.

A la grande satisfaction de Michael, les joues de Pandora s'empourprèrent.

— Tu ne reconnaîtrais pas une œuvre d'art, même si on te la mettait sous le nez.

Michael esquissa un petit sourire empreint d'un intérêt poli.

— O.K., changeons de sujet. Quelle place doit-on accorder au sexe durant ce séjour ?

— J'aurais dû me douter que tu poserais la question.

Pandora prit un Kleenex, se moucha puis referma son sac d'un claquement sec.

— J'imagine que les femmes que tu as l'habitude de fréquenter te coûtent cher, ajouta-t-elle avec dédain.

Michael ne cacha pas l'amusement que la réaction de la jeune femme avait provoqué chez lui.

— Bon, continuons à parler travail.

— Mon travail est très honorable, contrairement au tien qui n'est qu'un support d'annonces publicitaires.

— Excusez-moi…

Fitzhugh se tenait sur le seuil de la bibliothèque, visiblement pressé de se débarrasser de sa mission maudite.

— Dois-je comprendre que vous avez décidé d'accepter les clauses particulières de l'héritage ?

« Six mois », se dit Pandora. L'hiver promettait d'être long.

« Six mois », songea Michael. Il aurait l'occasion de voir percer les premières jonquilles.

— Vous pourrez commencer le décompte à la fin de la semaine, annonça-t-il à Fitzhugh. D'accord, *cousine* ?

Pandora releva fièrement le menton.

— D'accord, *cousin*.

Chapitre 2

Le trajet qui conduisait de Manhattan aux monts Catskills était très agréable. Pandora avait toujours aimé cette route qui serpentait le long de la rivière Hudson et qui lui procurait immanquablement une impression de détente. Jusqu'à présent, elle avait toujours géré sa vie comme elle le voulait, faisant les choses à son gré et à son rythme. Cette fois, pourtant, elle agissait sous l'influence de l'oncle Jolley. Et pour la première fois, se sentait prise au piège.

Car ce dernier devait bien se douter que sa nièce se ferait un devoir de respecter ses dernières volontés. Pas pour l'argent, bien sûr. Il était trop intelligent pour croire qu'elle se laisserait entraîner dans un coup monté aussi ridicule pour une vulgaire question d'argent. Non, il savait pertinemment qu'elle se laisserait fléchir pour conserver la maison et les souvenirs qui la rattachaient à elle, et pour perpétuer ainsi la mémoire de la famille. Oncle Jolley connaissait parfaitement ses points faibles.

Et voilà qu'elle se retrouvait obligée de quitter Manhattan pour six mois. Oh, bien sûr, elle serait amenée à y faire un saut de temps en temps, mais ce serait différent que de vivre au cœur bouillonnant de la ville. Elle avait toujours aimé cette vie trépidante, ce mouvement incessant si caractéristique des grandes mégapoles. Tout comme elle aimait se plonger durant de longs week-ends dans la solitude de « La Folie ».

Ses parents l'avaient élevée ainsi et lui avaient transmis cette capacité à se fondre dans l'environnement dans lequel elle se trouvait et surtout à l'apprécier. Eux-mêmes étaient des aventuriers bohêmes qui, s'ils préféraient voyager en première plutôt qu'en classe économique, avaient cependant conservé une âme de baroudeurs.

A l'âge de quinze ans, Pandora avait déjà vécu dans plus de trente pays différents. Elle avait été initiée à la cuisine japonaise, avait sillonné les landes d'Ecosse et marchandé dans les souks de Turquie. Une succession de précepteurs les avaient accompagnés dans leurs pérégrinations, si bien que, si elle faisait le compte, elle n'avait pas passé plus de deux ans sur des bancs d'école avant d'intégrer l'université.

Elle avait gardé de cette enfance exotique et vagabonde un goût prononcé pour l'éclectisme. Elle n'aimait rien tant que varier les saveurs, les styles et même le genre de personnes qu'elle fréquentait. Curieusement, cette ouverture d'esprit et ces horizons divers lui avaient également donné l'envie d'un foyer et d'une famille stables.

Tandis que ses parents sillonnaient le monde, appareils photos et caméras en bandoulière, Pandora se posait des questions essentielles. Où était sa maison ? Une année au Mexique, une autre à Athènes. Jamais assez longtemps pour s'y créer des racines. Elle avait alors compris que le choix de ses parents n'était pas le sien et elle avait décidé de se poser quelque part.

C'est ainsi qu'elle avait jeté son dévolu sur New York et d'une certaine façon sur son oncle Jolley.

Et aujourd'hui, pour l'amour de cet homme qui avait été sa seule famille, elle était prête à passer six mois avec un soi-disant cousin qu'elle supportait à peine, et à hériter d'une fortune dont elle ne voulait pas. Décidément, cette vie qu'elle voulait linéaire se révélait étonnamment tortueuse !

C'était là le dernier clin d'œil de Jolley, songeait-elle en empruntant la longue allée qui menait à la maison. Mais s'il avait réussi l'exploit de les réunir, elle et Michael, sous le même toit, il ne pourrait pas les obliger à rester collés l'un à l'autre toute la journée !

Si encore elle avait su à quoi s'en tenir avec Michael… Mais elle avait du mal à deviner ses motivations. Etait-il poussé par l'appât du gain ou par l'affection qu'il portait à Jolley ? Bien sûr, depuis quatre ans maintenant que Michael connaissait le succès avec sa série télévisée *Logan's Run*, il était à l'abri du besoin, mais l'argent était un moteur si redoutable ! Il n'y avait qu'à voir l'oncle Carlson. Il possédait plus d'argent qu'il ne pourrait jamais en dépenser, pourtant il était prêt à contester le testament de son propre père pour en posséder encore plus.

Ce dernier point d'ailleurs n'inquiétait pas Pandora. Derrière ses airs de savant fou, Jolley savait parfaitement ce qu'il faisait et lui et Fitzhugh avaient certainement pris toutes les précautions nécessaires pour verrouiller ce testament.

Non, ce qui la tracassait, c'était Michael. Ou plutôt le fait que, depuis ces deux derniers jours, elle pensait à lui plus que de raison. Allié ? Ennemi ? Elle ne savait trop à qui elle allait avoir affaire. Il n'en restait pas moins qu'elle devait passer six mois en sa compagnie. Pourvu qu'il respecte son indépendance !

Pandora atteignit enfin la maison, épuisée par le long trajet et ce fichu rhume dont elle n'était pas encore débarrassée. Elle s'apprêtait à sortir ses bagages du coffre de la voiture quand elle s'arrêta, le regard aimanté par la grande demeure.

Construite une cinquantaine d'années auparavant, elle avait été pensée selon une conception anarchique, comme si Jolley n'avait jamais su où la commencer ni où la terminer. Mais c'était un des traits de caractère du vieil homme qui avait un goût prononcé pour l'inachevé.

Si l'on faisait abstraction des ailes rajoutées au fil des années, on avait devant les yeux un manoir sobre et austère du XVIIIe siècle. Avec les parties plus récentes en revanche, il devenait un bloc singulier de façades rectilignes et d'angles droits, un enchevêtrement de hauteurs et de profondeurs. Quelques fenêtres tout en longueur voisinaient avec d'autres tout en largeur, mais Pandora aimait ce manque d'harmonie et de symétrie qui conférait à l'ensemble un charme particulier. Le tout, parfaitement disparate, donnant l'impression que Jolley avait changé ses directives au gré de ses humeurs.

Il avait fait venir la pierre de ses carrières et le bois de ses scieries. Et lorsqu'il avait décidé de faire construire sa maison, il n'avait pas hésité à monter sa propre entreprise de construction. C'est ainsi que la société McVie Construction avait vu le jour avant de devenir la cinquième entreprise du pays.

Pandora se rendit compte soudain qu'elle en possédait la moitié et cette seule idée lui donna le vertige. De combien d'autres encore allait-elle devenir propriétaire pour moitié ? Jolley possédait des intérêts dans les plus grandes firmes américaines : industrie pétrolière, métallurgique, aérospatiale, alimentaire. Pandora souleva une des caisses, maudissant son inconséquence. Dans quelle galère s'était-elle fourrée ?

D'une des fenêtres de l'étage supérieur, Michael observait avec le plus grand intérêt les allées et venues de la jeune femme.

Elle portait une veste ample, bigarrée bleu, jaune et rose. Le vent plaquait son pantalon sur ses longues jambes, et il lui sembla qu'elle affichait une mine contrariée. Tant mieux ! Il ne serait pas tenté de la réconforter comme cela avait été le cas lors des funérailles de l'oncle Jolley. Car il pressentait que montrer de la compassion à une femme comme Pandora pourrait lui causer du tort.

Il la connaissait depuis l'enfance et la considérait alors comme une enfant gâtée qui ne lui inspirait aucune sympathie. Seule l'affection réelle qu'elle portait à Jolley l'avait fait revenir sur ce jugement sévère. Ainsi que, il devait bien l'admettre, l'honnêteté et l'humanité qui transparaissaient derrière son attitude désinvolte.

Il y avait eu une époque, très brève, où il avait éprouvé une certaine attirance pour elle. Mais ce n'était qu'un désir physique, une réaction normale, comme en connaissent tous les adolescents. D'autant qu'il la trouvait d'une beauté singulière, tantôt ingrate, tantôt époustouflante. Mais il avait très vite chassé la jeune fille de son esprit, lui préférant des femmes plus féminines et surtout plus dociles.

Michael interrompit le rangement de son bureau pour descendre accueillir la jeune femme.

— Charles, les transporteurs sont-ils venus livrer mon matériel ? demanda Pandora en retirant ses gants en cuir pour les poser sur une petite table ronde dans le hall d'entrée.

Pandora éprouvait toujours autant de plaisir à retrouver le fidèle majordome qui avait passé toute sa vie au service de son oncle.

— Tout est arrivé ce matin, Mademoiselle.

D'un geste de la main, Pandora empêcha le vieil homme de porter ses valises à sa place.

— Laissez, Charles, je vais m'en occuper. Où ont-ils rangé les caisses ?

— Dans l'abri de jardin, comme vous me l'aviez demandé.

Elle lui sourit tout en effleurant sa joue d'un baiser. Le majordome rougit légèrement.

— Je savais bien que je pouvais compter sur vous. Je n'ai pas encore eu l'occasion de vous le dire, mais c'est un grand bonheur que Sweeney et vous ayez décidé de rester à notre service. « La Folie » n'aurait plus été ce qu'elle était sans vous deux.

Charles redressa fièrement sa vieille carcasse et déclara d'une voix solennelle :

— Nous n'avons pas pensé une seconde à quitter les lieux, Mademoiselle. Monsieur aurait voulu nous voir rester.

Oui, mais en leur faisant don à chacun de trois mille dollars par année de service, il leur avait laissé la possibilité de choisir, songea Pandora. Charles avait été embauché lorsque la construction de la maison avait été achevée, et Sweeney l'avait rejoint une dizaine d'années plus tard. Ils avaient donc, s'ils le souhaitaient, de quoi vivre sereinement jusqu'à la fin de leur vie. Pandora sourit. Certaines personnes n'étaient tout simplement pas faites pour la retraite.

— Charles, j'adorerais une tasse de thé, lui dit-elle gentiment pour faire diversion.

Elle savait qu'autrement, il insisterait pour porter ses lourdes valises dans le grand escalier qui menait aux chambres.

— Dois-je le servir dans le salon, Mademoiselle ?

— Parfait. Et s'il y a de ce gâteau que…

— Sweeney a cuisiné toute la matinée, répondit Charles avant de s'éloigner.

— Je me demande combien de kilos on peut prendre en six mois, murmura-t-elle pour elle-même en songeant aux délicieuses pâtisseries, spécialités de Sweeney.

— Si c'est à toi que tu penses, tu as de la marge, décréta Michael d'un ton ironique. D'ailleurs, les hommes préfèrent les femmes bien en chair.

Pandora se retourna vivement et leva la tête vers Michael qui la toisait depuis la dernière marche du monumental escalier.

— Séduire les hommes n'est pas mon principal souci, vois-tu.

— Je n'en doute pas une seconde.

En le voyant si arrogant, si sûr de lui, et cependant si dangereusement séduisant, Pandora ressentit les premiers signes d'une irritation profonde. S'il voulait jouer au mâle dominant avec elle, il allait vite déchanter !

— Puisque tu es déjà installé, tu pourrais descendre et m'aider à sortir le reste de mes bagages.

Michael ne bougea pas.

— J'ai toujours cru que l'un des rares points sur

lesquels nous nous accordions était celui de la parité, commenta-t-il avec ironie.

— Comme tu voudras, mais si tu ne m'aides pas avant le retour de Charles, il va insister pour le faire lui-même. Et tu le connais aussi bien que moi : il est beaucoup trop fier pour reconnaître que ce n'est plus de son âge.

Sans rien ajouter, elle tourna le dos à l'escalier. Elle n'avait pas franchi le seuil de la porte d'entrée que Michael lui emboîtait le pas.

Elle inspira une profonde bouffée d'air frais. Finalement, la journée ne s'annonçait pas si mal.

— Tu es parti tôt ce matin ?

— En fait j'ai pris la route hier soir.

Pandora prit un bagage dans le coffre de sa voiture et lança d'un air de défi :

— Alors, Michael, prêt à démarrer le jeu ?

S'il n'avait pas été aussi déterminé à commencer leur cohabitation paisiblement, il aurait volontiers taquiné la jeune femme sur son ton faussement désinvolte et sur l'anxiété qu'il lisait dans ses yeux. Mais il préféra ignorer la provocation.

— Je voulais que mon bureau soit installé aujourd'hui. Je venais juste de terminer quand tu es arrivée.

— Boulot, boulot, boulot, dit-elle en poussant un profond soupir. Décidément, tu ne penses qu'à ça ! Remarque, c'est le lieu idéal pour passer des heures à faire travailler ton imagination déjà si fertile !

Après tout, si Pandora s'obstinait à vouloir ouvrir les hostilités… Comme elle sortait une autre valise du coffre, Michael lui saisit fermement le poignet. Plus tard, il se souviendrait de la douceur de sa peau, de la finesse de l'attache, mais pour l'heure, il regrettait qu'elle ne soit pas un homme. Il aurait pu lui flanquer une bonne raclée.

— La qualité de mon travail et le temps que j'y consacre ne te regardent pas, Pandora, dit-il le plus calmement possible.

Pandora adorait le sentir prêt à craquer. Les autres membres de sa famille étaient si guindés, si froids, ne laissant jamais transparaître leurs véritables sentiments, qu'elle trouvait Michael très intéressant en comparaison. Elle lui sourit sans chercher à dégager son poignet qu'il tenait toujours prisonnier.

— Je ne pense pas avoir rien dit de tel. Et tu n'imagines même pas à quel point tu es loin de la vérité ! Si nous rentrions boire une bonne tasse de thé bien chaud à présent ? Il commence à faire frais.

Michael avait toujours admiré chez Pandora cette capacité qu'elle avait à se couler aisément dans la peau d'une jeune fille de bonne famille. En tant que scénariste habitué à écrire des fictions et à fréquenter des acteurs jouant sans cesse la comédie, il appréciait la fraîcheur naturelle de la jeune femme et ses talents d'improvisation.

— Très bonne idée, dit-il.

Il souleva une valise, laissant la dernière à Pandora, et ajouta :

— Cela nous donnera l'occasion d'établir quelques règles de base.

— Vraiment ?

La jeune femme saisit son bagage, referma le coffre avec délicatesse, puis, sans plus de commentaires, se dirigea vers la maison. Elle laissa la porte grande ouverte et dédaigna la valise qu'elle avait laissée dans le hall. Michael se chargerait de la lui monter s'il ne voulait pas fatiguer ce pauvre Charles qu'il adorait !

Sa chambre était située au deuxième étage, dans l'aile est. Jolley lui avait laissé le soin de la décorer et Pandora avait choisi un blanc immaculé qu'elle avait ponctué, ici et là, de taches de couleurs vives : des taies d'oreiller bleu marine, une immense peinture à l'huile représentant un crépuscule flamboyant, un bouquet de plumes de paon dans un vase vermillon.

Pandora posa sa valise sur son lit et nota avec satisfaction le feu qui crépitait joyeusement dans la petite cheminée en marbre. Elle retira sa veste et la jeta négligemment sur un fauteuil ancien.

— J'ai l'impression de mettre les pieds dans un décor d'*Intérieurs de charme*, siffla la voix ironique de Michael tandis qu'il se déchargeait bruyamment de son fardeau.

Pandora fixa les valises qu'il venait de laisser tomber lourdement puis elle lui adressa un regard plein de mépris.

— J'imagine, en effet, que ta chambre genre *Sports et Loisirs* te correspond nettement mieux. Bien, le thé doit être servi à présent.

Michael ne riposta pas, trop occupé à détailler en silence la silhouette de la jeune femme. Le pull en cachemire, jusque-là caché par sa veste, moulait harmonieusement son buste bien proportionné, et il comprit ce qui l'avait attiré chez elle lorsqu'il était adolescent.

Ils descendirent les marches en silence et gagnèrent le salon de style oriental où Charles venait d'apporter un plateau chargé d'un service à thé.

— Oh, vous avez pensé à allumer un feu ! Comme c'est gentil ! s'exclama Pandora en tendant ses mains vers les flammes.

Elle avait besoin de quelques minutes, pas plus, pour chasser de son esprit la lueur de désir qu'elle avait captée dans le regard de Michael. Et pour oublier qu'elle avait ressenti la même chose à son égard.

— Je servirai le thé, Charles, ajouta-t-elle. Et ne vous inquiétez pas pour nous, nous arriverons bien à nous débrouiller tout seuls jusqu'à l'heure du dîner.

Son regard s'attarda sur les lourdes tentures, les canapés de brocart moelleux, les coussins rebondis, les vases en cuivre rutilants.

— J'ai toujours adoré cette pièce, commenta-t-elle en remplissant leurs tasses. Je n'avais que douze ans lorsque mes parents et moi avons vécu en Turquie, mais j'en ai gardé un souvenir vivace que je retrouve dans ce salon. Même les odeurs me rappellent celles des souks. Du sucre ?

— Non, merci.

Michael prit la tasse qu'elle lui tendait, se servit une part de gâteau et alla prendre place près du feu. Lui préférait le petit salon contigu, auquel il trouvait un air de cottage anglais. Et voilà, songeait-il, l'aventure commençait, avec pour seuls témoins, un vieux majordome et une gentille cuisinière. Si tout se passait bien, dans six mois, tous les quatre signeraient un document attestant sur l'honneur qu'ils avaient bien respecté les termes du contrat. Mais d'ici là il allait falloir composer.

— Règle numéro un, attaqua Michael sans préambule. Si nous nous retrouvons ensemble dans l'aile est, c'est par pure commodité, pour faciliter le service de

Charles et Sweeney. Mais, et j'insiste bien sur ce point, chacun devra impérativement respecter l'espace vital de l'autre.

Pandora croisa les jambes et sirota une gorgée de thé brûlant avant de répondre :

— Jusque-là, nous sommes d'accord.

— Pour des questions d'intendance, nous devrons également prendre nos repas à la même table. Je suggère donc, afin que nous ne soyons pas tentés de nous entretuer, d'éviter tout sujet relatif à nos professions respectives.

Pandora mordit dans son gâteau en lui adressant un petit sourire moqueur.

— Mais bien sûr ! Laissons de côté les sujets personnels.

— Sale petite peste !

— Allons, allons, ne prenons pas un mauvais départ, veux-tu ? Règle numéro deux, enchaîna-t-elle, aucun de nous, et ce, quel que soit notre degré d'ennui ou d'excitation, ne devra déranger l'autre durant ses heures de travail. En ce qui me concerne, j'ai pour habitude de travailler de 10 heures à midi, puis de 15 heures à 18 heures.

— Règle numéro trois : si l'un de nous a de la visite, l'autre devra se montrer discret.

Les yeux de Pandora s'étrécirent.

— Dommage. J'aurais tellement voulu rencontrer ta danseuse ! Règle numéro quatre : le rez-de-chaussée est considéré comme terrain neutre. En tant que tel, nous pouvons en jouir également tous les deux à moins que des changements notables n'interviennent. Auquel cas, ils devront être préalablement discutés par les deux parties.

Pandora s'interrompit et pianota sur les bras du fauteuil.

— Si nous nous engageons à respecter ces règles, nous devrions pouvoir y arriver, conclut-elle d'un ton léger.

— Si je me souviens bien, en général, c'est toi qui enfreins les règles.

La voix de Pandora se fit plus lisse, son ton plus mielleux.

— Je ne vois absolument pas à quoi tu fais allusion.

— Canasta, poker, gin-rami…, énuméra Michael.

— Je n'ai jamais rien entendu d'aussi absurde ! D'ailleurs, tu n'as aucune preuve de ce que tu avances.

Elle se leva nonchalamment et alla se servir une nouvelle tasse de thé. Elle aimait ce moment qu'ils étaient en train de vivre dans la quiétude réconfortante de cette pièce. Elle adressa à Michael un sourire renversant.

— Est-ce que par hasard, tu m'en voudrais encore de t'avoir fait perdre un jour cinq cents dollars ?

— Je ne t'en voudrais pas si tu n'avais pas triché.

— J'ai gagné, c'est tout ce qui compte ! riposta Pandora, parfaitement inconsciente de sa mauvaise foi. Si, effectivement j'ai gagné en trichant mais sans que tu puisses le prouver, eh bien alors, conviens que mon habileté méritait d'être récompensée !

— Ton sens de la logique m'étonnera toujours !

A son tour, Michael se leva. Il s'approcha de la jeune femme d'une démarche féline qui ne la laissa pas indifférente.

— En tout cas, lâcha-t-il d'un ton dégagé, sache que désormais, quel que soit le jeu auquel nous jouerons, je ne te donnerai plus l'occasion de tricher.

Elle lui adressa un petit sourire plein de morgue.

— Michael, nous nous connaissons depuis trop longtemps, tu ne m'intimides pas.

Elle tendait la main pour lui caresser la joue, lorsque Michael lui agrippa le poignet une nouvelle fois. Et une nouvelle fois, elle vit danser dans ses yeux la petite flamme dangereuse qui l'avait surprise quelques instants plus tôt.

Ils se rendirent compte tous les deux au même moment que Jolley n'était plus là pour arbitrer leurs petits jeux. Et que les sentiments qu'ils sentaient aujourd'hui affleurer avaient tout un long hiver devant eux pour s'épanouir.

Ni Pandora ni Michael n'étaient prêts à affronter la réalité, mais étant aussi bornés l'un que l'autre, ils refusaient tout autant de s'y dérober.

— Qui sait ? Peut-être commençons-nous juste à nous montrer tels que nous sommes vraiment, murmura-t-il.

Il avait raison, sans aucun doute, mais pour rien au monde Pandora ne l'aurait admis. Il n'était pas comme ce poseur de Biff, ni comme cet idiot de Hank. Il n'était qu'un lointain cousin par alliance, au sang chaud, et qui n'avait rien en commun avec les autres membres de la famille. Elle sentait en lui une violence contenue, un bouillonnement prêt à exploser, dans lesquels elle se reconnaissait. C'était certainement la raison pour laquelle, ayant trouvé en lui un adversaire à sa taille, elle adorait le provoquer, juste pour le plaisir de le voir réagir.

Ils restèrent ainsi un moment, tels deux rivaux se jaugeant, se jugeant. Le plus sage aurait été de s'écarter l'un de l'autre, cependant Pandora, toujours prisonnière, releva fièrement le menton et lâcha d'un ton égal :

— Nous terminerons ce bras de fer un autre jour si tu veux bien. Pour l'instant je me sens un peu fatiguée. Pourrais-tu lâcher mon poignet s'il te plaît ?

— Règle numéro cinq, énonça-t-il en resserrant son étreinte, si l'un de nous critique l'autre, il doit accepter d'en payer les conséquences.

Puis il libéra le bras de la jeune femme et retourna tranquillement vers son siège.

— A plus tard, *cousine*.

Le lendemain, Pandora se réveilla à l'aube, reposée et vibrante d'énergie. Elle ne savait trop si elle devait sa forme éclatante aux six heures de profond sommeil qu'elle venait d'enchaîner ou à l'air pur des montagnes, mais il n'en restait pas moins qu'elle était impatiente de se mettre au travail. Le petit déjeuner pourrait attendre, décida-t-elle après avoir pris sa douche et s'être habillée. Elle allait investir tout de suite son atelier de fortune et retrousser ses manches.

La maison, encore obscure, était plongée dans un profond silence lorsqu'elle descendit au rez-de-chaussée. Charles et Sweeney ne prendraient pas leur service avant deux heures et Michael, si elle avait bonne mémoire, n'avait pas pour habitude d'émerger avant midi.

Etant tous deux trop fatigués, ou peut-être gênés par la présence des domestiques pour se livrer à une joute verbale, le dîner s'était déroulé sans incident, à la lueur vacillante des bougies d'un chandelier en argent. La conversation était restée neutre, chacun s'étant efforcé de parler de la pluie et du beau temps, puis, le repas terminé, ils s'étaient séparés vers 21 heures. Pandora pour lire jusqu'à ce que le sommeil la terrasse, Michael pour travailler. Du moins était-ce ce qu'il avait affirmé.

L'air piquant du matin fit frissonner la jeune femme. Elle releva frileusement le col de sa veste et traversa la pelouse à grandes enjambées. Chacun de ses pas faisait craquer la fine pellicule de glace qui s'était formée durant la nuit. Pandora adorait ce sentiment de solitude absolue, l'incroyable légèreté de l'air et ces senteurs mêlées de montagne et de rivière.

Elle se rappela qu'au Tibet, elle avait manqué souffrir d'engelures à cause de son amour immodéré pour la neige. Elle ne trouvait pas moins fascinant ce coin reculé de la chaîne des Catskills. Comme elle aimait l'hiver lorsque la neige recouvrait tout de son linceul blanc et que l'air expiré formait de petites bouffées de vapeur !

Pour elle, l'hiver était porteur de valeurs essentielles : chaque individu devait pouvoir se nourrir, se loger, travailler. Des valeurs fondamentales qu'elle tentait de défendre à travers les réunions politiques dans lesquelles elle investissait beaucoup de son temps libre. Le fait était qu'elle raffolait de ces discussions sans fin, de ces moments passés à refaire le monde. Cependant…

Cependant, quelquefois, elle rêvait d'aubes incandescentes sur des paysages prisonniers du gel, de boissons chaudes savourées au coin d'un feu de cheminée. Et d'une épaule solide sur laquelle se reposer. Mais cela, elle rechignait à l'admettre. Car elle avait été élevée dans l'idée que l'indépendance était un devoir et non un choix. Ses parents, eux-mêmes, vivaient une relation parfaitement équilibrée dans laquelle chacun respectait la liberté de l'autre. C'est ainsi qu'à l'âge de dix-huit ans à peine, Pandora était fermement déterminée à ne sacrifier sa liberté qu'à une relation sérieuse et que deux ans plus tard, elle avait décidé que le mariage n'était pas fait pour elle. Elle avait alors consacré toute son énergie et toute la passion qui bouillonnait en elle à son seul travail.

Aujourd'hui, elle pouvait considérer que sa pugnacité était récompensée : ses créations connaissaient un franc succès et elle s'épanouissait dans son travail. Elle s'estimait heureuse. C'était bien plus que ce que la plupart des gens pouvaient espérer.

Pandora ouvrit la porte de ce que Jolley avait l'habitude d'appeler « l'abri de jardin » mais qui était en réalité une grande bâtisse carrée aux murs lambrissés et au sol recouvert d'un parquet de bois précieux. Oncle Jolley aimait son confort.

Pandora alluma l'interrupteur et avisa les caisses soigneusement empilées le long d'un mur. Après une rapide inspection, elle constata avec satisfaction que les étagères avaient été débarrassées des innombrables outils de jardin accumulés au fil des années. La plomberie avait été refaite à neuf comme en témoignaient l'évier en inox flambant neuf et la petite cabine de douche installée au fond de la pièce. Quant aux cinq établis qu'elle avait toujours connus là, ils constitueraient des plans de travail parfaitement adaptés. Elle s'assura enfin que lumières et ventilation étaient en état de marche.

Elle estima qu'il lui faudrait peu de temps pour transformer les lieux en un atelier confortable.

Après trois heures de travail acharné, elle contempla le résultat avec satisfaction.

Sur l'une des étagères, elle avait aligné des boîtes remplies de perles de toutes les couleurs : noires, violettes, dorées, corail, ivoire. Pierres précieuses et semi-précieuses voisinaient pêle-mêle dans une autre boîte, joyeux mélange détonnant de formes et de tailles différentes. A New York, elle gardait ses précieux trésors enfermés dans un coffre mais ici, elle estimait cette précaution inutile. Or, argent, bronze et cuivre avaient trouvé eux aussi leur place dans de petits compartiments tout simples. Elle avait rangé avec soin le nombre incroyable d'outils qu'elle avait à sa disposition : perceuses, marteaux, pinces, tenailles et limes étaient placés à côté des énormes bobines de fil de Nylon.

Pandora avait investi toutes ses économies dans l'achat de ce matériel, mais jamais elle n'avait eu à le regretter. Elle prit une tenaille qu'elle serra dans la paume de sa main. Non, vraiment, elle ne regrettait rien.

Elle avait appris à modeler des matériaux aussi nobles que l'or et l'argent, à mouler des alliages de métaux, à créer des bijoux originaux, osant des mélanges de perles et de coquillages auxquels personne n'avait pensé avant elle. Elle aimait la liberté de création que lui laissait un métier dont les outils étaient pourtant les mêmes depuis plus de deux cents ans, elle aimait ce mélange de modernisme et de tradition.

C'était en grande partie le sentiment d'être le maillon d'une chaîne sans fin qui avait guidé son choix. Ainsi que la diversité d'expression extraordinaire qu'il lui permettait. Quoique toujours chic, ses bijoux étaient parfois d'une sobriété classique, parfois d'une délirante extravagance. Depuis qu'elle pratiquait cet art, elle n'avait jamais reproduit deux fois la même pièce, car pour elle un bijou se devait d'être unique. Les usines étaient là pour fabriquer en série, pas elle. Elle obéissait à son humeur du moment, à la tendance, mais jamais à l'attrait de l'argent.

C'est ainsi qu'elle avait refusé la commande d'un haut fonctionnaire, jugeant celle-ci trop ordinaire, mais accepté celle d'un jeune père qui lui avait soumis une idée originale. Pandora avait su par la suite que la jeune maman, enchantée, n'ôtait plus de son auriculaire les trois anneaux entrelacés qu'elle avait créés pour elle. Trois anneaux. Un pour chacun des triplés à qui elle avait donné naissance.

Pour l'heure, Pandora venait juste d'achever la conception d'un collier commandé par le mari d'une chanteuse populaire. Emeraude. C'était à la fois le prénom de la jeune femme et l'unique exigence de son client. Celui-ci avait déjà payé pour la douzaine de pierres qu'il avait choisies avant son départ pour New York. Chacune faisant plus de trois carats, et de ce vert profond qui en fait la valeur.

Elle tenait là, elle le savait, une opportunité professionnelle et artistique formidables. Si sa création plaisait, les magazines féminins se chargeraient de lui faire un peu plus de publicité et les commandes qui ne manqueraient pas d'affluer la rendraient encore plus libre de créer sans compromis.

Elle voulait faire de ce collier une œuvre originale

et avait pour cela imaginé une toile d'araignée stylisée où chaque pierre symboliserait une goutte de rosée.

Elle travailla l'or durant les deux heures suivantes.

Entre les deux soufflants, situés à chaque bout de la pièce, et les flammèches qu'allumaient les outils sur la matière en fusion, l'air se chargeait d'une moiteur lourde. Pandora était en nage mais, tout à sa tâche, n'y prêtait aucune attention. Sans relâche, elle lissait, pliait, jusqu'à ce que ses doigts de fée ébauchent la forme et la taille souhaitées. Lorsque la tige en or devint aussi fine qu'un cheveu d'ange, elle se mit à la travailler du bout des doigts jusqu'à ce qu'elle ait sous les yeux la reproduction fidèle de l'esquisse qu'elle avait faite.

Elle avait dessiné un bijou d'une élégance simple qui devait mettre en valeur l'éclat des émeraudes.

Le temps passa et, comme par un miracle toujours renouvelé, Pandora tint bientôt entre les mains la première chaîne, d'une rare finesse.

Elle était en train d'étirer ses muscles engourdis lorsque le bruit de la porte qu'on ouvrait accompagné d'un courant d'air frais lui firent tourner la tête.

Le visage dégoulinant de sueur, elle fixa Michael qui venait d'entrer.

— Qu'est-ce que tu viens faire ici ?

— J'obéis aux ordres, répondit Michael avec aplomb.

Il se tenait sur le seuil, les mains enfoncées dans les poches de sa veste dont il avait négligé de fermer le premier bouton. Pandora remarqua également qu'il n'avait pas pris le temps de se raser.

— Il fait chaud comme dans un four, dis-moi !

— Au cas où tu ne t'en serais pas aperçu, je travaille,

souligna la jeune femme en s'essuyant le front du bout de son tablier.

Si elle se fichait pas mal qu'il la surprenne en tenue de métallurgiste, elle supportait mal, en revanche, ce qu'elle considérait comme une intrusion dans son territoire privé.

— Tu as déjà oublié la règle numéro trois ?

— Parles-en à Sweeney, rétorqua Michael en s'avançant vers la jeune femme sans prendre la peine de refermer la porte derrière lui. Elle a décrété que si tu avais pu échapper à sa vigilance et sauter le petit déjeuner il n'était pas question que tu sautes aussi le déjeuner.

Michael s'interrompit pour plonger la main dans une boîte qui contenait un mélange de pierres de toutes les couleurs.

— J'ai ordre de te ramener à la maison, précisa-t-il.

— Je n'ai pas fini.

Michael prit un petit saphir qu'il s'amusa à faire scintiller à la lumière du jour.

— J'ai réussi à l'empêcher de venir elle-même, mais si je retourne là-bas sans toi, il y a fort à parier qu'elle ne renoncera pas aussi facilement. Et tu sais à quel point son arthrose la fait souffrir.

Pandora jura entre ses dents.

— Pose ça tout de suite, ordonna-t-elle en retirant son tablier.

— C'est marrant ! Quelques-unes de ces babioles ressemblent à de vraies pierres.

Il reposa le saphir et prit à sa place un diamant rond, étincelant de mille feux.

— C'est certainement parce que certaines de ces babioles, comme tu dis, sont des pierres précieuses.

Elle lui tourna le dos et se baissa pour éteindre le chauffage.

Michael, interloqué, dévisagea la jeune femme.

— Tu es complètement inconsciente de les laisser dans ces boîtes, comme de vulgaires bonbons ! Ces pierres devraient être en sécurité, dans un coffre !

— Pourquoi donc ? demanda Pandora avec désinvolture tout en éteignant le deuxième appareil électrique.

— Pourquoi ? s'exclama Michael, agacé par le flegme de Pandora. Mais parce que quelqu'un pourrait te les voler !

— Quelqu'un ? Pandora se redressa et lui adressa un sourire faussement candide.

— Il n'y a pas grand monde autour de nous, reprit-elle. Et si l'on exclut Sweeney et Charles qui sont au-dessus de tout soupçon, il ne reste que toi.

Michael marmonna quelque chose d'inintelligible et reposa le diamant dans sa boîte.

— C'est ça, moque-toi de moi, *cousine*. En tout cas, moi, si j'étais à ta place, je ne laisserais pas plusieurs milliers de dollars à la portée du premier venu !

En d'autres lieux et d'autres circonstances, Pandora aurait approuvé. Mais Catskills n'était pas Manhattan et ils se trouvaient à des kilomètres de toute civilisation.

— Voilà juste une des nombreuses différences qui existent entre toi et moi, Michael. Mais c'est certainement parce qu'à force de donner vie à des personnages animés de mauvaises intentions, tu vois le mal partout.

— Je me suis beaucoup penché sur la nature humaine, figure-toi, répliqua ce dernier tout en examinant l'esquisse que Pandora avait faite du collier d'émeraudes. Il admira au passage le sens des proportions que n'aurait pas manqué d'apprécier un architecte et celui des formes et des couleurs qui aurait enchanté un artiste. Cependant il laissa tomber avec un brin d'ironie :

— Je me demande bien pourquoi tu ne portes jamais aucune de tes créations, toi qui ne vis que pour ça.

— Tout simplement parce que des bijoux me gêneraient pour travailler. Mais dis-moi, toi qui te vantes de si bien connaître la nature humaine, comment se fait-il que tes personnages se fassent pincer toutes les semaines ?

— C'est parce que j'écris pour des gens qui ont besoin de s'identifier aux héros que je crée.

Pandora s'apprêtait à répliquer mais elle y renonça. Après tout, Michael n'avait pas tort.

— Hum, concéda-t-elle vaguement en éteignant les lumières et en le précédant vers la sortie.

— Tu devrais au moins verrouiller ta porte, conseilla Michael.

— Je n'ai pas de clé.

— Nous en ferons faire une.

— *Nous* n'en avons pas besoin, rétorqua Pandora que l'emploi de ce pluriel agaçait prodigieusement.

Michael claqua la porte derrière eux.

— Eh bien, *tu* en feras faire une.

Pandora haussa négligemment les épaules et traversa la pelouse, Michael sur les talons.

— Michael, t'ai-je déjà dit que je te trouve encore plus grincheux que d'habitude ?

Michael prit le temps de sortir de sa poche un bâton de réglisse qu'il se mit à mâchouiller avant de répondre :

— Normal. J'ai arrêté de fumer.

Le parfum anisé de la réglisse vint chatouiller les narines de Pandora.

— J'avais remarqué. Depuis quand ?

Michael regarda des feuilles sèches tournoyer sur la plaque de verglas.

— Quinze jours. J'ai l'impression de devenir fou.

Pandora éclata de rire et passa un bras compatissant sous celui de Michael.

— Tu survivras, mon chéri. Le premier mois est toujours le plus difficile.

Michael la fixa, surpris.

— Comment le sais-tu ? Tu n'as jamais fumé de ta vie.

— C'est la même chose pour tout. Les premières semaines sont les plus dures, répéta la jeune femme. Il faut simplement que tu penses à autre chose, que tu fasses un peu de sport. Tiens, si tu veux, nous pourrions aller courir après le déjeuner.

— Nous ?

Pandora fit mine de ne pas avoir entendu et poursuivit :

— Et ce soir, après dîner, nous ferons une partie de canasta.

Michael émit une sorte de petit ricanement tout en repoussant derrière l'oreille de la jeune femme une mèche de cheveux qui lui balayait la joue.

— Tu vas encore tricher.

— Peut-être, mais ton esprit serait occupé.

Pandora trouva que la mine renfrognée qu'affichait Michael le rendait encore plus séduisant. Aux physiques parfaits, elle avait toujours préféré un genre de beauté moins évident, fait de charme et de séduction.

— Et puis cela ne te fait pas de mal de renoncer à l'un de tes vices, tu en as tellement !

— Eh bien, je les aime, moi, mes vices, grommela-t-il.

Le sourire qu'elle lui adressa alors lui fit oublier qu'il n'était pas attiré par ce genre de femmes, trop minces, trop rousses, aux allures de bohémiennes chic.

— Mais toi, ajouta-t-il, légèrement troublé, ne me dis pas que tu es parfaite. Je ne le croirais pas.

Pandora fit une drôle de petite moue espiègle.

— Compte tenu de mon emploi du temps, je ne vois pas bien comment je pourrais consacrer du temps à autre chose qu'à mon travail.

— « Et lorsque Pandore souleva le couvercle de la boîte, tous les vices en jaillirent », cita Michael.

Pandora fit une halte dans la véranda.

— J'imagine que c'est la raison pour laquelle je me montre si réticente à ouvrir mes boîtes personnelles.

Michael lui caressa tendrement la joue. Il réalisa que, s'il n'y prenait garde, ce geste pourrait rapidement devenir une habitude. Pandora avait raison. Il fallait que son esprit soit occupé en permanence.

— Pourtant, il faudra bien qu'un jour ou l'autre tu te résignes à regarder la réalité en face.

Bien qu'elle ait senti passer entre eux un mélange fait de tension, de séduction et de désir, Pandora n'avait pas cherché à se soustraire à la caresse de ses doigts.

— Eh bien moi, je pense, au contraire, que certaines choses doivent rester soigneusement verrouillées.

Michael approuva d'un signe de tête. Il ne voulait pas la brusquer.

— Peut-être certains secrets n'ont-ils pas besoin d'être aussi profondément cachés, hasarda-t-il.

Les deux jeunes gens se tenaient face à face, aucun des deux n'osant faire le pas qui les rapprocherait l'un de l'autre et qui, ils le pressentaient, enflammerait leur corps.

Pandora inspira profondément et tourna la poignée de la porte.

— Ne faisons pas attendre Sweeney, dit-elle d'un ton qu'elle voulait dégagé.

Chapitre 3

Les rues sont presque désertes. Une voiture tourne à l'angle de la rue et disparaît. Il bruine. La lumière blafarde des néons se reflète dans les flaques. L'ambiance est sinistre. Un quartier de la ville qui respire la tristesse et la misère. Ruelles sombres, voitures cabossées, clubs miteux. La petite blonde, pimpante, marche rapidement. Elle est nerveuse, hors de son élément, mais en terrain connu. Plan serré sur l'enveloppe qu'elle tient à la main. Celle-ci est trempée. Ses doigts se resserrent sur l'enveloppe. Des pneus crissent. Elle sursaute. L'enseigne bleue du club clignote sur son visage. Elle attend. Elle hésite. Fait passer l'enveloppe d'une main à l'autre. Elle entre dans le club. Panoramique de la rue. Trois plans différents. Ralenti.

Trois petits coups frappés à la porte de son bureau tirèrent Michael de la profonde concentration dans laquelle il était plongé. Avant même d'y avoir été invitée, Pandora déboula dans la pièce.

— Joyeux anniversaire, mon chou ! clama-t-elle joyeusement.

Michael leva les yeux de son clavier. Il avait passé toute la nuit à mettre en forme le scénario qu'il avait imaginé. A 9 heures, il n'avait dans l'estomac qu'un café noir pris à la hâte, la sacro-sainte cigarette qui l'accompagnait habituellement n'étant plus qu'un lointain souvenir.

La scène qui venait de prendre forme dans son esprit en ébullition lui échappa instantanément.

— De quoi diable parles-tu ? s'enquit-il en piochant machinalement dans le bol de pistaches vide qui se trouvait sur son bureau.

— Deux semaines se sont écoulées et nous ne nous sommes pas encore tapés dessus, annonça fièrement Pandora.

Elle fonça dans sa direction, désapprouvant d'un petit claquement de langue le désordre qui régnait un peu partout et alla se percher sur le bras d'un fauteuil. Elle se pencha et essuya partiellement la poussière qui recouvrait la table basse, laissant sur la surface vitrée la trace de ses doigts.

— Je te rappelle que nous étions censés nous entretuer au bout de quelques jours.

Contrairement à Michael qui donnait l'impression d'avoir passé une semaine entière enfermé dans une cave sans avoir vu le jour, Pandora arborait une mine resplendissante. Elle portait un pull et un pantalon trop larges pour elle ; lui avait opté pour un vieux sweat-shirt décousu aux manches mais qu'il ne pouvait se résoudre à jeter, et un jean maculé de taches de peinture rose.

Pandora lui adressa le sourire enthousiaste et encourageant d'une maîtresse d'école. Des effluves d'un parfum boisé parvinrent jusqu'à Michael.

— Il me semble que nous avons instauré une règle destinée à préserver notre espace vital, grommela-t-il.

— Allons, ne sois pas aussi grognon, rétorqua Pandora, toujours souriante. D'ailleurs, je ne m'attendais pas à te trouver en plein travail. D'après ce que j'ai pu constater jusqu'à présent, tu n'as pas l'habitude de te lever tôt.

— Justement, je suis en train d'expérimenter une nouvelle méthode.

— Vraiment ?

Sceptique, Pandora rejoignit Michael et lorgna par-dessus son épaule.

— Mmm, grommela-t-elle d'un air entendu. J'imagine que ça ne va pas durer bien longtemps, de toute façon.

— Laisse travailler les grands et retourne jouer avec tes perles, tu veux bien ?

— Ce n'est pas la peine d'être grossier. Je suis juste venue pour te proposer une petite virée en ville.

Après avoir remonté les manches de son pull, Pandora s'assit sur un angle du bureau. Elle ne savait pas exactement pourquoi elle tenait tant à se montrer aussi amicale. Elle supposait que le fait d'avoir presque terminé le collier d'émeraudes et d'en être particulièrement fière la rendait d'humeur joyeuse. Ou peut-être était-ce parce qu'elle avait découvert en Michael un compagnon charmant dont elle appréciait finalement la compagnie. Plaisir modéré qui n'avait pas besoin d'être crié sur les toits, corrigea-t-elle aussitôt en son for intérieur.

Michael lui adressa un regard soupçonneux.

— En quel honneur ?

— Sweeney m'envoie faire des courses.

Intriguée, elle caressa du bout des doigts une carapace de tortue transformée en abat-jour.

— J'ai pensé que cela te ferait peut-être plaisir de prendre un peu l'air.

Il trouva l'idée séduisante. Depuis deux semaines, il n'avait quasiment pas mis le nez dehors. Il jeta un coup d'œil coupable à son scénario.

— Tu penses en avoir pour longtemps ?

— Deux ou trois heures, pas plus, précisa Pandora en haussant les épaules.

Deux heures de liberté. La tentation était forte. Mais sa page à moitié blanche le rappela à l'ordre.

— Je ne peux pas, décida-t-il à regret. J'ai trop de travail.

— Tant pis pour toi, dit Pandora en se levant, surprise par la pointe de déception qu'elle avait discernée dans la voix de Michael.

Après tout, s'il ne savait pas profiter des bons moments…

— Prends garde à ne pas trop te fatiguer quand même ! ajouta-t-elle d'un ton moqueur.

Michael grommela quelque chose entre ses dents puis, avisant son bol vide, se radoucit.

— Pandora, peux-tu me rapporter un sachet de pistaches ?

Elle s'arrêta sur le seuil de la porte et répéta, surprise :

— Des pistaches ?

— Oui. En vrac. Environ cinq cents grammes.

Tout en parlant, Michael caressait sa barbe naissante. Il rêvait d'une cigarette. Une seule cigarette. Exhaler une longue bouffée de fumée.

Pandora esquissa un petit sourire indulgent. Elle découvrait un nouveau Michael qui, en perdant son arrogance naturelle, gagnait en vulnérabilité.

— D'accord.

— Et le *New York Times* aussi.

— Tu peux me faire une liste, si tu veux.

— Sois gentille, je te revaudrai ça. La prochaine fois, c'est moi qui irai faire les courses pour Sweeney.

Pandora fit mine de réfléchir puis lâcha en soupirant :

— Très bien. Des pistaches et le journal.

— Et des stylos, cria-t-il tandis qu'elle franchissait le seuil.

Seul lui répondit le bruit de la porte qu'elle claqua derrière elle.

Deux heures passèrent avant que Michael ne décide qu'il avait mérité une deuxième tasse de café. Il avait bien avancé son scénario, accouchant aisément de l'histoire pleine d'action et de rebondissements qu'il avait en tête.

Michael se réjouissait d'écrire pour le petit écran. Il aimait l'idée que des millions de fidèles suivaient assidûment, chaque semaine, les aventures de ses héros.

Lui-même était très attaché à Logan, à son héroïsme, son humour et même ses défauts, qui étaient l'essence même du personnage. Il avait choisi d'en faire un homme faillible et plein d'enthousiasme car, depuis l'enfance, c'était l'idée qu'il se faisait d'un homme héroïque.

L'indice d'écoute et le courrier innombrable qu'il recevait étaient la preuve irréfutable qu'il voyait juste. Cette série, ainsi que la seule pièce qu'il ait jamais écrite, lui avaient valu les éloges de la critique et toutes sortes de récompenses. Mais tandis que sa pièce n'avait été vue que par un public averti, sa série, elle, touchait des millions de foyers.

Il ne considérait pas la télé comme un outil abrutissant mais, au contraire, comme une boîte magique.

Pour lui, tout le monde avait droit à sa part de rêve et la télévision était le moyen idéal d'y accéder.

Michael éteignit l'écran de son ordinateur. Le doux ronronnement du moteur mourut et il resta un moment assis, à tenter de percer le silence de la grande maison. S'il avait accepté de venir vivre à « La Folie », c'était en grande partie parce qu'il savait qu'il pourrait y travailler en paix. Bien sûr, ce n'était pas la première fois qu'il s'y trouvait, mais il n'avait jamais séjourné chez son oncle très longtemps. Aussi, était-il enchanté de découvrir qu'il y parvenait si facilement, son imagination paraissant même exacerbée par la quiétude ambiante. En outre, il devait bien admettre que la cohabitation pacifique qu'il vivait avec Pandora le réjouissait. Et même si, quelquefois, leurs caractères respectifs s'affrontaient, le bilan était plutôt positif, songeait-il en mâchonnant machinalement le capuchon d'un stylo. Il en était même arrivé à apprécier les soirées tranquilles au coin du feu, à disputer des parties de cartes avec elle pour le seul plaisir d'essayer de la surprendre en train de tricher. Espoirs restés vains jusqu'alors.

Il devait s'avouer également qu'il n'était plus aussi insensible au charme de la jeune femme. Quelque chose en lui avait changé, qui n'était pas prévu au programme. Quelque chose qu'il parvenait encore à maîtriser, à contrôler, même si quelquefois…

Si quelquefois, poursuivit-il mentalement, il avait envie de lui clouer le bec d'une manière un peu moins conventionnelle. Juste par curiosité. Pour voir quelle serait sa réaction s'il lui fermait la bouche d'un baiser. Deviendrait-elle une poupée de chiffon entre ses bras ?

Cette idée le fit rire. Poupée de chiffon, Pandora ?

Il y avait fort à parier que les femmes de sa trempe ne faiblissaient jamais. Mais tant pis ! Même s'il était à peu près certain de prendre un coup de poing dans le ventre, un jour ou l'autre, il prendrait le risque. Il estimait que le jeu en valait la chandelle.

Car il la soupçonnait de ne pas être aussi indifférente que ce qu'elle voulait bien le laisser paraître. Il avait deviné la faille le jour où il était venu la chercher dans son atelier. Quelque chose de fugace dans son regard, dans sa voix, l'avait interpellé. Pourtant, tous deux restaient prudemment à distance, s'observant depuis quinze jours comme deux fauves en cage, prêts à se bondir dessus. « Quinze jours vraiment ? s'interrogea Michael. Ou vingt ans ? »

Jamais il n'avait ressenti pour une femme ce curieux mélange d'embarras, de défi permanent et de colère qu'il ressentait pour Pandora McVie. Pour être honnête, il n'était jamais très à l'aise en compagnie des femmes, même s'il appréciait en elles leur féminité et ce mélange troublant de force et de faiblesse qui les caractérisait. Ce qu'elles prenaient pour de la nonchalance à leur égard expliquait d'ailleurs son succès auprès d'elles. Michael prenait garde à ne vivre que des relations superficielles, choisissant soigneusement ses partenaires selon leur personnalité. Et s'il était exact que Pandora l'intéressait, il n'imaginait pas une seconde vivre une relation amoureuse avec elle. Il était même surpris d'avoir envisagé de la séduire.

Evidemment, la séduction n'avait rien à voir avec de vrais sentiments, mais il était prêt à jurer que s'il lui proposait un dîner aux chandelles ou une promenade au clair de lune ou, pourquoi pas, une folle nuit de passion, elle le rembarrerait à grands coups de remarques sarcastiques. Ce à quoi, piqué au vif, il répondrait vertement, et la ronde infernale recommencerait.

Quoi qu'il en soit, conclut-il avec détermination, ce qui le poussait vers elle n'était que simple curiosité et certainement pas l'envie d'entamer avec elle une relation amoureuse.

Tout à ses réflexions, Michael s'était dirigé vers la fenêtre. En fait, tous deux n'étaient pas si différents que Pandora voulait bien le dire et elle avait beau crier sur tous les tons qu'ils n'avaient rien en commun, ils se rejoignaient sur bien des plans. Jolley, le premier, avait compris à quel point ils étaient semblables : emportés, exigeants et unis par la même passion d'un travail qu'ils considéraient avant tout comme un agréable passe-temps. Tous deux capables d'y consacrer des heures, lui, devant son ordinateur, elle, avec ses outils et ses pierres. Et après tout, le résultat…

Michael interrompit brutalement le cours de ses pensées. Il venait de remarquer que la porte de l'atelier de Pandora était restée grande ouverte. Pourtant, il aurait parié qu'elle n'était pas encore rentrée. Car même s'il lui était impossible, d'où il était, de vérifier que la voiture de la jeune femme était garée à son emplacement habituel, il était sûr qu'elle serait passée lui apporter ce qu'il lui avait demandé d'acheter.

Il haussa les épaules, prêt à quitter son poste d'observation, lorsqu'il vit une silhouette sortir de la bâtisse. Bien que peu reconnaissable, emmitouflée comme elle l'était, il sut immédiatement que ce n'était pas Pandora. Il ne reconnaissait pas, dans la façon de se mouvoir de cette personne, la démarche aérienne de la jeune femme. L'intrus regarda autour de lui, s'assurant que le champ était libre avant de s'éloigner en rasant les murs. Comprenant soudain ce qui se passait, Michael se rua dans l'escalier.

Au détour d'un couloir, il se heurta violemment à Charles.

— Pandora est rentrée ? s'enquit-il, haletant.

— Non, Monsieur, répondit posément le vieux serviteur, trop heureux de ne pas se retrouver les quatre fers en l'air. Mlle Pandora a dit qu'elle resterait faire un peu de shopping en ville et…

Mais Michael ne l'écoutait plus. Charles le regarda reprendre sa course effrénée, saluant une agilité que lui-même ne connaissait plus depuis bien longtemps. Il poussa un profond soupir et gagna le salon pour y allumer un feu.

La bise glaciale du dehors frappa de plein fouet Michael qui se rendit compte, un peu tard, qu'il avait négligé de se couvrir. Mais il n'arrêta pas pour autant sa course folle. Une fois sur place, il ne fut pas étonné de constater que la personne qu'il avait aperçue avait disparu. La forêt n'était qu'à quelques pas et les nombreux sentiers forestiers qui la sillonnaient permettaient de battre facilement en retraite.

S'agssait-il d'un gamin curieux ? se demanda Michael en retournant vers la maison. Pandora devrait s'estimer heureuse s'il n'avait pas farfouillé dans ses jolis trésors. En tout cas, si tel était le cas, elle l'aurait bien cherché !

Mais sitôt la porte ouverte, Michael s'en voulut de sa mesquinerie.

Toutes les boîtes avaient été retournées, et leur contenu s'était répandu sur le sol. Les bobines de fil et de ficelle avaient été dévidées, et le vandale avait pris le temps de les nouer entre elles pour en faire de maigres guirlandes dont il avait décoré la pièce. Michael dut se frayer un chemin parmi les perles et les pierres qui jonchaient le parquet pour avoir une vue d'ensemble sur le chaos qui régnait partout. Les fils d'or et d'argent, brisés lorsqu'ils n'avaient pas été tordus, se mêlaient aux outils jetés sauvagement à terre, dans un désordre indescriptible.

Michael se baissa pour ramasser une émeraude. Elle étincela de tous ses feux dans la paume de sa main. Ils n'avaient donc pas affaire à un voleur. A moins que celui-ci n'ait été totalement stupide ou myope.

— Oh mon Dieu !

Pandora, pétrifiée, livide, contemplait le désastre depuis le seuil.

Michael regretta de ne pas avoir eu le temps de remettre un peu d'ordre avant son arrivée.

— Ne t'en fais pas…, commença-t-il gentiment.

Mais Pandora, semblant ne pas l'entendre, écarta sans ménagement la main réconfortante qui se tendait vers elle. Elle entra dans la pièce. Lorsqu'elle sentit les perles rouler sous ses pieds, une vague de colère la submergea.

— Comment as-tu pu ? gronda-t-elle d'une voix dangereusement sourde.

Elle le fusillait du regard, ses yeux, aussi verts que l'émeraude que Michael tenait encore dans la main, lançaient des éclairs.

Le poing rageur de Pandora faillit atteindre sa cible. Michael entendit l'air siffler à son oreille et n'eut que le temps d'agripper son poignet pour l'empêcher de recommencer.

— Attends une minute, commença-t-il, conscient tout à coup d'être victime d'une méprise.

Mais Pandora, aveuglée par la colère, était déjà sur lui, l'entraînant avec elle pour le plaquer contre le mur. Quelques outils, oubliés ici et là, tombèrent avec fracas des étagères. Il fallut quelques instants à Michael pour maîtriser Pandora.

— Arrête ! ordonna-t-il en retenant ses deux bras derrière son dos.

Pandora le toisait, ivre de rage et de douleur.

— Je comprends que tu sois bouleversée, ajouta-t-il calmement, mais me tuer ne t'avancerait pas à grand-chose.

— Je savais que tu pourrais me porter un coup bas, siffla Pandora, mais je ne t'aurais jamais cru capable d'une chose aussi minable !

— Après tout, crois ce que tu veux ! rétorqua Michael, prêt à renoncer à la convaincre de son innocence.

Mais lorsqu'il sentit la jeune femme frissonner contre lui, sa colère retomba brusquement.

— Pandora, ajouta-t-il d'une voix radoucie, je n'ai rien à voir avec ce qui s'est passé ici. Regarde-moi. Pourquoi aurais-je fait une chose pareille ?

Pandora luttait contre les larmes.

— C'est à toi de me le dire, riposta-t-elle en le défiant du regard.

La patience n'était pas le point fort de Michael mais, jugeant le moment grave, il s'exhorta au calme et reprit :

— Ecoute-moi bien, Pandora. Je suis arrivé dans ton atelier seulement quelques minutes avant toi. De ma fenêtre, j'ai vu quelqu'un sortir d'ici, je me suis précipité mais lorsque je suis arrivé, il était trop tard. La pièce était déjà sens dessus dessous.

Pandora détestait les larmes qui lui brûlaient les yeux. Plutôt mourir que de se couvrir de ridicule devant lui !

— Laisse-moi, parvint-elle à dire d'une voix blanche.

Mais Michael sentait le désespoir percer sous l'apparente froideur. Lentement, il relâcha son emprise et s'écarta de la jeune femme.

— Quelques minutes à peine se sont écoulées entre le moment où j'ai repéré la silhouette et celui où je suis arrivé, précisa-t-il. A mon avis, le coupable s'est enfui par la forêt.

Pandora l'écoutait à peine. Elle tentait de surmonter le choc, de rassembler ses esprits.

— Tu peux partir, maintenant, dit-elle enfin d'une voix étonnamment calme. Il faut que je range et que je fasse l'inventaire de ce qui reste.

Se rappelant sa propre émotion lorsqu'il avait ouvert la porte, Michael refoula l'amertume que ce renvoi faisait monter en lui.

— Je peux appeler la police si tu veux. Mais tant que nous ne saurons pas si quelque chose a été volé…

Il ouvrit la main dans laquelle, durant tout ce temps, il avait serré la précieuse émeraude.

— J'ai du mal à croire qu'un voleur ait pu laisser une pierre pareille derrière lui.

Pandora la lui arracha presque des mains. Son cœur se mit à battre violemment dans sa poitrine tandis qu'elle se dirigeait vers sa table de travail. Là, ne restaient que les débris du collier sur lequel elle s'était échinée pendant quinze jours. Les fines tiges en or avaient été réduites en miettes, les émeraudes dispersées. Comble de l'ironie, le vandale n'avait eu aucun scrupule à utiliser les outils de Pandora pour tout saccager. Cette dernière rassembla dans le creux de sa main les éléments éparpillés et se retint de ne pas hurler.

— C'était celui-ci, n'est-ce pas ? demanda gentiment Michael en ramassant la feuille de papier sur laquelle Pandora avait dessiné le bijou.

Il essaya d'imaginer sa propre réaction si quelqu'un avait réduit à néant un travail de plusieurs jours.

— Tu l'avais presque fini, ajouta-t-il, plein de compassion.

Pandora ne fit aucun commentaire et laissa tomber les précieux petits débris sur l'établi.

— Laisse-moi, répéta-t-elle.

Puis elle s'accroupit et commença à rassembler les pierres et les perles.

— Pandora…

Devant le silence obstiné de la jeune femme, Michael la prit par les épaules et la secoua légèrement.

— Pandora, ne vois-tu pas que je veux t'aider ?

Elle lui adressa un regard vide d'expression.

— Tu en as assez fait, Michael. Maintenant, va-t'en, s'il te plaît.

Michael se raidit, puis se résigna à lui obéir.

— Comme tu voudras, laissa-t-il tomber avant de quitter les lieux à grandes enjambées.

Il s'arrêta au beau milieu de la pelouse, suffoquant de colère et de frustration. Il aurait donné n'importe quoi pour pouvoir allumer une cigarette ! Pandora n'avait pas le droit de l'accuser. Pire : de lui donner l'impression d'être responsable. Car il se sentait envahi d'un sentiment de culpabilité aussi intense que s'il avait été réellement à l'origine de cet acte de vandalisme. Mains dans les poches, il se retourna pour fixer la porte de l'atelier. Une bordée d'injures lui monta aux lèvres.

Comment pouvait-elle le soupçonner d'une telle infamie ? Comment pouvait-elle le croire capable d'un tel acte de destruction ?

Elle avait refusé de l'écouter, de se laisser réconforter. Elle l'avait rejeté, repoussant son aide. Eh bien, songea-t-il avec amertume, qu'elle reste seule, si c'était ce qu'elle souhaitait !

Il s'apprêtait à regagner la maison lorsqu'il revit le visage bouleversé de la jeune femme. Quel idiot il faisait !

Il rebroussa chemin et reprit la direction de l'atelier. Lorsqu'il ouvrit la porte, Pandora était assise par terre, au milieu de cet incroyable chaos, pleurant toutes les larmes de son corps.

Une panique toute masculine s'empara de Michael. Comme la plupart des hommes, il ne savait quelle attitude adopter face à une peine aussi intense. Il était d'autant plus dérouté qu'il ne s'attendait pas à une telle réaction de la part de Pandora. Alors il fit ce que son cœur lui dictait : sans un mot, il s'assit à côté d'elle et passa un bras affectueux autour de ses épaules.

Comme il l'avait prévu, Pandora se raidit instantanément.

— Je t'ai demandé de me laisser seule, hoqueta-t-elle en reniflant.

— En effet. Mais je ne suis pas obligé de t'obéir, répondit-il d'une voix douce en lui caressant les cheveux.

Pandora aurait voulu se fondre dans ses bras et pleurer pendant des heures. Au lieu de cela, elle dit :

— Je ne veux pas que tu restes ici.

— Je sais. Tu n'as qu'à imaginer que ce n'est pas moi qui suis là.

Il l'attira tendrement contre lui.

— Je pleure parce que je suis en colère, dit-elle en se laissant enfin aller contre l'épaule offerte.

— Je comprends, acquiesça Michael en effleurant les boucles rousses de ses lèvres. Alors vas-y, évacue tout ce stress. J'ai l'habitude.

Les larmes redoublèrent tandis que Pandora s'abandonnait totalement dans les bras de Michael. Elle pleura de longues minutes, jusqu'à épuisement.

Puis elle essuya ses yeux et se blottit confortablement contre lui. Un profond sentiment de sécurité l'envahit. Elle ne voulait se poser aucune question pour le moment mais juste profiter de cet instant de plénitude. Elle eut soudain honte de s'être montrée aussi dure avec lui ! Lui qui n'avait pas hésité à revenir sur ses pas pour la consoler et la soutenir ! Contrairement à l'idée qu'elle se faisait de lui, il pouvait donc faire preuve de patience et de gentillesse ?

Pandora laissa échapper un profond soupir et ferma les yeux. Durant quelques secondes, elle se grisa de l'odeur de savonnette dont son pull était imprégné.

— Je suis désolée, Michael.

Michael apprécia le ton inhabituel de sa voix. Il passa sa joue sur la chevelure soyeuse de la jeune femme.

— Tout va bien.

— Ce ne sont pas des paroles en l'air, Michael. Je suis sincèrement désolée !

Alors qu'elle tournait la tête vers lui, ses lèvres effleurèrent la joue du jeune homme. Ce contact intime, réservé à des amis proches ou à des amants, les surprit tous les deux.

— Lorsque je suis rentrée et que j'ai vu les dégâts, je n'avais plus toute ma raison. Je…

Pandora s'interrompit, troublée par le regard de Michael. Elle trouvait fascinant de voir son propre reflet dans les yeux de quelqu'un d'autre. Pour quelle raison ne s'était-elle jamais rendu compte d'un tel miracle auparavant ?

— Bien, il faut que je range tout ça à présent.

— Oui, murmura Michael en promenant un doigt léger sur sa joue.

Sa peau était douce. Plus douce qu'il ne l'avait imaginée.

— Je vais t'aider.

C'était si bon de se nicher dans le creux de ces bras robustes, songeait Pandora sans esquisser le moindre mouvement.

— J'ai du mal à reprendre mes esprits.

— Vraiment ?

Leurs bouches se trouvaient dangereusement proches l'une de l'autre.

— Pourquoi ne pas en profiter quelques instants ?

Lorsque les lèvres de Michael touchèrent celles de Pandora, celle-ci, poussée par la curiosité, ne s'écarta pas. Elle acceptait ce baiser à titre d'expérience, tout comme lui semblait le faire. Chacun d'eux étant conscient de vivre quelque chose d'inévitable.

Les lèvres de Pandora étaient incroyablement douces et chaudes sous les siennes. Il la connaissait depuis si longtemps ! Comment ne s'en était-il pas douté ? Leurs langues se trouvèrent, s'emmêlèrent, jouant à se lâcher pour mieux se reprendre. L'estomac de Michael se noua. Contre toute attente, ce baiser le rendait fou, exacerbant le désir qu'il éprouvait pour elle. Il voulait plus. Plus que cette odeur charnelle qui affleurait, que ce corps à moitié consentant contre le sien. Ses doigts s'enroulèrent autour des boucles rousses puis se mirent à jouer avec, sauvagement.

Michael était tout à fait comme Pandora l'avait imaginé : plein de mystère et d'audace. Ses mains étaient fermes, ses lèvres généreuses. Elle s'était souvent demandé comment les choses se passeraient entre eux, mais chaque fois, elle avait chassé ces pensées de son esprit, refusant d'envisager une telle situation. Michael Donahue était dangereux tout simplement parce qu'il était Michael Donahue. Depuis l'enfance, et sans en comprendre vraiment la raison, elle éprouvait une sorte d'attirance et de fascination qu'aucun des hommes qu'elle avait connus jusque-là ne lui avait inspirée.

C'est en répondant à son baiser qu'elle comprit pourquoi.

Michael était différent. Il avait le pouvoir de faire vaciller ses certitudes. A cet instant précis, elle se fichait éperdument de sa barbe naissante qui lui irritait la peau, de même que de l'inconfort du sol ou du courant d'air glacial qui s'engouffrait par la porte restée entrouverte.

Elle se sentait parfaitement à l'aise, découvrant des terres jusque-là inexplorées, à la fois uniques, exotiques et extraordinaires.

Son corps voulait plus mais la raison l'emporta.

Sans s'être concertés, ils se séparèrent dans un élan commun.

— Bien, balbutia Pandora en tentant de se recomposer une attitude.

Elle posa ses mains bien à plat sur ses cuisses. « Reprends-toi, se chapitra-t-elle tandis que son cœur battait la chamade. Et prends bien garde à ce que tu vas dire. »

Après le traumatisme qu'elle venait de vivre, elle ne pouvait se payer le luxe de lui donner l'occasion de se moquer d'elle. Elle ne le supporterait pas.

— Je suppose que cela nous pendait au nez depuis un moment, reprit-elle d'un ton qu'elle voulait dégagé.

Michael, encore sous le choc des émotions que ce baiser avait déclenchées, tentait de calmer les battements désordonnés de son cœur.

— Je suppose aussi.

Il l'observa un instant avec curiosité. Mais lorsque son regard se posa sur les mains nerveuses de Pandora, un sourire satisfait flotta sur ses lèvres.

— Ce n'est pas exactement ce à quoi je m'attendais.

— C'est rarement le cas d'ailleurs, renchérit Pandora. Je crois que j'ai eu assez de surprises pour aujourd'hui, décréta-t-elle en se levant, chancelante.

Mais elle commit l'erreur de regarder autour d'elle. Le découragement s'abattit sur elle et elle se laissa de nouveau tomber sur le sol.

— Pandora…

La jeune femme secoua la tête tout en se relevant.

— Non, ne t'inquiète pas, ça va aller.

Se concentrant sur sa respiration, elle osa enfin affronter le désastre.

— En tout cas, tu avais raison : j'aurais dû me méfier et fermer la porte à clé. Sache que je te suis reconnaissante de ne pas en avoir rajouté avec des phrases du genre : « Je t'avais prévenue. »

— Ça ne servirait pas à grand-chose, de toute façon.

Michael prit les émeraudes et les fit rouler dans le creux de sa main.

— Sans être expert en la matière, je dirais qu'il y en a pour une petite fortune.

— Donc..., demanda Pandora qui commençait à deviner où Michael voulait en venir. Cela voudrait dire que nous n'avons pas affaire à un voleur, je me trompe ?

A son tour, elle prit une poignée de pierres parmi lesquelles se trouvaient deux diamants de grande valeur.

— Un voleur n'aurait jamais négligé des pierres pareilles, n'est-ce pas ?

Rompu à ce genre d'exercice, Michael commença à assembler mentalement les pièces du scénario. Action, motivations, il connaissait tout cela par cœur.

— Attendons de voir s'il ne manque rien, éluda-t-il. Mais il y a fort à parier que le coupable ne cherchait qu'à détruire et à vandaliser.

Pandora, dubitative, s'assit sur un angle de table.

— Tu penses que ça pourrait être l'œuvre d'un des membres de notre chère famille ?

— « Ils ne tiendront pas le coup », cita-t-il. Tu t'en souviens ? Sans vouloir trop m'avancer, je pense que nous tenons peut-être là une piste. Aucun d'eux ne nous croyait capables de vivre ensemble sans nous entretuer, et pourtant nous venons de franchir le cap des quinze jours sans la moindre anicroche. Il y a de quoi les rendre nerveux, non ? Rappelle-moi un peu quelle a été ta réaction lorsque tu as découvert ce carnage ?

Pandora passa une main nerveuse dans ses cheveux.

— J'ai cru que c'était toi, avoua-t-elle de bonne grâce. Je suppose que c'est exactement ce qu'ils attendaient de moi. Quelle idiote je fais ! Je me déteste d'être aussi prévisible !

— Ne sois pas si sévère avec toi ! Nous venons de les percer à jour.

Pandora lui coula un regard en biais, ne sachant trop si elle devait le remercier ou se confondre de nouveau en excuses. Ni l'un ni l'autre, décida-t-elle finalement.

— Biff. C'est un coup de Biff, j'en suis sûre ! Ça lui ressemble assez, un coup aussi bas, fulmina-t-elle.

— Je ne pense pas. A moins qu'il ne manque des pierres. Il n'aurait pas pu résister à la perspective de les revendre contre un bon paquet de liquide.

— C'est exact, reconnut Pandora. Oncle Carlson alors ? Non, ce n'est pas son style de se salir les mains. Quant à Ginger, elle aurait été trop fascinée pour songer à faire autre chose qu'à les regarder bêtement.

Pandora s'interrompit et tenta d'imaginer l'un des membres de sa famille en train de manier ses tenailles.

— Enfin, reprit-elle en triturant des petits brins d'or, peu importe qui est l'auteur de ce saccage. Le résultat est le même : à cause d'eux, ma commande est retardée de quinze jours. Et je ne réussirai jamais à reproduire ce collier à l'identique.

— Peut-être feras-tu mieux, au contraire, murmura Michael.

Pandora opina tristement, touchée par sa sollicitude.

— De toute façon, je n'ai pas le choix, je n'ai qu'à recommencer. Dis à Sweeney que je ne déjeunerai pas.

— Je vais t'aider à remettre un peu d'ordre dans tout ça, déclara spontanément Michael.

— Non.

La réponse de Pandora claqua comme un coup de fouet.

— Non vraiment, Michael, répéta-t-elle d'une voix radoucie. J'apprécie beaucoup ton offre mais j'ai besoin de m'occuper l'esprit. Et de rester seule.

Michael renonça à la convaincre. Il comprenait son désir de solitude.

— Très bien. Je te verrai pour le dîner.

Il allait franchir le seuil lorsque la voix de Pandora l'arrêta.

— Michael…

Il se retourna. Pandora semblait avoir repris le dessus.

— Peut-être Jolley avait-il raison.

— A quel sujet ?

— En cherchant bien, on devrait pouvoir te trouver une ou deux qualités.

Un sourire ironique accueillit la plaisanterie de la jeune femme.

— Oncle Jolley avait *toujours* raison, cousine. C'est la raison pour laquelle il continue à mener la danse.

Pensive, Pandora fixa la porte qui venait de se refermer sur Michael.

— Tu mènes peut-être, mais crois-moi, je ne te laisserai pas diriger ma vie, grommela-t-elle à l'intention de son interlocuteur invisible. Je resterai libre et célibataire. Mets-toi bien ça dans la tête !

Pandora n'était pas superstitieuse. Cependant, elle

crut entendre le rire tonitruant de son oncle ponctuer son monologue.

Elle secoua la tête puis, après s'être retroussé les manches, se mit énergiquement au travail.

Chapitre 4

Après un long et fastidieux inventaire, il s'avéra qu'il ne manquait aucune pierre. Pandora n'alerterait donc pas la police. Inutile de leur faire constater que, par sa propre négligence, il n'y avait pas eu effraction. En outre, une enquête serait menée, qui donnerait une dimension particulière à ce qui n'était qu'une manœuvre d'intimidation, perpétrée par un membre de sa propre famille.

Elle voyait d'ici les gros titres :

« MCVIE CONTRE MCVIE : UNE FAMILLE SE DISPUTE LE TESTAMENT D'UN VIEIL EXCENTRIQUE ! »

Pandora cachait, sous une nature honnête et indépendante, une volonté farouche de garder secrètes les affaires de famille. C'est pourquoi si l'un des membres de sa famille, doué de mauvaises intentions, rôdait encore autour de la propriété, elle se chargerait elle-même de lui faire comprendre qu'elle jugeait insignifiant l'acte de vandalisme dont elle venait d'être l'objet. Et elle mettrait un point d'honneur à ce que personne ne sache à quel point cela l'avait, au contraire, affectée. En outre il ne fallait pas que son ennemi sache que désormais, elle resterait vigilante car elle était bien déterminée à trouver le responsable.

Michael, qui rejoignait Pandora sur tous ces points, n'avait pas contesté sa décision. Lui-même avait toujours mené en parallèle carrière et vie de famille, faisant des deux deux blocs bien distincts ; ce qui lui permettait de vivre, comme il le souhaitait, dans l'anonymat le plus absolu. Dans son milieu professionnel on ne le connaissait que comme Michael Donahue, scénariste, sans aucun lien avec le multimilliardaire Jolley McVie. Et il entendait bien conserver cet anonymat.

Chacun des deux jeunes gens s'était bien gardé de livrer à l'autre les raisons de son silence. Et c'est sans se concerter, mais poussés par la même détermination, qu'ils avaient décidé de mener leur propre enquête. Chacun s'estimant, évidemment, plus compétent que l'autre pour résoudre cette énigme. Ils évitaient donc soigneusement le sujet, prenant même garde à ne faire aucune référence à ce qui s'était passé dans l'atelier.

Après deux verres de vin et une délicieuse fricassée de poulet, Pandora se sentait plus optimiste. Après tout, la situation aurait été beaucoup plus grave si on lui avait pris ses pierres ou même ses outils de travail. Elle aurait alors été dans l'obligation de repartir plusieurs jours, voire plusieurs semaines, pour New York. Non, ce qui la dérangeait plus que tout, c'était la certitude d'avoir été épiée. Car elle ne pouvait expliquer autrement la parfaite coïncidence qui existait entre sa courte absence en ville et la mise à sac de son atelier. Cela signifiait également que quelqu'un savait qu'elle était en train de réaliser sa première commande importante.

— Je me demande, attaqua Pandora d'un ton qu'elle voulait désinvolte, si les Sanderson sont chez eux en ce moment.

— Les propriétaires de l'étang ?

Michael y avait déjà pensé. Armé d'une bonne paire de jumelles, n'importe qui pouvait facilement surveiller la maison, depuis certains points stratégiques de leur propriété.

— Ils passent pas mal de temps en Europe, non ?

— Mmm, opina Pandora en triturant ses couverts. Ils possèdent des hôtels là-bas, alors ils viennent toujours ici à l'improviste.

— Ils ne louent jamais leur maison ?

— Pas que je sache. Durant leur absence, ils la laissent à la garde de leurs employés. Maintenant que j'y pense, leur dernier séjour remonte à quelques mois. Je m'en souviens bien, précisa-t-elle en souriant, Jolley et moi avons failli nous faire prendre en train de pêcher dans leur étang. Nous avons juste eu le temps de nous réfugier dans la cabane…

Pandora s'interrompit, soudain pensive.

— La cabane…, murmura Michael. Tu veux parler de cette espèce de hutte en rondins que Jolley utilisait comme abri de chasse ? Je l'avais complètement oubliée celle-là !

Pandora haussa négligemment les épaules, faisant mine de ne pas comprendre où Michael voulait en venir.

— En tout cas, Sanderson ne nous a jamais pris sur le fait ! Oncle Jolley et moi, on se goinfrait d'abord du produit de notre pêche et ensuite on prenait la peine de lui faire parvenir le reste, bien nettoyé. Quand je pense qu'il n'a jamais daigné nous envoyer le moindre mot de remerciement !

— Aucune éducation, renchérit hypocritement Michael.

— J'ai entendu dire que sa grand-mère était serveuse dans un bar de Chelsea. Ceci expliquerait cela… Un peu de vin ?

— Non merci.

Mieux valait garder les idées claires s'il voulait mener à bien le plan qui venait de germer dans son esprit.

Pandora reposa la bouteille et lui sourit.

— Moi non plus, je n'en reprends pas. En fait, je suis très fatiguée.

— C'est bien normal, renchérit Michael, pressé de mettre son plan à exécution. Tu devrais aller te coucher, tu as besoin d'une bonne nuit de sommeil.

— Tu as raison.

Aucun des deux ne paraissait se rendre compte de l'excessive politesse avec laquelle ils se parlaient.

— Je crois que pour une fois je vais me passer de café et aller directement prendre un bon bain, annonça-t-elle en bâillant légèrement. Et toi ? Tu vas retourner travailler ?

— Non, heu… non. Je m'y mettrai tôt demain matin.

Pandora se leva, toujours souriante. Elle allait se donner une heure avant de se risquer dehors.

— Dans ce cas, je monte. Bonne nuit, Michael.

— Bonne nuit, Pandora.

Il attendrait qu'elle éteigne la lumière de sa chambre avant de se rendre sur place.

Pandora resta exactement cinquante minutes dans l'obscurité de sa chambre, à l'affût du moindre bruit. Le plus dur était de sortir sans se faire repérer. Le reste serait facile. La poignée de sa porte tourna avec un petit grincement. Pandora retint son souffle, l'oreille aux aguets. Pas un bruit. C'est maintenant ou jamais, décida-t-elle en s'emmitouflant dans son manteau. Elle fourra dans sa poche une lampe torche, deux boîtes d'allumettes et un pulvérisateur de laque. En cas de nécessité, celui-ci se révélerait aussi efficace qu'une bombe de gaz lacrymogène. Elle se faufila dans le couloir et, dos au mur, descendit lentement les marches.

En avant pour l'aventure ! se dit-elle avec la petite pointe d'excitation mêlée d'appréhension qu'elle avait si souvent connue lorsque, avec son oncle Jolley, ils jouaient à enfreindre les règles. Pandora regretta amèrement qu'il ne soit plus là. Elle inhala une profonde bouffée d'air frais, puis après avoir jeté un bref coup d'œil à la fenêtre de Michael, s'élança dans la nuit étoilée éclairée seulement par le croissant lumineux de la lune ascendante.

Elle avançait lentement, balayant du faisceau de sa lampe l'obscurité épaisse de la forêt. Elle n'avait pas peur. Au contraire, elle jouissait de l'instant, retardant le moment où, forcément bredouille, il lui faudrait regagner la maison. Attentive aux bruits, elle essayait d'en identifier l'origine. Ici, le sifflement de la bise à travers les aiguilles de pin, là le bruissement de feuilles mortes tourbillonnant sur le sol gelé. Et ce drôle de cri ? Etait-ce celui d'un renard, d'un raton laveur ou encore celui d'un ours en mal d'hibernation ?

Elle se gorgeait de cette sortie nocturne en solitaire où chacun de ses pas la guidait vers des trésors d'imagination. Toute gonflée d'une joie enfantine, elle respirait à pleins poumons les odeurs mêlées de sapin, de terre humide et de crachin annonciateur de gel.

Parvenue à un croisement, elle emprunta la voie de gauche. La cabane ne devait plus être loin à présent. Elle s'arrêta soudain, alarmée par la silhouette massive qu'elle venait de discerner. La perspective de se retrouver face à un ours brun ou à un lynx fit momentanément vaciller sa belle assurance. Le cœur battant, elle tendit l'oreille, scruta un peu plus les ténèbres. Rien. Secouant la tête, elle reprit sa marche téméraire.

Que ferait-elle si la cabane était occupée ? Quelle serait sa réaction si elle tombait nez à nez avec l'un de ses chers et dévoués parents ? Elle imagina l'oncle Carlson lisant son journal, confortablement installé au coin du feu, tandis que tante Patience trompait son ennui en essuyant frénétiquement la poussière qui devait recouvrir le mobilier rudimentaire laissé là. Si elle n'avait eu à la mémoire le souvenir de son atelier saccagé par la main haineuse d'un de ses proches, cette vision l'aurait fait rire.

Sourcils froncés, elle avança avec détermination vers la cabane qui se détachait, silhouette incertaine et lugubre, devant elle. Si quelqu'un était là, il faudrait qu'il réponde de ses actes, décida-t-elle.

Manifestement, l'endroit était désert. Elle s'approcha doucement, prenant bien soin de laisser le faisceau de sa lampe raser le sol. Le craquement sinistre des marches sous l'effet de son propre poids la fit sursauter. Elle posa une main sur sa poitrine et attendit. Lorsque les battements désordonnés de son cœur se furent enfin calmés, elle fit tourner la poignée. La porte s'ouvrit avec un grincement lugubre. Pandora compta jusqu'à dix puis, après avoir balayé la pièce de sa lampe torche, fit prudemment un pas en avant. C'est alors qu'un bras robuste lui enserra la gorge, la paralysant totalement. Elle laissa échapper sa lampe qui alla rouler sur le sol, éclairant alternativement dans sa course des pans de mur et la cheminée en pierre. Pandora cherchait à tâtons son arme de fortune dans sa poche lorsque son agresseur relâcha légèrement son emprise pour la faire pivoter.

La jeune femme, le doigt sur le pulvérisateur, regardait fixement le poing de Michael, prêt à s'abattre sur sa joue.

— Bon sang ! s'écria Michael en laissant retomber son bras, qu'est-ce que tu fais là ?

— Et toi ? rétorqua Pandora. Qu'est-ce qui t'a pris de me sauter dessus comme ça ? Je parie qu'en plus tu as cassé ma lampe !

— J'ai plutôt failli te casser le nez, oui !

Pandora rejeta ses cheveux en arrière et alla ramasser sa lampe. Michael ne devait pas voir qu'elle tremblait.

— Tu aurais quand même pu t'assurer de l'identité de l'intrus avant de vouloir le réduire en pâtée ! accusa-t-elle crânement.

— Tu m'as suivi.

Pandora le regarda avec amusement. C'était encore le meilleur remède contre la peur qu'elle venait d'éprouver.

— Ne sois pas aussi prétentieux, veux-tu. Je voulais simplement m'assurer qu'il n'y avait personne ici. Je ne pouvais pas imaginer une seconde que tu te mêlerais de mes affaires.

— Moi ? Je me mêle de tes affaires ?

Indigné par tant d'injustice, Michael braqua le faisceau de sa propre lampe sur le visage de Pandora, obligeant celle-ci à se protéger les yeux de sa main.

— Et d'après toi, que se serait-il passé si tu avais trouvé quelqu'un ? Tu l'aurais neutralisé toute seule peut-être ?

Pandora repensa à la facilité avec laquelle Michael l'avait maîtrisée. Elle releva fièrement le menton.

— Je suis assez grande pour veiller sur moi toute seule, clama-t-elle en le défiant du regard.

Michael, un brin narquois, regarda d'un air moqueur le pulvérisateur que Pandora tenait toujours dans sa main.

— Je n'en doute pas. Mais peux-tu m'expliquer ce que tu fais avec une bombe de laque ?

Devant l'absurdité de la situation, Pandora ne put réprimer un gloussement. Si Jolley avait pu les voir en ce moment !

— En plein dans les yeux, précisa-t-elle de bonne grâce. C'est radical.

Michael proféra un juron avant d'éclater d'un grand rire sonore. Lui-même n'aurait pas inventé scénario plus abracadabrant.

— Si je comprends bien, je dois m'estimer heureux de ne pas avoir été victime de cette arme redoutable ?

— Contrairement à toi, j'ai bien vu que je n'avais pas affaire à un ennemi.

Pandora fourra sa bombe dans sa poche et ajouta :

— Bien, et si nous en profitions pour jeter un coup d'œil dans cette cabane ?

— C'est précisément ce que j'étais en train de faire lorsque j'ai entendu tes pas furtifs.

Pandora plissa le nez dans une moue réprobatrice.

— Il semble bien que quelqu'un soit venu ici il y a peu de temps, ajouta-t-il.

Pour preuve de ce qu'il avançait, Michael désigna la cheminée où fumaient encore des bûches à demi consumées.

— Bien, bien, acquiesça distraitement Pandora qui, ne voulant pas être en reste, se mit à son tour en quête d'indices.

La dernière fois qu'elle était venue ici, une des chaises, celle qui avait un barreau cassé, se trouvait près de la fenêtre. Son oncle s'y était assis afin de surveiller les allées et venues de Sanderson tandis qu'elle ouvrait une boîte de sardines destinée à calmer la faim qui les tenaillait. A présent, la chaise était installée près de la cheminée.

— Un vagabond, probablement, formula-t-elle à voix haute.

Michael la dévisagea un instant en silence puis opina d'un signe de tête.

— Peut-être.

— Mais peu probable, termina Pandora à la place de Michael. C'est ce que tu penses, n'est-ce pas ? Et s'ils revenaient ?

— Difficile à dire.

Tout était bien rangé. Trop bien rangé. Le sol et les meubles qui, logiquement, auraient dû être recouverts d'une épaisse couche de poussière, avaient été soigneusement nettoyés.

— Mais il se peut aussi qu'ils aient terminé ce qu'ils avaient à faire.

Pandora esquissa une moue contrariée puis se laissa tomber sur l'unique banquette qui faisait office de divan.

— J'aurais bien aimé les prendre au piège, avoua-t-elle en posant son menton entre ses mains.

— Ah oui ? ironisa Michael. Avec ta bombe de laque ?

Pandora lui adressa un regard plein de morgue.

— Tu avais une meilleure idée, peut-être ? insinua-t-elle perfidement.

— En tout cas, je pense que moi au moins, je les aurais intimidés.

— A coups de poing, probablement, commenta la jeune femme en faisant claquer sa langue. Quand donc renonceras-tu à user systématiquement de ta force ?

— Parce que toi, tu voulais juste avoir une discussion courtoise avec l'espèce d'ordure qui a mis ton atelier à sac et anéanti des heures de travail ?

Pandora était sur le point de répliquer lorsqu'elle parut changer d'avis et adressa à Michael ce petit sourire irrésistible qui le faisait craquer.

— Non, admit-elle. Ce n'était pas précisément mon intention. Toi qui as l'habitude d'écrire des histoires policières, que dirais-tu d'unir nos forces et de rechercher quelque chose qui pourrait nous mettre sur la voie ?

Michael accueillit la proposition de la jeune femme en ricanant.

— Excuse-moi, j'ai laissé ma loupe à la maison.

— Tu vois bien que tu peux être drôle lorsque tu t'en donnes la peine !

Pandora se leva et commença à balayer la pièce du faisceau lumineux de sa lampe.

— Ils ont probablement laissé traîner quelque chose qui va les trahir.

— Leur signature, peut-être ? ironisa Michael.

— Quelque chose, répéta Pandora en s'agenouillant pour vérifier sous la banquette. Ah ! J'avais raison, exulta-t-elle en ramenant un objet de dessous le meuble.

— Qu'est-ce que c'est ? s'enquit Michael soudain intéressé.

— Une chaussure, annonça triomphalement Pandora, avant d'ajouter tristement : une vieille chaussure de Jolley.

Elle apparut si vulnérable à Michael, si perdue, qu'il lui offrit les seules paroles réconfortantes qu'il pouvait prononcer.

— A moi aussi, il me manque, tu sais.

Pandora alla s'asseoir, la vieille basket sur ses genoux.

— Tu sais, quelquefois, ce que je ressens est si fort que j'ai l'impression qu'il est là, avec moi. Qu'il se cache quelque part, prêt à bondir, enchanté du bon tour qu'il nous a joué.

Cette perspective fit rire Michael. D'un geste qui se voulait affectueux et réconfortant, il se mit à frictionner le dos de Pandora.

— Je comprends parfaitement ce que tu éprouves.

La jeune femme le regarda, sceptique.

— Après tout, pourquoi pas ? murmura-t-elle comme pour elle-même.

Elle se leva brusquement et posa la basket sur le siège.

— Je vais jeter un coup d'œil dans les placards.

— Préviens-moi si tu y trouves des biscuits.

Puis croisant le regard perplexe de Pandora, il précisa :

— Il est fortement recommandé aux gens qui s'arrêtent de fumer de trouver des compensations.

— Tu devrais essayer les chewing-gums, conseilla Pandora tout en inspectant des bocaux et des boîtes de conserve soigneusement rangés sur une étagère. Il y avait là du beurre de cacahouète et une énorme boîte de caviar. Du russe. Les deux en-cas préférés de Jolley.

Sa torche balaya toute une réserve de sauce tomate et de salade de fruits en conserve. A quatre-vingt-treize ans, le vieil homme avait les goûts alimentaires d'un adolescent de quinze ans.

— Ah, ah ! s'écria-t-elle soudain d'un ton victorieux.

— Tu as trouvé autre chose ?

— Une boîte de thon, dit-elle en agitant celle-ci sous le nez de Michael. C'est une boîte de thon !

— Absolument ! Tu as trouvé la mayonnaise qui va avec ?

— Ce que tu peux être bête quand tu t'y mets ! Je te rappelle qu'oncle Jolley détestait le thon.

Michael retint la remarque sarcastique qu'il s'apprêtait à faire.

— C'est vrai, concéda-t-il, et il n'était pas du genre à stocker dans ses placards quelque chose qu'il n'aimait pas.

— Exact.

— Félicitations, Sherlock. Il ne nous reste plus qu'à trouver qui, au sein de notre famille, raffole du thon en conserve.

— Tu es jaloux parce que j'ai trouvé un indice.

— Justement, c'est juste un indice, commenta Michael, légèrement vexé d'avoir été doublé par un amateur.

— Si tu pensais ne rien trouver, pourquoi es-tu venu jusqu'ici ? interrogea-t-elle avec humeur.

— Parce que j'étais persuadé de trouver quelqu'un, pas quelque chose. D'ailleurs cette boîte de thon prouve bien que j'avais raison d'y croire.

Pandora replaça bruyamment la conserve sur son étagère.

— Nous ne sommes pas plus avancés !

— Tu vois bien, ça ne servait à rien de me suivre.

— Je ne t'ai pas suivi ! riposta Pandora, en braquant sa lampe dans le dos de Michael.

Sa silhouette se détacha, trop sexy, trop dangereuse. L'espace d'une seconde, la jeune femme se surprit à se vouloir irrésistible. Femme fatale aux pieds de laquelle cet homme se traînerait pour l'avoir.

— Tu as la mémoire courte, s'exclama-t-elle. C'est toi qui m'as suivie !

— C'est ça. Et c'est la raison pour laquelle je suis arrivé le premier.

— Ça n'a rien à voir ! répliqua Pandora, avec toute la mauvaise foi dont elle était capable. Si tu avais prévu de venir ici cette nuit, pourquoi ne m'en as-tu pas parlé au dîner ?

Michael ne répondit rien. Il s'approcha d'elle. Quelque chose, semblable à un frisson, lui parcourait l'échine à mesure qu'il s'approchait d'elle.

— Pour la même raison que toi, j'imagine. Tu n'as pas confiance en moi, je n'ai pas confiance en toi, voilà tout.

— Voilà au moins un point sur lequel nous nous rejoignons !

Au moment où elle passait devant lui, Michael la prit par le bras. Le regard de Pandora, glacial, glissa de la main qui la retenait prisonnière au visage de Michael.

— Cela devient une habitude dont tu devrais te débarrasser, Michael.

— Inutile. Il paraît qu'une habitude en chasse une autre.

Le ton sur lequel elle lui répondit contrastait étrangement avec le bouillonnement intérieur de ses veines.

— Vraiment ?

— Tu es plus accessible que je ne pensais, Pandora.

— N'en sois pas si sûr, rétorqua la jeune femme qui, dans un mouvement purement défensif, s'écarta légèrement de lui.

— Certaines femmes ont du mal à assumer leur pouvoir de séduction.

La colère qu'il vit passer dans les yeux de Pandora troubla Michael tout autant que le bref éclair de désir qu'il y avait lu dans l'après-midi.

— En revanche, toi, tu as l'air d'assumer parfaitement ton ego surdimensionné. Mais sache, mon cher Michael, que ce qui marche probablement très bien avec tes nombreuses conquêtes ne me…

— Décidément, ma vie sexuelle semble beaucoup t'intéresser.

Michael lui sourit, satisfait de voir la frustration se peindre sur son visage.

— Autant que peut m'intéresser la vie sexuelle des mammifères marins, rétorqua Pandora.

Elle se maudit de sentir son cœur s'emballer. Mais ce n'était pas de colère. Elle était trop honnête pour prétendre le contraire. Elle qui était venue, poussée par son goût de l'aventure, elle était servie !

— Il est tard, annonça-t-elle soudain sur le ton d'un professeur réprimandant un élève indiscipliné. Tu voudras bien m'excuser…

Elle amorçait un pas en avant lorsque Michael la plaqua sans ménagement dans un angle de mur.

— Je ne me suis jamais permis d'évoquer ta vie

sexuelle, moi. Mais laisse-moi deviner… Je suis certain que tu fais partie de ces femmes fréquentant de pseudo-intellectuels qui préfèrent philosopher des heures sur le sexe plutôt que de le pratiquer. Je me trompe ?

— Espèce de sale prétentieux arrogant, de… !

Michael lui ferma la bouche d'un baiser, l'empêchant de poursuivre sur sa lancée.

Cette fois, il ne s'agissait plus de curiosité mais d'un baiser torride, passionné, qui frisait le désespoir. Pourtant, Pandora ne voulait pas y penser. Elle verrait plus tard. Pour l'heure, tout ce qu'elle souhaitait, c'était profiter de l'expérience. La bouche de Michael était chaude et ferme et il l'embrassait avec l'assurance des hommes qui en ont vu d'autres. Elle acceptait de lui cet aplomb machiste qui, chez d'autres, la rendait folle de rage. Elle aimait cette force qui se dégageait de lui, cette brusquerie à laquelle elle était confrontée pour la première fois. Loin des attentions délicates de ses précédents amants, Michael exigeait, attendait, donnait avec la même audacieuse brutalité.

Michael s'était attendu à ce que Pandora le remette à sa place et batte en retraite, indignée. Aussi avait-il été surpris que la jeune femme réponde aussi fougueusement à son baiser. Plus tard, il se souviendrait que jamais un simple baiser n'avait déclenché en lui un tel tumulte.

Le contraste était saisissant entre la fièvre de son corps et la douceur de ses lèvres. Se moquerait-elle de lui si elle soupçonnait le feu qui coulait dans ses veines ? Il préféra ne pas y penser et relégua ces interrogations dans un coin éloigné de sa mémoire. Pour l'heure, tout ce qu'il souhaitait, c'était se laisser guider par ses sens.

Rien n'incitait au romantisme. Le mince croissant

de lune avait disparu depuis longtemps, plongeant la cabane dans une obscurité froide. Une odeur âcre de fumée et de poussière flottait dans l'air et un courant d'air glacial filtrait sous la porte. Pourtant aucun d'eux ne prêtait attention à ce qu'ils considéraient comme de petits désagréments.

Lorsqu'ils s'écartèrent l'un de l'autre, Michael vibrait encore d'émotions contenues. Il tira une certaine satisfaction du fait que Pandora semblait dans le même état que lui. Elle aussi, chancelante, avait du mal à recouvrer ses esprits. Cherchant à retrouver un semblant d'équilibre, Michael lâcha sur le mode de la plaisanterie :

— Tu disais donc…

Elle avait envie de le frapper. Elle avait envie d'étouffer sous ses baisers cet air suffisant qu'elle détestait. S'il s'imaginait qu'elle allait se traîner à ses pieds, comme les autres femmes le faisaient probablement, il se trompait lourdement ! Non, elle ne serait pas une victoire facile de plus !

— Crétin !

— J'adore la simplicité avec laquelle tu t'exprimes.

Pandora le fusilla du regard puis lâcha froidement :

— Règle numéro six : pas de relation sexuelle entre nous.

— Pas de relation sexuelle…, renchérit Michael tandis que Pandora se dirigeait dignement vers la sortie. Sauf si les deux parties sont consentantes.

Un sourire satisfait aux lèvres, il regarda Pandora claquer bruyamment la porte derrière elle.

*
* *

Lorsque deux personnes vivant sous le même toit sont totalement absorbées par leurs professions respectives, il peut arriver qu'elles ne fassent que se croiser. Surtout si la maison est particulièrement grande et les personnes en question particulièrement têtues. Pandora et Michael ne se voyaient donc qu'à l'heure des repas, chacun repartant ensuite vaquer à ses propres occupations. Il ne s'agissait ni de discrétion, ni de respect mutuel. Non, chacun cherchait dans cette frénésie de travail un moyen d'éviter l'autre.

C'est ainsi que le premier mois s'acheva. Tous deux satisfaits qu'il n'en reste plus que cinq.

Au cours du deuxième mois, Michael dut regagner New York pour une journée afin d'y régler un problème professionnel.

Il quitta la maison, raide comme la justice et pestant contre cet imprévu. Pandora, elle, avait bien l'intention de profiter de son absence. Enfin, elle allait avoir la maison pour elle seule et n'aurait pas à rester sur ses gardes pendant des heures. Elle allait pouvoir faire ce qu'elle voulait sans s'inquiéter de savoir si quelqu'un allait venir la surprendre ou commenter ses actes par des piques sarcastiques. Elle s'en réjouissait d'avance !

Pourtant, lorsqu'elle eut fini de picorer dans son assiette, elle ne put s'empêcher d'aller écarter les lourdes tentures de la fenêtre pour vérifier que la voiture de Michael n'était plus là. Pas parce qu'il lui manquait, ou du moins voulait-elle s'en persuader. Simplement parce qu'elle avait pris l'habitude de vivre en sa compagnie et que son absence créait un vide.

C'était d'ailleurs bien là l'une des raisons pour lesquelles elle avait toujours voulu vivre seule. Pour éviter toute sorte de dépendance. Et la dépendance, décréta-t-elle, était inévitable dès que vous partagiez le même espace, fût-ce avec un monstre à deux têtes.

Néanmoins, elle attendait. Bien après que Sweeney et Charles furent partis se coucher, elle était toujours dans le salon, postée derrière la fenêtre, à attendre elle ne savait quoi. Elle n'était pas inquiète. Elle ne souffrait pas de solitude. Elle se sentait simplement désœuvrée. Pour tromper son ennui, et parce qu'elle n'avait pas sommeil, elle déambula un moment dans le couloir. Puis, presque sans qu'elle s'en rende compte, ses pas la conduisirent dans ce qui avait été la tanière de Jolley. « Salle de jeux » aurait été plus approprié. La décoration oscillant entre une vidéothèque de galerie marchande et les salons privés d'une boîte de nuit.

Elle s'installa dans l'un des canapés moelleux qui faisaient face à l'écran géant puis mit la console de jeu en marche. Peu lui importait le thème du jeu qui se trouvait déjà à l'intérieur, le but était de se donner l'impression d'avoir de la compagnie. C'est ainsi qu'elle passa une heure à essayer vainement de battre le précédent score que son oncle avait effectué au flipper. Le jeu suivant simulait une attaque de la planète Zarbo. Le système de défense mis au point par Pandora étant manifestement peu efficace, la planète explosa trois fois au cours de la partie. Vint ensuite un jeu d'échecs auquel la jeune femme renonça, jugeant son esprit trop apathique pour pouvoir se mesurer à un ordinateur.

Elle finit par s'allonger confortablement dans le canapé et alluma la télé pour regarder les images défiler d'un œil distrait. La nuit était bien avancée lorsque son attention fut attirée par la diffusion tardive d'une série policière. Les bras croisés sous la nuque, elle se laissa agréablement entraîner dans des poursuites infernales ponctuées de crissements de pneus et de tirs d'armes à feu.

Elle n'avait même pas remarqué Michael qui, depuis le seuil, l'observait en silence.

Après une journée éreintante et un bon moment passé dans les embouteillages, il avait songé à rebrousser chemin pour regagner New York et accepter l'invitation de son assistante de production, une jolie brune voluptueuse aux yeux de braise. Cependant, il s'était trouvé une bonne demi-douzaine d'excuses pour y renoncer. Sans savoir exactement pourquoi.

Sa première intention avait été de monter l'escalier à pas de loup et de s'écrouler dans son lit jusqu'au lendemain midi. Mais il avait vu les lumières filtrer sous la porte de la salle de jeux et entendu les éclats de voix d'une émission télévisée.

C'est ainsi qu'il avait découvert Pandora, ennemie jurée du petit écran, affalée dans un sofa, en train de suivre avec un intérêt manifeste la rediffusion d'une série policière. Intéressante d'ailleurs, songea-t-il en reconnaissant l'émission. Il se souvenait avoir produit deux ou trois scénarios pour ses producteurs, alors qu'il démarrait dans le métier.

Michael attendit la page publicitaire pour manifester sa présence.

— Sa Majesté serait-elle tombée de son piédestal ?

Pandora sursauta violemment, puis regarda par-dessus son épaule. Elle s'assit, cherchant désespérément une excuse plausible à sa présence tardive dans la salle de jeux.

— Je n'arrivais pas à dormir, dit-elle sans trahir la vérité.

Elle se garda cependant bien de lui avouer que c'était parce qu'il n'était pas là.

— Je parie que la télé a été inventée pour les insomniaques qui ne veulent pas céder aux somnifères, ajouta-t-elle.

Bien qu'épuisé, Michael prit le temps de savourer le revirement d'opinion de la jeune femme. Il s'approcha, se laissa tomber à ses côtés sur le canapé, et posa ses jambes sur la table basse de bois massif.

— Alors, qui est le coupable ? s'enquit-il.

Il soupira d'aise. C'était bon de rentrer à la maison.

— L'associé véreux.

Elle était trop contente qu'il soit rentré pour tenter de se défiler.

— Mais ce n'est pas très difficile de tout comprendre avant la fin.

— Trouver qui est l'auteur du crime n'est pas le but dans cette série, précisa Michael. L'intérêt réside dans la façon dont l'inspecteur va manœuvrer le suspect afin qu'il se trahisse et avoue.

— Alors, comment s'est passée ta journée ? demanda Pandora feignant de se désintéresser de l'écran de télévision.

— Pas mal, répondit Michael en enlevant une de ses chaussures avec le bout de l'autre. Après des heures de discussions stériles, mon scénario reste finalement intact.

Il paraissait exténué. Au point d'être incapable de retirer sa deuxième chaussure.

— Et tout ça pour une malheureuse série d'une heure

par semaine ! Il y a là dedans un mystère que je ne comprendrai jamais. Ce doit être typiquement américain, conclut-il, désabusé.

— Mais enfin, je ne vois pas où est le problème, observa Pandora. Un crime est commis, les bons pourchassent les méchants qui finissent toujours par être rattrapés. Tout cela me paraît d'une simplicité enfantine.

— Merci d'éclairer ma lanterne. J'en parlerai au cours de la prochaine réunion de production.

— Non vraiment, insista Pandora, je ne comprends pas. Tu devrais être rodé depuis le temps que tu pratiques ce métier.

— Connais-tu le sens des mots « ego » et « paranoïa » ?

Pandora esquissa un petit sourire ironique à son intention.

— Je crois, oui.

— Eh bien, ajoutes-y le fichu caractère des acteurs, la course à l'Audimat, les budgets toujours plus restreints et les exigences des patrons de chaînes, et tu verras que les choses ne sont pas aussi simples que tu le dis. C'est la triste réalité du monde du spectacle, ma vieille.

Pandora haussa les épaules.

— Drôle de façon de gagner sa vie !

— Tu as raison, approuva Michael avant de fermer les yeux en poussant un soupir.

Pandora le laissa dormir pendant une vingtaine de minutes, le temps de regarder le héros de sa série resserrer les mailles du filet autour du criminel. Satisfaite que justice soit faite, elle alla éteindre le poste de télévision et baissa l'intensité des lumières de la pièce.

Elle était tentée de laisser Michael dormir là. Il

paraissait si paisible, tout d'un coup. Portée par un élan de tendresse, elle repoussa doucement une mèche de cheveux qui lui tombait sur le front. Non, s'il passait la nuit dans cette position inconfortable, il se réveillerait d'une humeur massacrante. Peut-être même attraperait-il un torticolis. Mieux valait le réveiller et l'inciter à monter se coucher. Elle lui secoua doucement l'épaule.

— Michael.

— Mmm ?

— Allons nous coucher.

— Je commençais à désespérer que tu me le demandes un jour, marmonna-t-il dans un demi-sommeil en tendant vers elle une main incertaine.

Amusée, Pandora le secoua un peu plus fort.

— Ne prends pas tes désirs pour des réalités. Allons, *cousin*, debout ! Je vais t'aider à monter les marches.

— Ce réalisateur, quel imbécile ! maugréa Michael tandis que Pandora l'aidait à se redresser.

— Je n'en doute pas une seconde. Maintenant, voyons si tu peux mettre un pied devant l'autre. Voilà, c'est bien, dit-elle d'un ton encourageant. Allons-y.

Un bras passé autour de la taille de Michael, elle le guida vers la sortie.

— Il n'a pas arrêté de discuter mon scénario.

— Je comprends que tu sois énervé. Fais attention à la marche.

— « Je verrais bien un peu plus d'émotion dans la deuxième partie. » Qu'il aille au diable ! grommela-t-il en pesant de tout son poids sur le bras de Pandora. Comme s'il y connaissait quelque chose !

— Tu as eu affaire à un débile, ce n'est pas grave.

Hors d'haleine, Pandora le tira vers sa chambre. Il était beaucoup plus lourd qu'il n'en avait l'air !

— Voilà ! Nous y sommes !

Faisant un dernier effort de volonté, elle parvint à le faire basculer sur son lit et le couvrit, tout habillé, d'un plaid qui traînait sur un fauteuil.

— Ça va ? Tu es bien installé ?

— Tu ne m'aides pas à retirer mon pantalon ? !

Pandora lui tapota doucement la tête.

— N'y pense même pas, Donahue !

— Rabat-joie !

— Merci bien ! Je ne tiens pas à faire des cauchemars toute la nuit, vois-tu !

— Ne mens pas. Tu sais bien que tu es folle de moi.

Michael grogna de satisfaction. Son lit avait un avant-goût de paradis. Il allait y passer une semaine entière.

— Tu délires complètement, mon pauvre ami, protesta Pandora. Je demanderai à Charles de te monter une bonne tasse de thé et des tartines de miel demain matin, quand tu auras recouvré tes esprits.

Michael écarquilla soudain ses yeux, pourtant lourds de sommeil, et sourit à la jeune femme.

— Pourquoi ne viens-tu pas te glisser dans mon lit ? Si tu y mets un peu du tien, je te montrerai pourquoi la vie vaut d'être vécue.

Tout doucement, Pandora se pencha vers Michael, jusqu'à ce que leurs bouches se frôlent, que leurs souffles se mêlent. Elle resta ainsi quelques secondes, jouant innocemment avec ses cheveux qui balayaient les joues de Michael.

— Plutôt mourir, susurra-t-elle avec un sourire angélique.

Michael haussa les épaules, bâilla nonchalamment et lui tourna le dos.

— D'accord.

Pandora, vexée, resta un instant dans l'obscurité, les mains sur les hanches, le regard fixé sur la masse sombre du corps de Michael. Le mufle ! Il aurait pu au moins insister !

Elle releva fièrement le menton et sortit en prenant bien soin de claquer violemment la porte derrière elle.

Chapitre 5

Jour après jour, à force de patience et de volonté, Pandora refit le collier d'émeraudes. Sans aucune complaisance, ni fausse modestie, elle jugea le résultat parfait. Il lui arrivait parfois de ne ressentir aucune émotion, aucune fierté particulière à la réalisation d'une pièce. Avec ce collier, les deux sentiments se mêlaient étroitement. Elle l'examina à la loupe, puis l'exposa à la lumière crue d'une lampe afin de procéder à une dernière vérification. Elle n'y décela aucun défaut.

Elle enveloppa alors son œuvre d'un papier de soie et la déposa religieusement dans un écrin de velours rouge. Ce collier était né de son imagination, avait été conçu de ses propres mains, pourtant il ne lui appartenait déjà plus.

Ce travail achevé, qu'allait-elle bien pouvoir faire ? Elle balaya l'atelier du regard, à la recherche d'une source d'inspiration. Elle s'était tellement investie dans cette parure, y consacrant tout son talent, toute sa sensibilité ! Incapable de rester inactive, elle s'empara de son carnet et réfléchit à ce qu'elle pourrait dessiner.

Des boucles d'oreilles, peut-être. Quelque chose de clinquant, loin du raffinement et du romantisme de sa précédente création. Elle avait envie d'un bijou différent, léger cette fois. Elle entrevoyait des formes géométriques, résolument modernes, sans une once de romantisme.

Du romantisme. D'une main sûre, presque nerveuse, elle commença à esquisser des lignes fortes, définitives. Elle avait passé de longues heures sur un bijou qui incitait au romantisme. Voilà ce qui expliquait son attitude ridicule. Elle s'était tout bêtement laissé gagner par les émotions inspirées par ce travail si particulier. Mais avec cette nouvelle création, qu'elle voulait délibérément tape-à-l'œil, tout rentrerait dans l'ordre, décida-t-elle, satisfaite.

Les mâchoires contractées, pleine d'une franche détermination, elle tourna la page et commença à dessiner. Ses sentiments pour Michael avaient toujours été très clairs. Il ne s'agissait pas entre eux de réelle séduction. Plutôt de curiosité. Oui, c'était cela : une espèce de curiosité malsaine. Le mot était parfaitement choisi. Elle avait manifesté une curiosité toute naturelle à aller voir ce qui, chez un homme qu'elle connaissait depuis l'enfance, attirait tant de femmes. Et elle avait compris.

Il possédait ce don rare de faire croire à une femme qu'elle était unique, qu'elle lui était indispensable et qu'il se soumettait à sa seule volonté. C'était un sentiment nouveau qu'aucun homme ne lui avait fait ressentir et qu'elle n'avait d'ailleurs jamais recherché. Une sorte de talent que Michael s'était appliqué à affûter au fil des années et au gré de ses innombrables conquêtes. Si Pandora ne pouvait le blâmer pour cela, elle possédait, fort heureusement, suffisamment de discernement pour ne pas tomber dans le piège. Inutile que Michael sache, soupçonne même, qu'elle avait eu les mêmes réactions que les autres. Elle ne lui ferait jamais ce plaisir.

L'individualisme était un trait dominant du caractère de Pandora. Pour cette raison, elle refusait de venir grossir le rang des nombreuses maîtresses de Michael. Et à présent que sa curiosité était satisfaite, elle était bien déterminée à franchir le cap des cinq prochains mois sans la moindre complication de ce genre. Avoir découvert en Michael un être humain tout à fait acceptable et un compagnon agréable ne changerait rien à sa volonté farouche de ne pas céder à ses avances.

Pandora considéra avec perplexité la dernière touche qu'elle venait de mettre à son dessin. Le portrait de Michael était criant de vérité. Elle n'avait eu aucun mal à restituer l'arrogance de son regard, la sensualité de ses lèvres. L'intelligence qui émanait du visage qu'elle venait d'esquisser la laissa sceptique. Elle déchira la page et en fit une boule qu'elle lança dans la poubelle. Son esprit avait divagué, voilà tout !

Pandora reprit son crayon, le reposa. Il était grand temps de chasser Michael de ses pensées et de consacrer toute son énergie à son art !

De son côté, Michael tentait sans grand succès de se mettre au travail. Assis à son bureau, il pianotait comme un fou sur son clavier pendant cinq minutes, puis bayait aux corneilles les quinze minutes suivantes. Cela ne lui ressemblait pas. Il mettait habituellement tout son sérieux et sa compétence dans l'écriture de ses scénarios, ne s'arrêtant que lorsque la scène imaginée était bouclée et mise en forme.

Il se renversa dans son siège et laissa courir ses doigts le long d'un stylo. Il n'aurait jamais dû s'arrêter de fumer. Car c'était bien ce qui le rendait si nerveux. En proie à une vive agitation, il se leva et alla jusqu'à la fenêtre. Son regard se porta naturellement sur l'atelier de Pandora, dont le toit était saupoudré d'une fine couche de neige. Les rideaux étaient tirés.

S'il voulait vraiment être honnête, il devait reconnaître que c'était Pandora qui était à l'origine de son extrême nervosité.

Elle était différente de ce qu'il avait imaginé. Plus douce. Plus tendre. Plus chaleureuse aussi. Il la trouvait drôle, même si, quelquefois, son tempérament belliqueux manquait de lui faire perdre patience. Il appréciait même sa conversation, car Pandora ne parlait jamais pour ne rien dire.

Il lui était difficile d'admettre qu'en fait, il aimait beaucoup sa compagnie. Les semaines qu'ils venaient de partager avaient filé à toute allure, sans même qu'il s'en rende compte. Non, il n'était pas facile d'admettre qu'il aimait vivre sous le même toit que Pandora, et encore moins qu'il avait décliné l'invitation de son assistante de production parce que… Parce qu'il n'avait pas voulu passer la nuit avec une femme, quand ses pensées le portaient vers une autre.

Comment allait-il pouvoir gérer cette attirance aussi indésirable qu'inattendue, alors que l'objet de ses pensées n'aspirait qu'à tourner en dérision l'intérêt qu'il lui manifestait ?

Romantique dans l'âme, Michael avait toujours été attiré par des femmes qui lui ressemblaient. Il n'éprouvait aucune honte à avouer qu'il adorait les dîners aux chandelles, la musique douce et les longues promenades au clair de lune. Il courtisait les femmes de manière un brin désuète, même si, paradoxalement, il épousait la cause féministe. Il manifestait en faveur de la parité tout en étant capable de proposer à sa conquête du moment une promenade en calèche.

Un incorrigible romantique mais qui se garderait bien de faire envoyer une douzaine de roses blanches à Pandora. Celle-ci serait bien capable de lui rire au nez.

Michael la désirait. Il était trop sensuel pour prétendre le contraire. Et lorsqu'il voulait quelque chose, il avait deux façons d'y parvenir. Il réfléchissait d'abord au meilleur moyen d'approcher, puis manœuvrait tout en douceur jusqu'à atteindre le but fixé. Si cette tactique ne marchait pas, alors il n'hésitait pas à prendre les choses à bras-le-corps et à se montrer plus direct. Jusqu'à présent, les deux méthodes s'étaient révélées efficaces. Mais il savait que Pandora resterait indifférente à l'une comme à l'autre.

Michael décida en souriant que le défi n'en serait que plus intéressant. Après tout, il n'avait qu'à essayer d'échafauder un nouveau scénario, dont Pandora et lui seraient les personnages principaux.

Les deux héros vivent sous le même toit. En tout bien tout honneur, commença Michael. Même s'ils n'osent s'avouer l'attirance qu'ils éprouvent l'un pour l'autre. Le héros est intelligent, séduisant. Très volontaire aussi : cela fait cinq semaines, trois jours et quatorze heures qu'il a arrêté de fumer. L'héroïne, elle, est têtue et opiniâtre. Confond souvent arrogance et indépendance. A force de patience, le héros parvient peu à peu à percer la fragile carapace de l'héroïne. A leur grande satisfaction mutuelle.

Michael se carra dans son fauteuil, sourire aux lèvres. Il tenait là sa troisième méthode. Il allait jouer son rapprochement comme dans une pièce, mais tout en laissant la part belle à l'improvisation.

Satisfait et impatient de passer à la scène suivante, Michael se remit au travail avec frénésie, retrouvant tout l'entrain qui lui avait momentanément fait défaut.

Deux heures s'étaient écoulées lorsque de petits coups frappés à la porte le tirèrent de la profonde concentration dans laquelle il était plongé. Il répondit par un grognement.

— Je vous demande pardon, Monsieur Donahue.

Charles se tenait sur le seuil, légèrement essoufflé par la montée des marches.

Michael émit un nouveau grognement sans lâcher des yeux le paragraphe qu'il était en train de rédiger.

— Oui, Charles ? demanda-t-il distraitement.

— Un télégramme pour vous, Monsieur.

Perplexe, Michael fronça les sourcils et fit pivoter son fauteuil. S'il y avait un problème à New York, comme cela arrivait au moins une fois par semaine, le moyen le plus rapide de le régler était de le faire par téléphone.

— Un télégramme ? Merci, dit-il en prenant la missive des mains de Charles. Pandora est toujours dans son atelier ?

— Oui, Monsieur.

Charles saisit l'occasion qui lui était donnée de reprendre son souffle.

— Sweeney est un peu contrariée que Mlle Pandora ait sauté le déjeuner, précisa-t-il. Le dîner sera servi dans une heure. J'espère que cela ne perturbera pas votre emploi du temps.

Michael savait par expérience que, s'il voulait la paix, mieux valait obéir aux ordres de la vieille gouvernante.

— C'est parfait, Charles. Je serai à l'heure.

— Merci, Monsieur. Si je peux me permettre, j'adore votre série. L'épisode de cette semaine était particulièrement passionnant.

— Je suis très touché, Charles.

— J'avais l'habitude de la regarder chaque semaine en compagnie de M. McVie. Il ne la ratait jamais.

— Vous savez, c'est un peu grâce à lui si la série a vu le jour. Il me manque.

— Il nous manque à nous aussi. La maison est si calme sans lui ! Mais je…

Charles rougit légèrement, hésitant à poursuivre.

— Oui, Charles ? l'encouragea Michael qui devinait que le vieil homme craignait de se montrer trop familier.

— Sweeney et moi tenions à vous dire que nous sommes très heureux de rester à votre service et à celui de Mlle Pandora. Nous avons été soulagés d'apprendre que M. McVie vous léguait la maison. Les autres…

Le vieux majordome se raidit un peu et se lança d'un trait.

— … Les autres n'auraient pas convenu. Sweeney et moi avions décidé de donner notre démission si toutefois M. McVie avait laissé « La Folie » à d'autres héritiers que vous.

Charles croisa ses doigts noueux et conclut sur un ton solennel :

— Y a-t-il quelque chose que je puisse faire avant le dîner, Monsieur ?

— Non, Charles. Merci.

Télégramme en main, Michael regarda le vieil homme se retirer sans bruit. Il le connaissait depuis l'enfance et se souvenait avec précision du jour où Charles avait cessé de l'appeler « Monsieur Michael ». Il venait d'avoir seize ans et était venu à « La Folie » pour les vacances d'été. Charles lui avait alors donné du « Monsieur » tout court, le faisant brutalement basculer du monde de l'adolescence dans celui des adultes.

Il était étrange de voir à quel point sa vie était liée à cette demeure et aux gens qui y vivaient. C'était Charles, encore, qui lui avait solennellement servi son premier whisky lors de son dix-huitième anniversaire. Quant à Sweeney, c'est elle qui, des années auparavant, lui avait administré sa première correction. Ses parents ne s'étant jamais préoccupés de son éducation et ses précepteurs n'ayant jamais osé lever la main sur lui, cette marque d'intérêt, aussi cuisante fût-elle, lui avait donné l'impression de s'être trouvé une famille.

Il se souvenait de Pandora comme d'une véritable peste doublée d'une adolescente pleine d'originalité et de fantaisie. Deux traits de caractère qu'elle avait manifestement gardés.

Quant à Jolley…

Jolley avait été le père, le grand-père, l'ami, le frère, le fils, même. Jolley était Jolley et Michael était sincère lorsqu'il avait dit à Charles que son vieil oncle lui manquait. Il lui manquerait d'ailleurs toujours.

Plongé dans ses souvenirs, Michael ouvrit distraitement le télégramme.

« Votre mère gravement malade. Médecins pessimistes. Prendre premier vol pour Palm Springs. L. J. KEYSER. »

Sceptique, Michael fixa le télégramme. C'était impossible. Sa mère n'était *jamais* malade. Elle considérait même la maladie comme un fléau social. Michael encaissa le choc, encore perplexe.

Lorsque Pandora le rejoignit dans sa chambre quinze minutes plus tard, il était en train d'entasser des vêtements pêle-mêle dans un sac de voyage. La jeune femme leva un sourcil étonné et s'adossa contre le chambranle de la porte.

— Où vas-tu ? s'enquit-elle après s'être éclairci la gorge.

Michael fourra hâtivement sa trousse de toilette dans son sac.

— A Palm Springs.

Pandora croisa négligemment les bras sur sa poitrine.

— Vraiment ? Une envie subite de climat plus clément, peut-être ?

— C'est ma mère. Je viens de recevoir un télégramme.

Instantanément, Pandora laissa tomber le ton sarcastique qu'elle avait adopté. Elle entra dans la chambre et demanda, pleine de compassion :

— Elle est malade ?

— D'après le télégramme, c'est grave, mais je n'en sais pas plus.

— Oh, Michael, je suis désolée ! Je peux faire quelque chose ? Veux-tu que j'appelle l'aéroport ?

— Merci, c'est fait. J'ai un vol dans deux heures.

Se sentant bêtement impuissante, Pandora regardait Michael fermer nerveusement son sac.

— Je peux te conduire à l'aéroport, si tu veux, proposa-t-elle d'une voix douce.

— Je vais me débrouiller. Merci quand même.

Il passa machinalement une main dans ses cheveux et regarda la jeune femme comme s'il venait soudain de remarquer sa présence. Elle paraissait sincèrement inquiète, bien qu'elle n'ait rencontré sa mère qu'une fois, il y avait de cela dix ou quinze ans.

— Pandora, le voyage jusqu'à Palm Springs va me prendre une bonne partie de la nuit. Et ensuite, je ne sais pas…

La voix de Michael se brisa. Il était incapable d'envisager le pire.

— Il est possible que je ne sois pas de retour à temps. Je veux dire… d'ici vingt-quatre heures, précisa-t-il.

Pandora secoua la tête.

— Je t'interdis de penser à ça, Michael. J'appellerai Fitzhugh et je lui expliquerai. Peut-être pourra-t-il faire quelque chose. Après tout, il s'agit d'un cas de force majeure. Et si ce n'est pas possible, eh bien tant pis !

A cause de lui, Pandora allait peut-être perdre des millions de dollars. Des millions de dollars et une maison qu'elle chérissait par-dessus tout. Bourrelé de remords, Michael s'approcha d'elle et posa une main affectueuse sur son épaule. Elle était si mince ! Il avait oublié à quel point les femmes qui se veulent fortes peuvent être fragiles.

— Je suis vraiment navré, Pandora. Crois bien que si je pouvais faire autrement…

— Michael, je t'ai déjà dit que je me fichais pas mal de cet argent ! C'est la vérité !

Il l'observa un instant en silence. Il reconnut sur ses

traits ce mélange de force, d'obstination et de bonté qu'il avait si facilement oublié et qui faisait d'elle un être à part.

— Je sais, murmura-t-il.

— Quant au reste, nous verrons plus tard. Vas-y vite avant de rater ton avion.

Attentive, elle l'accompagna jusqu'à l'escalier de l'étage.

— Si tu peux, passe-moi un coup de fil pour me tenir au courant.

Michael opina, amorça un pas vers la première marche et s'arrêta net. Il posa son sac par terre, revint vers Pandora et la serra contre lui. Le baiser qu'il lui donna fut aussi bref que passionné. Puis brusquement, il la lâcha et lui tourna le dos.

— A bientôt.

— A bientôt, répéta Pandora, la gorge nouée par l'émotion.

Telle une statue de sel, elle resta figée dans la même posture jusqu'à ce qu'elle entende claquer la porte d'entrée.

Rêveuse, elle repensa au baiser de Michael durant son dîner en solitaire, puis, plus tard devant le feu qui crépitait joyeusement dans la cheminée. Il lui sembla avoir ressenti, dans cette brève étreinte, plus de passion qu'elle n'en avait jamais connu avec ses amants de passage. Etait-ce parce qu'elle avait toujours volontairement limité sa passion à son seul métier ?

Ce qu'elle avait éprouvé dans les bras de Michael n'était peut-être que de la compassion pour un homme qu'elle avait senti désemparé. Car il était bien connu que, des émotions, naissent d'autres émotions. Mais comment expliquer alors ce sentiment de solitude qui l'étreignait pour la deuxième fois, alors que Michael était absent ? Pourtant, le feu était joyeux, le livre ouvert sur ses genoux, passionnant, et le sherry qu'elle sirotait, réconfortant. Malgré cela, elle se sentait seule. En un peu plus d'un mois, elle était devenue ce qu'elle avait toujours redouté : une femme dépendante. Aussi étrange que cela puisse paraître, elle avait fini par goûter à la compagnie de son colocataire. Elle appréciait sa présence à ses côtés durant les repas, les discussions interminables au cours desquelles ils n'arrivaient jamais à se mettre d'accord. Pandora adorait tout particulièrement le pousser à bout, sachant qu'il suffisait pour cela d'orienter la conversation vers son métier. Perverse ? Peut-être. Mais la vie était si ennuyeuse si on ne la pimentait pas un peu ! En outre, elle avait trouvé en Michael Donahue le partenaire idéal pour ces joutes verbales.

Elle se demanda quand elle le reverrait. Et s'ils allaient passer l'hiver ensemble. En effet, si les termes du contrat étaient rompus, quelles raisons auraient-ils de rester sous le même toit ? D'ailleurs, ils n'auraient légalement plus le droit d'habiter « La Folie ». Tous deux regagneraient New York et leurs occupations respectives et ne se reverraient sans doute jamais. Pandora comprit alors à quel point elle souhaitait que cela ne se produise pas.

Elle ne voulait pas perdre cette demeure. Tant de souvenirs importants y étaient liés ! Ne s'effaceraient-ils pas à jamais de sa mémoire si on lui retirait le droit d'arpenter les pièces de cette maison, comme elle l'avait toujours fait ? Elle ne voulait pas non plus perdre Michael. Enfin, plus exactement sa compagnie, se corrigea-t-elle trop vivement. Car il était bien plus agréable qu'elle ne l'imaginait d'avoir quelqu'un sous la main en toutes circonstances. La vie redeviendrait d'une terrible monotonie si elle perdait ce goût du défi permanent. Et comme celui-ci était lié à Michael, il était normal qu'elle ne veuille pas se séparer de lui.

Pandora poussa un profond soupir et referma son livre. Une longue nuit de sommeil lui serait plus profitable que de vaines suppositions. Alors qu'elle tendait la main vers l'interrupteur, la lampe s'éteignit d'elle-même, plongeant la pièce dans une quasi-obscurité trouée seulement par les flammes vacillantes du feu.

Bizarre, se dit-elle en actionnant en vain l'interrupteur. C'est peut-être propre à cette pièce.

Mais lorsqu'elle parvint dans le couloir, là aussi, l'obscurité était totale. Les lampes de l'escalier, qui restaient habituellement allumées, étaient éteintes. Elle fit une nouvelle tentative qui resta aussi vaine que les autres.

Il devait s'agir d'une coupure de courant, décida-t-elle, ne sachant trop quoi faire. Pourtant, il n'y avait pas d'orage. Et s'il était vrai que le compteur électrique disjonctait facilement en cas de tempête de neige ou de gros orage, il suffisait de quelques secondes à peine pour que le groupe électrogène prenne le relais. Pandora attendit quelques minutes. Rien. La maison restait désespérément plongée dans le noir. Elle s'apprêtait à aller chercher une bougie pour pouvoir rejoindre sa chambre lorsqu'elle se souvint que le chauffage était électrique. Si elle ne tentait pas quelque chose, la température allait devenir rapidement intolérable. Elle ne pouvait décemment pas laisser deux personnes âgées mourir de froid sous son propre toit !

Contrariée, elle alla fouiller dans la grande armoire du salon et, par chance, y dénicha une boîte de bougies. Elle en sortit deux qu'elle alluma. Inutile de réveiller Charles pour le traîner à sa suite dans la cave. Elle arriverait bien à changer seule quelques fusibles ! Une bougie dans chaque main, Pandora emprunta les couloirs qui menaient au sous-sol.

Elle ne craignait pas de descendre seule à la cave. Du moins, la main sur la poignée, essayait-elle de s'en persuader. Après tout, ce n'était qu'une pièce comme une autre. Si elle avait bonne mémoire, c'était là que Jolley reléguait les objets dont il avait fini par se lasser. Et là aussi que se trouvait le disjoncteur. Elle l'avait repéré un jour où elle avait aidé Jolley à entreposer des cartons renfermant le matériel photographique sophistiqué dont il n'avait plus besoin, ayant abandonné l'idée de devenir un grand photographe.

Elle allait donc descendre, changer les fusibles, puis dès que la lumière et le chauffage seraient rétablis, elle se coulerait dans un bain bien chaud et irait se coucher.

Pandora prit une profonde inspiration et ouvrit la porte.

Comme elle s'y attendait, comme dans toute cave qui se respecte, les marches étaient trop hautes et trop étroites. La lumière vacillante des bougies projetait sur les murs les ombres inquiétantes de tout le bric-à-brac hétéroclite entreposé là. Il lui faudrait demander à Michael de l'aider à mettre un peu d'ordre dans tout ça, songea-t-elle en atteignant la dernière marche.

Elle savait que les souris affectionnaient l'obscurité des caves froides et humides et redoutait de croiser la route de l'une d'entre elles. Elle contourna précautionneusement deux énormes caisses, se heurta au vélo d'appartement que Jolley avait acheté un jour pour se maintenir en forme. Elle distingua face à elle les étagères sur lesquelles étaient pieusement conservées des bouteilles qui avaient contenu des nectars hors de prix. A côté de l'une d'elles se trouvait le disjoncteur. Soulagée, elle plaça ses bougies sur une pile de cartons et ouvrit la grosse boîte métallique. Aucun des fusibles n'était à sa place.

Comment était-ce possible ? En s'approchant un peu plus, elle sentit quelque chose rouler sous son pied. Elle sursauta et réprima son envie de hurler et de prendre ses jambes à son cou. Elle retint son souffle, puis ayant retrouvé un semblant de sang-froid, elle s'accroupit et éclaira le sol de sa bougie. A ses pieds étaient dispersés une douzaine de fusibles. Elle en prit un qu'elle fit rouler dans la paume de sa main. Ça n'était certainement pas l'œuvre des souris !

Elle ignora le frisson qui lui parcourut l'échine et s'activa à rassembler tous les fusibles. Quelqu'un avait voulu lui jouer un mauvais tour. Ce n'était pas drôle, certes, mais en tout cas moins destructeur que celui qu'on lui avait réservé dans son atelier. Quelle blague idiote ! songea-t-elle en replaçant chaque fusible dans son compartiment. N'importe quel attardé mental aurait su faire ça ! Le coupable, quel qu'il soit, n'avait fait que perdre son temps. Ni plus ni moins.

Lorsqu'elle eut terminé, elle ne s'attarda pas et grimpa les marches quatre à quatre. Mais elle s'était réjouie trop vite. La porte qu'elle avait pris soin de laisser grande ouverte, était à présent verrouillée. L'espace de quelques secondes, elle refusa d'y croire. Elle fit tourner la poignée, s'arc-bouta contre la porte, la poussa de toutes ses forces, fit de nouveau jouer la poignée. Pandora céda soudain à la panique : on l'avait enfermée là, dans cette cave humide et obscure. Elle hurla, implora, tambourina en vain sur la porte. Personne ne pouvait l'entendre. Sweeney et Charles se trouvaient à l'autre bout de la maison. Elle se laissa tomber sur la dernière marche, le corps secoué de sanglots. Le froid, devenu plus intense, la fit frissonner de plus belle. Elle était seule. Toute seule dans ce lieu hostile où on ne la retrouverait pas avant le lendemain. D'ici là… Les bougies se seraient consumées et elle devrait rester dans l'obscurité totale. Cette perspective lui donna du courage. D'un revers de main rageur elle essuya ses larmes. Quelle idiote elle faisait ! Ne venait-elle pas de remettre les fusibles en place ? Elle actionna l'interrupteur qui se trouvait en haut des marches. Mais rien ne se produisit. Elle leva sa bougie vers la douille qui pendait du plafond. L'ampoule avait été retirée. Finalement, la plaisanterie n'était pas si innocente que ça ! Elle refoula la nouvelle vague de panique qu'elle sentait monter en elle et tenta de réfléchir. Le ou les malfaiteurs voulaient la rendre folle ? Eh bien, elle ne leur ferait pas ce plaisir ! Et lorsqu'elle mettrait la main sur le membre de sa famille qui jouait à des jeux aussi malsains, alors…

Mais pour l'heure, il lui fallait trouver un moyen de

sortir de ce trou à rats. Elle mit ses tremblements sur le compte de la colère. Il y avait des circonstances où se mentir à soi-même était utile. Elle rassembla tout son courage et se força donc à redescendre les marches, à la lueur des deux bougies.

Cette cave était deux fois plus grande que son appartement de New York. Elle chassa les images d'insectes et de mammifères hostiles qui lui traversaient l'esprit puis, tentant de garder son calme, plongea dans l'immensité de la pièce, à la recherche d'une sortie possible. La cave, creusée à plusieurs mètres sous terre, ne possédait aucune porte donnant sur l'extérieur. Comme un tombeau. Terrifiée par cette comparaison, Pandora chercha à se concentrer sur autre chose et à ignorer la moiteur de ses mains.

Elle commençait à se détendre légèrement lorsqu'elle sentit sur sa peau la caresse repoussante d'une toile d'araignée. Elle poussa un cri puis, plus dégoûtée qu'effrayée, brossa de la main les fils de l'insecte indésirable. Cette fois, elle renonça à se moquer d'elle-même. Il fallait qu'elle trouve une solution. Et vite !

C'est alors qu'elle vit la lucarne, à environ deux mètres du sol. Pandora chancela presque de soulagement. Elle posa délicatement ses bougies à proximité, puis entreprit de traîner des caisses jusque sous l'ouverture. Elle fit plusieurs allers-retours, tirant, empilant, ignorant ses muscles douloureux et son dos meurtri. Lorsque son échelle de fortune fut achevée, elle s'adossa contre le mur, en nage, pour reprendre des forces. Maintenant, il ne lui restait plus qu'à grimper. Munie d'une des deux bougies, elle se hissa sur la première caisse. Puis sur la deuxième. La flamme vacilla, le bois craqua. Si elle tombait, elle se romprait le cou et devrait rester sur ce sol en béton gelé jusqu'à ce qu'on vienne la sortir de là. Pandora gravit la troisième caisse, rejetant farouchement une telle éventualité.

Lorsque, en équilibre précaire sur la dernière caisse, elle atteignit enfin le vasistas, ce fut pour constater que le petit verrou rouillé qui le fermait résistait à sa pression. Jurant, priant, elle posa sa bougie à ses pieds et poussa de ses deux mains. Le loquet bougea légèrement. Si au moins, elle avait eu l'idée de prendre un outil avec elle ! Elle songea un instant à redescendre pour en chercher un, mais le coup d'œil qu'elle jeta par-dessus son épaule l'en dissuada. D'où elle était, son échafaudage paraissait encore plus instable !

Pandora redoubla alors d'efforts surhumains, jusqu'à ce qu'enfin, dans un grincement sinistre, le verrou glisse dans son pêne. Impuissante, elle n'eut que le temps de voir sa bougie tomber et s'écraser sur le sol, sa minuscule flamme s'éteignant aussitôt à terre. Pandora faillit prendre le même chemin, mais parvint, au prix d'un ultime effort, à se maintenir en équilibre. Elle était perchée à plusieurs mètres du sol, dans l'obscurité la plus totale !

Elle ne tomberait pas ! Elle s'en faisait le serment ! se dit-elle dans un accès de rage.

D'une main, elle agrippa fermement le rebord de la fenêtre, tandis que de l'autre, elle relevait la vitre. Se fiant à ses sens aiguisés, elle se faufila à l'aveuglette dans l'étroite ouverture. La bouffée d'air frais qu'elle reçut en plein visage lui fit presque tourner la tête. Le cri perçant d'un oiseau nocturne déchira le silence de la nuit. Ivre de joie, elle songea qu'elle n'avait jamais rien entendu de plus beau !

Elle empoigna la cime d'un rhododendron et se hissa dehors jusqu'à la taille, juste avant que la pile de caisses ne s'effondre avec fracas sous ses pieds. Elle rampa un peu plus jusqu'à sentir enfin sur sa joue la douce caresse de l'herbe froide. Elle s'allongea sur le dos et contempla le ciel étoilé.

Transie de froid, contusionnée, épuisée, elle gisait, inerte, s'appliquant juste à retrouver son souffle. Lorsque, enfin, elle s'en sentit la force, elle se releva et se dirigea vers les portes des terrasses est.

Elle se vengerait. Mais dans l'immédiat, elle allait se plonger dans un bain.

Après avoir transité dans trois aéroports différents et changé deux fois d'avion, Michael arriva enfin à Palm Springs. Rien n'avait changé dans la petite ville de son enfance. Il fut soudain assailli de remords en songeant à sa mère malade.

Il avait le sentiment qu'elle et lui n'avaient fait que se croiser tout au long de leur vie. En vérité, elle ne s'intéressait pas plus à lui qu'il ne s'intéressait à elle. Mais elle était sa mère. Du plus loin qu'il s'en souvenait, ils ne s'étaient jamais compris. Très tôt, elle s'était déchargée de ses responsabilités maternelles, payant un personnel qu'elle jugeait plus compétent qu'elle en la matière. C'est ainsi que Michael avait grandi, sevré d'une affection indispensable au bon équilibre d'un enfant.

Muni de son sac de voyage, Michael dépassa la

foule qui patientait déjà devant le tapis roulant des bagages et sortit de l'aérogare. Il héla un taxi et, après avoir indiqué l'adresse au chauffeur, s'enfonça dans son siège tout en consultant nerveusement sa montre. Il avait probablement raté l'heure des visites. Tant pis ! Il parviendrait bien à convaincre le personnel en place de l'urgence de sa requête. Restait à savoir dans quel hôpital était sa mère. Si son beau-père était à son chevet, les domestiques sauraient bien le renseigner.

Michael n'arrivait toujours pas à croire à la gravité de son cas. Après tout, sa mère était encore jeune. Il réalisa brutalement qu'il ne connaissait même pas son âge exact. En d'autres circonstances, il aurait trouvé ça drôle.

A bout de patience, il regarda défiler par la vitre les grilles qui délimitaient la propriété. Des raisons professionnelles l'avaient longtemps obligé à rester en Californie, mais il avait toujours préféré Los Angeles à Palm Springs. La ville, tentaculaire, vibrait d'un mouvement perpétuel. Pourtant, c'est à New York qu'il aimait vivre. Il se sentait en parfaite osmose avec la vie frénétique qu'elle avait à offrir.

Il repensa à Pandora. Elle aussi habitait New York, pourtant ils ne s'y croisaient jamais. Et c'était ce qui plaisait tant à Michael : l'anonymat qu'offrait cette mégapole qui pouvait vous avaler ou vous cacher des autres. N'était-ce pas la raison qui l'avait poussé à s'y installer ? Ce besoin viscéral d'échapper à l'éducation rigide qu'il avait reçue, de fuir le manque de foi en la race humaine ?

New York lui apportait un sentiment de sécurité semblable à celui qu'il ressentait lorsqu'il séjournait à « La Folie ». En outre, il pouvait s'y perdre, s'il en éprouvait le besoin. Il passait le plus clair de son temps à imaginer des histoires où le héros était un homme souvent primaire mais pourvu d'un sens aigu de la justice. Car Michael, élevé dans l'illusion qu'offre l'argent, était devenu un adulte sensible aux vraies valeurs. Très tôt, il avait rompu avec ce monde superficiel qui ne lui correspondait pas pour vivre selon ses propres valeurs. New York lui avait permis de gommer à jamais cette éducation qu'il avait toujours rejetée.

Le taxi remonta lentement l'allée bordée de palmiers qui conduisait à l'imposante demeure blanche où sa mère avait choisi de vivre. Michael revit soudain la mare tapissée de nénuphars dans laquelle vivaient des poissons rouges aussi gros que des mérous.

— Attendez-moi ici, ordonna-t-il au chauffeur.

Il gravit quatre à quatre les marches qui menaient au perron et tambourina à la porte. Il n'avait jamais vu le majordome qui vint lui ouvrir. Sa mère avait coutume de changer les membres de son personnel avant, disait-elle, « qu'ils ne sombrent dans une familiarité vulgaire ».

— Je suis Michael Donahue, le fils de Mme Keyser, annonça-t-il précipitamment.

Le majordome toisa d'un regard perplexe le nouvel arrivant.

— Bonsoir, Monsieur. Etes-vous attendu ? s'enquit-il d'un ton obséquieux.

— Où est ma mère ? Il faut que j'aille tout de suite à l'hôpital !

— Madame s'est absentée, Monsieur Donahue. Si vous voulez bien patienter un instant, je vais voir si Monsieur peut vous recevoir.

Peu décidé à supporter les manières affectées du majordome, Michael fit un pas dans l'entrée.

— Je sais bien que ma mère n'est pas là ! rétorqua-t-il à bout de patience. Je veux juste connaître le nom de l'hôpital où on l'a emmenée !

Impassible, le serviteur inclina légèrement la tête.

— Quel hôpital, Monsieur Donahue ?

— Jackson, que fait ce taxi devant la maison ?

Vêtu d'une veste de smoking rose pâle, un cigare dans une main et un verre dans l'autre, Lawrence Keyser venait d'apparaître en haut du monumental escalier de marbre.

— Manifestement, vous n'avez pas l'air de trop vous en faire, attaqua Michael, furieux du peu de cas que son beau-père semblait faire de la situation. Où est ma mère ?

— Vous êtes… Vous êtes… Matthew ! C'est bien ça ?

— Non. Michael.

— Michael, bien sûr ! Jackson, allez payer le taxi de M., M… Donovan.

Michael arrêta le majordome d'un geste de la main. En d'autres circonstances, il aurait trouvé drôle que son beau-père ne sache même pas son nom.

— Non merci, Jackson. J'en ai besoin pour me rendre à l'hôpital. Je ne voudrais surtout pas vous déranger, conclut-il d'un ton sarcastique à l'adresse de Lawrence.

— Mais vous ne me dérangez pas du tout !

Le visage de Keyser se fendit d'un large sourire.

— Veronica va être ravie de vous voir, surtout qu'elle ne s'attend pas à votre visite. Combien de temps comptez-vous rester ?

— Aussi longtemps qu'elle aura besoin de moi. Je

suis parti dès que j'ai reçu votre télégramme, mais vous avez oublié de mentionner le nom de l'hôpital.

Michael gratifia son beau-père d'un regard désapprobateur avant de poursuivre :

— Dois-je comprendre que son état s'est amélioré ?

— Son état ?

Keyser éclata d'un rire jovial.

— Eh bien je ne sais pas comment elle va le prendre, mais vous lui poserez la question vous-même.

— C'était bien mon intention. Où est-elle ?

— Elle est allée jouer au bridge chez les Bradley. Elle sera de retour d'ici une heure environ. Que diriez-vous d'un petit digestif en attendant ?

Michael fit un pas vers son beau-père et agrippa les revers de sa veste.

— Comment ça, elle est allée jouer au bridge ?

Surpris par la violence de la réaction de Michael, Keyser hasarda prudemment :

— Moi, je ne supporte pas ce jeu, mais votre mère, elle, est une véritable mordue.

— Vous voulez dire que vous ne m'avez jamais envoyé de télégramme au sujet de ma mère ?

— Un télégramme ?

Keyser tapota le bras de Michael, dans un geste qui se voulait amical.

— Je ne vois pas vraiment l'intérêt de vous tenir au courant de ce genre de choses, mon garçon, précisa-t-il d'un ton compatissant.

— Ma mère n'est pas malade ?

— Vous plaisantez ? Elle est en pleine forme !

Michael lâcha un juron et pivota sur ses talons.

— Ils me le paieront ! marmonna-t-il.

Déjà, il s'élançait vers le taxi.

— Mais où allez-vous ? lui cria son beau-père.

— A New York, répondit Michael par-dessus son épaule.

Soulagé, Keyser le laissa repartir sans protester.

— Y a-t-il un message pour votre mère ?

Une main sur la poignée de la portière, Michael se tourna vers lui.

— Oui. Dites-lui que je suis content qu'elle aille bien. Et que j'espère qu'elle a gagné.

Keyser regarda le taxi s'éloigner dans l'allée.

— Drôle de garçon, murmura-t-il.

Puis s'adressant au majordome, il crut bon de préciser :

— Il écrit pour la télé.

Chapitre 6

Pandora fut tirée du profond sommeil dans lequel elle était plongée à 7 heures, le lendemain matin. Michael venait de s'écrouler à côté d'elle, en faisant rebondir les ressorts du matelas. Il enfouit son visage dans l'oreiller et ferma les yeux.

— Les ordures ! marmonna-t-il.

Pandora s'assit puis, se rendant compte qu'elle était nue, tira le drap sur elle.

— Michael ! protesta la jeune femme. Tu es censé te trouver en Californie ! Alors peux-tu m'expliquer ce que tu fais dans mon lit ?

— Je me mets en position horizontale. Pour la première fois depuis vingt-quatre heures.

— Eh bien, va faire ça dans *ton* lit ! lui ordonna-t-elle avant de remarquer ses traits tirés par la fatigue. Ta mère…

Pandora prit la main de Michael dans la sienne.

— Oh, Michael ! Ta mère est-elle… ?

— Ma mère se porte comme un charme.

De sa main libre, Michael se frotta le visage.

— J'ai traversé le pays au péril de ma vie, à bord de vieux coucous antédiluviens, tout ça pour apprendre qu'elle était en train de jouer au bridge en sirotant un verre de cognac.

— Elle va mieux, alors ?

— Elle n'a jamais été malade. C'était un canular.

Michael bâilla et étira ses muscles engourdis.

— Bon sang ! Quelle nuit !

— Tu veux dire…

Pandora tira un peu plus sur son drap et fronça les sourcils.

— Les ordures ! répéta-t-elle.

— Comme tu dis. Après s'être acharnés sur ton atelier, ils ont dû estimer que c'était à mon tour de payer. Nous sommes à égalité, mon chou.

— Non, j'ai un tour d'avance.

Pandora s'adossa contre la tête de lit, le drap fermement serré contre sa poitrine, sa chevelure tombant en cascade sur ses épaules nues.

— La nuit dernière, pendant que tu volais au chevet de ta mère, quelqu'un m'a enfermée dans la cave.

Michael détourna le regard des épaules offertes à sa vue.

— Quelqu'un t'a enfermée dans la cave ? Comment ça ?

Pandora croisa les jambes et narra les faits à Michael.

— Tu as grimpé sur des caisses ? Pour passer par cette minuscule lucarne ? Mais elle est au moins à trois mètres du sol !

— Je te le confirme. J'ai eu le temps de m'en rendre compte.

Michael fronça dangereusement les sourcils. Il imaginait Pandora escaladant un échafaudage brinquebalant, puis suspendue dans le vide. La colère qui l'habitait depuis sa folle nuit redoubla d'intensité.

— Les salauds ! Tu aurais pu te rompre le cou !

— Oui. Heureusement, j'ai eu plus de peur que de mal. Je m'en suis tirée avec un pantalon déchiré, des genoux écorchés et une épaule contusionnée.

Michael lutta pour ne pas céder à la fureur qui le submergeait. Il se laisserait aller lorsque le moment serait venu. Qui pouvait bien leur en vouloir à ce point ?

— Tu as raison, cela aurait pu être pire, approuva-t-il d'un ton qu'il voulait léger.

Offensée par la désinvolture de Michael, Pandora répliqua vertement :

— Peut-être, mais pendant que toi, tu sirotais tranquillement un whisky à dix mille mètres d'altitude, moi j'étais prisonnière dans une cave humide pleine de souris et d'araignées !

— Nous devrions appeler la police.

— Pour quoi faire ? Nous n'avons aucune preuve. Nous ne savons même pas qui s'acharne ainsi sur nous.

— Nouvelle règle, annonça sentencieusement Michael. A partir d'aujourd'hui, nous ne nous séparons plus. Si l'un de nous doit quitter la maison, l'autre devra l'accompagner. Du moins, tant que nous n'aurons pas trouvé le coupable.

Pandora allait protester mais elle se souvint de la peur qui l'avait étreinte dans la cave, et avant elle, de la solitude qu'elle avait ressentie lorsque Michael était parti.

— D'accord.

Elle maintint le drap en place puis se tourna vers son compagnon.

— Je pencherais pour Carlson. Il connaît la maison mieux que les autres, il y a vécu.

— C'est une hypothèse qui tient la route. Mais ça reste une hypothèse.

Michael fixa un point invisible du plafond.

— Biff aussi connaît bien la maison. Il y a passé six semaines lorsque nous étions enfants.

— C'est exact, concéda Pandora en contemplant dans le miroir le reflet de leurs deux corps, allongés côte à côte. J'avais oublié. Il avait détesté son séjour ici !

— Il n'a jamais eu le sens de l'humour, ce pauvre garçon.

— En effet. Je me souviens qu'il ne t'aimait pas beaucoup.

— Probablement à cause de l'œil au beurre noir dont j'étais responsable.

— Au fait, pourquoi l'avais-tu frappé ? Tu ne nous l'as jamais dit.

— Tu te souviens des grenouilles dans le tiroir de ta commode ?

Pandora renifla et passa la main sur le drap qui la protégeait, sans grand effet, du regard de Michael.

— Je ne risque pas d'oublier ! C'était si puéril de ta part ! lui reprocha la jeune femme.

— Oui. Sauf que ce n'était pas moi, mais Biff.

— Biff ?

Pandora fixa des yeux étonnés sur Michael.

— Tu veux dire que c'est Biff qui avait mis ces bestioles dans mes petites culottes ?

Une deuxième pensée, plus plaisante celle-là, lui traversa l'esprit.

— C'est pour ça que tu l'as frappé ?

— Ça n'a pas été très difficile.

— Mais pourquoi n'as-tu rien dit quand je t'ai accusé ?

— Je trouvais plus satisfaisant de lui casser la gueule que d'essayer de me justifier. De toute façon, pour en revenir à ce qui nous préoccupe, n'importe quel membre de cette joyeuse petite bande est venu, à un moment ou à un autre, passer plusieurs jours ici. Et trouver un disjoncteur dans une cave n'est pas un exploit extraordinaire. A mon avis, nous avons six suspects possibles. Sept, en comptant l'œuvre caritative. Cent cinquante millions de dollars, c'est un motif suffisant de nous en vouloir, tu ne crois pas ? Chacun d'eux a donc une bonne raison de nous voir rompre les termes du contrat. Et apparemment, ils ont l'intention de nous donner un petit coup de pouce.

— J'avais raison de ne pas vouloir de cet argent, murmura Pandora. Jusqu'à présent, ajouta-t-elle à voix haute, ils n'ont fait que nous pourrir la vie, mais bon sang ! Je jure qu'ils vont me le payer !

— L'héritage n'entrera en vigueur que dans cinq mois. Jusque-là, il ne nous reste plus qu'à patienter.

Machinalement, Michael passa son bras autour des épaules de Pandora.

— Tu imagines un peu la tête de Carlson quand le notaire lui remettra pour tout héritage une baguette magique et un chapeau de magicien ?

Pandora se laissa aller contre Michael. Comme son épaule était solide… Beaucoup plus qu'elle ne l'aurait imaginé.

— Et celle de Biff, avec ses trois boîtes d'allumettes ! pouffa-t-elle.

— Nous verrons ça dans quelques mois.

— Il me tarde d'y être. Michael, je te signale que tu es couché sur mon lit avec tes chaussures.

— Oh, désolé ! dit Michael en se penchant pour les retirer.

— Ce n'est pas vraiment ce que je voulais dire. Tu pourrais peut-être regagner ta chambre maintenant ?

— Je préfère la tienne. Ton lit est plus grand que le mien. Tu dors toujours toute nue ?

— Non.

— J'ai de la chance, alors.

Il bougea légèrement et effleura de ses lèvres l'épaule meurtrie de Pandora.

— Tu as mal ?

Pandora haussa les épaules, dans un geste qu'elle voulait désinvolte.

— Un peu.

— Pauvre petite Pandora. Moi qui croyais que tu étais coriace !

— Je…

— Ta peau est douce, l'interrompit-il en lui caressant le bras. Si douce ! D'autres contusions ailleurs ?

Il murmurait tout en cueillant des baisers légers au creux de son cou.

Leurs deux corps à l'unisson frissonnèrent.

— Pas que je sache.

— Je suis très observateur, précisa-t-il en roulant contre le corps de la jeune femme.

Il était fatigué. Fatigué et un peu groggy par le décalage horaire, mais à aucun moment le désir qu'il éprouvait pour Pandora ne l'avait déserté. Son corps souple contre le sien, ses joues encore rosies de sommeil, lui rappelaient à chaque seconde à quel point il avait envie d'elle.

— Je pourrais vérifier, si tu m'y autorises.

Ses doigts coururent jusqu'à la lisière du drap qui enserrait la poitrine de Pandora.

La jeune femme retint son souffle. Elle ne devait pas laisser voir ses émotions, elle ne devait pas se laisser aller à quelque chose d'illusoire. Michael était un être instable et s'il était là à ses côtés, c'était tout simplement parce qu'il n'avait personne d'autre sous la main. Etait-il si difficile de garder cela à la mémoire ?

Le visage de Michael était si proche du sien qu'elle pouvait distinguer tous les petits détails qu'elle s'était jusque-là interdit de voir. Comme cette délicate ligne grise qui encerclait l'iris bleu de ses yeux. Ou l'arête aristocratique de son nez qui avait miraculeusement échappé aux nombreuses bagarres auxquelles il avait participé. Et sa bouche… Sa bouche aux contours si doux qu'elle en devenait presque émouvante. Sa bouche qui, pressée contre la sienne, s'était montrée si chaude, si inventive !

— Michael…

Pandora hésita puis, maladroitement, prit la main de Michael.

Cette vulnérabilité que Michael venait de déceler chez la jeune femme le toucha, puis l'agaça.

« Sois réaliste, se dit Pandora. Garde les pieds sur terre. »

— Michael, il nous reste encore cinq mois à passer ensemble, commença-t-elle.

— Tant mieux.

Il avait besoin d'elle. De sa chaleur. Le moment était peut-être bien choisi pour prendre le risque. Il se pencha vers ses lèvres et se mit à les mordiller.

— Ne les gâchons pas.

Elle le laissait faire. « Juste un moment », se promit-elle. Elle aimait tant la douceur de ses mains, le velouté de sa bouche ! Et la nuit qu'elle avait passée avait été si longue, froide et effrayante ! Elle se détestait d'être aussi faible, mais tant pis, elle avait besoin de lui ! Le soleil déversait ses rayons généreux dans la chambre et Michael était là, si proche, si rassurant !

Ses lèvres s'ouvrirent contre celles de Michael.

Il n'avait eu aucune arrière-pensée en venant la rejoindre. La décision s'était imposée d'elle-même. Il avait tout simplement obéi à l'envie de s'allonger à côté d'elle et de lui parler. Comme un besoin pressant de se retrouver à la maison. En sa compagnie. Il n'était alors guidé ni par l'envie ni par la passion. C'est lorsque Pandora s'était blottie contre lui, les cheveux défaits et les yeux encore lourds de sommeil, que le désir s'était peu à peu infiltré en lui.

Pour Pandora, la passion ne se déclarait pas du jour au lendemain. Non, au contraire, elle gagnait peu à peu. Une marche, puis une autre, et elle changeait, s'enrichissait, s'intensifiait. Dégageant, au fil du temps, des liens plus puissants. Elle voulait s'abandonner au désir, aux prémices de la volupté. Mais si elle cédait, plus rien ne serait comme avant. Ce changement, quel serait-il ? Elle ne pouvait le prévoir, ni même le deviner, seulement l'anticiper. Aussi allait-elle résister à leur désir, à ce qui pourrait se passer entre eux.

— Michael…

Ses doigts s'attardèrent dans l'épaisse chevelure de son compagnon.

— Ce n'est pas très intelligent.

Michael embrassa doucement les paupières closes de la jeune femme.

— Au contraire. C'est la chose la plus intelligente que nous ayons faite depuis des années.

Elle voulait acquiescer. Allait acquiescer.

— Michael, la situation est assez compliquée comme cela. Imagine une seconde que nous devenions amants et que les choses se gâtent entre nous, comment pourrons-nous continuer à vivre sous le même toit ? Je te rappelle que nous avons conclu une sorte de pacte moral à la mémoire d'oncle Jolley.

— Je ne vois pas bien ce que ce testament vient faire dans ce lit, entre toi et moi.

Comment avait-elle pu oublier l'intensité de son regard posé sur elle ? Et par quel miracle avait-elle pu rester aussi longtemps indifférente à son pouvoir de séduction ?

— Eh bien, tout, justement ! Si nous couchons ensemble et que notre relation change, nous aurons à gérer pas mal de problèmes et de complications.

— Comme quoi, par exemple ?

— Ne te moque pas de moi, Michael ! Je suis sérieuse !

— Moi aussi.

Il ne se lassait pas de contempler son visage aux traits délicats, sa chevelure de feu, la moue adorable de sa bouche. Par quel miracle ne l'avait-il jamais vue ainsi ?

— J'ai envie de toi, Pandora. Et il n'y a rien de drôle là-dedans.

Il avait raison. Il n'y avait rien de drôle à ce que des mots aussi simples, soufflés contre sa peau nue, la touchent à ce point. Il était sincère. Elle voulait croire qu'il était sincère. Mais alors, elle était perdue.

— Nous ne pouvons pas devenir amants comme ça, plaida-t-elle sans grande conviction. Il faut que nous en discutions d'abord.

Michael pressa ses lèvres sur celles de Pandora, jusqu'à ce qu'il sente son corps fléchir contre le sien.

— Je ne veux pas en discuter. Il ne s'agit pas d'une fusion d'entreprises, Pandora, mais de deux adultes consentants qui veulent faire l'amour.

— Justement, tu te trompes, protesta Pandora qui cherchait désespérément à lutter contre le désir qui l'enveloppait. Que tu le veuilles ou non, nous sommes des associés. Pire, nous sommes des associés liés par des affaires de famille. Et si nous changeons quoi que ce soit à…

— Si…, l'interrompit brutalement Michael. Avec de telles conditions, effectivement, tout peut arriver.

L'irritation commençait à gagner la jeune femme.

— Il me paraît en effet plus raisonnable de considérer la situation sous tous les angles.

— C'est dans tes habitudes de demander à tes amants potentiels de remplir un formulaire avant de commencer ?

Les lèvres de Pandora se mirent à trembler. Dans un certain sens, il n'était pas loin de la vérité.

— Ce n'est pas la peine de te montrer grossier !

Poussé à bout, Michael la regarda fixement.

— Je préfère être grossier que posséder un tel sens du réalisme !

— Ne parle pas de ce que tu ne connais pas, riposta Pandora en se raidissant. Tu n'as jamais possédé la moindre notion de bon sens ! Il n'y a qu'à voir la façon dont tu t'affiches avec tes bimbos décolorées ! Tu n'as même pas la décence d'être discret !

— C'est donc ça !

Michael entraîna Pandora avec lui, la forçant à s'asseoir. Les yeux de la jeune femme lançaient des éclairs.

— Mais tu oublies les brunes. Et puis les rousses aussi, ajouta-t-il avec perfidie.

Elle n'oublierait pas. Ivre de rage, elle s'en fit le serment.

— Le sujet est clos.

— Certainement pas ! C'est toi qui l'as abordé, nous irons jusqu'au bout. Oui, je couche avec des femmes, et oui, vois-tu, j'aime ça !

Pandora releva fièrement le menton et rejeta ses cheveux derrière ses épaules.

— Je n'en doute pas une seconde.

— Et nous ne fixons pas de règles avant. Contrairement à toi, certaines femmes préfèrent le romantisme. Et ne se torturent pas l'esprit avant de prendre du plaisir.

— Du romantisme ! Ce n'est pas le terme que j'emploierais !

— Pour ce que tu l'apprécies, le romantisme ! Mais ma pauvre fille, tu ne sais même pas de quoi il s'agit ! Et d'ailleurs, qui es-tu, toi, pour me juger ainsi. Crois-tu plus honorable de prendre des amants en cachette ? De prêcher la fidélité à un homme quand tu en cherches un autre ? Ce que tu appelles « discrétion », je l'appelle, moi, hypocrisie ! Et laisse-moi te dire une chose : je n'ai jamais eu à rougir des femmes qui ont croisé ma route. Que ce soit dans mon lit ou ailleurs.

— Je me fiche bien de ce qui te fait honte ou pas ! Sache seulement que je n'ai absolument pas l'intention de figurer sur la liste déjà longue de tes maîtresses. Garde tes caresses passionnées pour le genre de femmes que tu as l'habitude de fréquenter !

— Décidément, tu es aussi snob qu'*eux*.

Pandora se raidit sous ce qu'elle considérait comme l'insulte suprême.

— C'est faux. C'est simplement que je n'ai pas envie de faire partie de ton harem.

— Tu me flattes, *cousine*.

— Pour ça aussi, il y a un autre mot.

Tremblant d'une rage froide, Michael secoua la jeune femme, plus rudement qu'il n'en avait l'intention.

— Ecoute-moi bien, Pandora. Je n'ai jamais fait l'amour à une femme que je ne respectais pas.

Michael préféra renoncer avant de perdre totalement son sang-froid. Il se leva et se dirigea vers la porte sous le regard furibond de Pandora qui avait resserré le drap sur elle, telle une armure dérisoire.

— Apparemment, tu en respectes beaucoup.

La main sur la poignée, Michael se tourna vers Pandora et darda sur elle un regard glacial.

— En tout cas, elles ne sont pas aussi tordues que toi, elles !

La guerre froide qui s'était instaurée entre Pandora et Michael était pesante certes, mais compte tenu du caractère des deux parties, préférable à une franche bataille. Durant les jours qui suivirent leur altercation, ils prirent soin de s'éviter. Dès que l'un des deux faisait une remarque sarcastique, l'autre ripostait invariablement sur le même registre. Cependant personne n'attaquait de front, chacun préférait aiguillonner son adversaire de petites piques assassines. Le tout en présence des deux vieux serviteurs, qui assistaient, impuissants et désolés, à ces joutes verbales.

— Quelle bêtise ! s'exclama un jour Sweeney en étalant une pâte brisée destinée à la confection de deux tartes aux pommes.

C'était une femme robuste, au visage aussi rond que celui de Charles était anguleux. Elle avait fait deux mariages de raison, puis lorsque son deuxième époux était mort, elle avait décidé de se placer comme cuisinière. De sa cuisine, toujours étincelante de propreté, s'échappaient d'alléchantes odeurs qui vous faisaient monter l'eau à la bouche.

— Des enfants gâtés, commenta-t-elle en levant les yeux au ciel. Voilà ce qu'ils sont ! Des enfants gâtés qui mériteraient une bonne correction !

Charles, assis à table devant une tasse de thé fumante, suivait les opérations avec le plus vif intérêt.

— Quand je pense qu'ils ont encore quatre mois à tenir ! Ils n'y arriveront jamais !

Sweeney abaissa bruyamment son rouleau à pâtisserie sur une nouvelle boule de pâte.

— Ils y arriveront, affirma-t-elle avec conviction. Ils sont peut-être têtus mais je n'ai pas dit mon dernier mot.

— Monsieur voulait qu'ils gardent la maison. Tant qu'ils seront là, nous ne la perdrons pas non plus.

— Qu'est-ce que nous ferions tous les deux dans cette grande maison s'ils repartaient en ville ? Combien de fois aurions-nous droit à leur visite maintenant que Monsieur n'est plus là ? Il voulait que la maison leur revienne, c'est vrai. Mais il voulait aussi que ces deux ânes tombent amoureux l'un de l'autre. Cela ne dépend que de nous de les y aider un peu. Cette maison a besoin d'une famille pour la remplir.

— Ça me semble mal parti. Si tu les avais entendus au petit déjeuner !

Charles sirota une gorgée de thé tout en regardant Sweeney recouvrir la pâte d'une espèce de compote de pommes.

— Ça ne veut rien dire, ces chamailleries. Moi, j'ai bien vu les regards qu'ils se lancent, en douce. Fais-moi confiance, ils ont juste besoin d'un petit coup de pouce.

D'un geste sûr, elle recouvrit la deuxième pâte de la même mixture.

— Et nous allons le leur donner.

Sceptique, Charles étendit ses jambes sous la table.

— Nous sommes trop vieux pour ce genre de manigances.

Sweeney émit un petit grognement et posa ses mains potelées sur ses hanches.

— Justement, ça tombe bien. Tu ne te sens pas très bien depuis quelques jours.

— Non, non, ça va même plutôt mieux ces temps-ci.

— Tu ne te sens pas très bien, répéta Sweeney, péremptoire. Ah, voilà ma Pandora. Tais-toi et prends l'air fatigué.

La neige était tombée durant la nuit, recouvrant le sol d'une couche épaisse que Pandora prenait un plaisir puéril à fouler. Elle était satisfaite : son travail avait bien avancé. Les boucles d'oreilles étaient achevées et le résultat lui plaisait tellement qu'elle avait décidé de leur assortir un collier. Elle n'avait pas lésiné : l'abondance des modules géométriques en cuivre et en or en ferait une parure originale qui ne laisserait pas indifférent. Si elle continuait sur ce rythme-là, elle aurait une jolie collection à présenter à la boutique avec laquelle elle travaillait. Pile pour la période de Noël, songea-t-elle avec une pointe de fierté.

L'estomac dans les talons mais d'excellente humeur, Pandora ouvrit la porte de la cuisine à la volée.

— … Si tu te sens mieux dans un jour ou deux, était en train de dire Sweeney qui fit mine d'être surprise par l'arrivée de Pandora. Oh, le temps a filé à toute allure ! C'est déjà l'heure du déjeuner et je viens tout juste de terminer les tartes.

— Des tartes aux pommes ? s'enquit Pandora qui salivait déjà.

Mais Sweeney voyait bien que, déjà, la jeune femme s'inquiétait pour Charles.

— Il reste de la compote ? interrogea celle-ci en trempant son doigt dans le saladier.

Sweeney l'arrêta d'une petite tape sur le dos de la main.

— Voulez-vous bien aller laver ces mains qui ont travaillé toute la matinée ? Le repas sera servi dès que je pourrai.

Docile, Pandora obtempéra.

— Charles est fatigué ? demanda-t-elle à Sweeney en chuchotant.

— Rien de grave. Ses rhumatismes le font un peu souffrir en ce moment. Avec ce froid, ça n'a rien d'étonnant ! En fait, le vrai problème, c'est la vieillesse.

D'un geste machinal, elle passa la main sur ses lombaires, comme pour soulager une douleur imaginaire.

— Moi non plus, je n'y échappe pas ! soupira-t-elle

en adressant un pauvre sourire à Pandora. Il ne fait pas bon vieillir, vous pouvez me croire !

— Taratata ! s'exclama Pandora en se savonnant les mains avec énergie. Vous en faites beaucoup trop, tous les deux, voilà tout !

— Avec les fêtes qui arrivent…

Sweeney s'interrompit pour disposer artistiquement un bout de pomme sur sa tarte.

— Il va falloir songer à décorer la maison, reprit-elle. C'est un gros travail, mais c'est très satisfaisant. D'ailleurs, dès que nous aurons fini de déjeuner, Charles et moi irons chercher les cartons au grenier.

— Il n'en est pas question ! décréta Pandora en séchant ses mains à un torchon. C'est moi qui irai.

— Non, non, Mademoiselle Pandora, protesta Sweeney. Ils sont beaucoup trop lourds pour une jeune femme toute menue comme vous ! C'est à nous de le faire. N'est-ce pas, Charles ?

La perspective de monter et descendre une bonne douzaine de fois l'escalier qui menait au grenier fit soupirer Charles. Mais le regard furibond de Sweeney le ramena à l'ordre.

— Ne vous inquiétez pas, Mademoiselle McVie, Sweeney et moi allons nous en occuper.

— Certainement pas ! répéta Pandora en replaçant le torchon sur son crochet. Michael et moi descendrons tout ça cet après-midi, ce n'est plus la peine d'en discuter. Je vais lui dire de venir déjeuner.

Sweeney attendit que Pandora ait refermé la porte derrière elle pour afficher un sourire éclatant de satisfaction.

Pandora frappa deux coups à la porte du bureau de

Michael et entra dans la pièce sans même attendre son autorisation.

Voyant qu'il ne levait même pas la tête de son ordinateur, Pandora ravala sa fierté et alla se planter devant lui, bras croisés sur la poitrine.

— Il faut que je te parle.

— Reviens plus tard. Je suis occupé.

De nouveau, Pandora prit sur elle et étouffa le juron qui lui brûlait les lèvres.

— C'est important.

Puis dans un ultime effort, elle parvint à ajouter :

— S'il te plaît.

Surpris par cet accès de politesse, Michael daigna interrompre son travail.

— Qu'y a-t-il ? Un nouveau tour de notre charmante famille ?

— Non, ce n'est pas ça. Michael, nous devons décorer la maison pour Noël.

Il la fixa un instant, laissa échapper un juron et recentra son attention sur son clavier.

— J'ai sur les bras l'enlèvement d'un enfant de douze ans qui sera rendu à ses parents contre une rançon d'un million de dollars. *Ça*, c'est important.

— Michael, pourrais-tu, juste pour un instant, quitter ton monde imaginaire et revenir à la réalité ?

— Demande un peu à mon producteur si les millions de dollars qui dépendent de ce scénario ne sont pas réels !

— Michael ! protesta Pandora avec tant de véhémence que ce dernier s'interrompit de nouveau. Il s'agit de Sweeney et de Charles.

Un éclair d'intérêt s'alluma soudain dans le regard de Michael.

— Qu'est-ce qu'ils ont ?

— Charles a une crise de rhumatisme et Sweeney ne m'a pas l'air en meilleure forme que lui. Elle m'a paru si… comment dire ? Si vieille, tout d'un coup !

— Elle *est* vieille. Crois-tu qu'il faille appeler un médecin ?

— Non, ils seraient furieux !

Pandora contourna le bureau, faisant mine de ne pas s'intéresser à ce qui s'affichait sur l'écran de l'ordinateur.

— Je vais garder un œil sur eux pendant quelques jours et veiller à ce qu'ils n'en fassent pas trop. C'est la raison pour laquelle j'ai parlé de la décoration de la maison.

— Si tu veux t'en occuper, vas-y. Moi, je n'ai pas de temps à perdre avec ces futilités !

— Moi non plus, figure-toi ! Mais Sweeney et Charles se sont mis en tête de le faire. Alors, si nous ne voulons pas les voir s'éreinter à trimballer des caisses dans l'escalier du grenier, il faut que nous le fassions à leur place.

— Nous avons encore trois semaines avant Noël.

— Je sais, merci !

Frustrée, Pandora se mit à arpenter nerveusement la pièce.

— Ils sont âgés mais ils n'en démordront pas ! Du temps de Jolley, ils décoraient la maison juste après Thanksgiving. C'est la tradition.

— Très bien, très bien. Tu as gagné. Allons-y ! dit Michael en se levant.

— Allons déjeuner d'abord.

Satisfaite de son succès, Pandora quitta la pièce, Michael sur les talons.

Quarante-cinq minutes plus tard, ils poussaient la porte du grenier. Comme toutes les autres pièces de la maison, celle-ci avait été étudiée pour une famille nombreuse.

— J'avais oublié à quel point cet endroit est merveilleux ! s'exclama Pandora.

Oubliant les querelles qui les opposaient, Pandora prit Michael par la main et l'entraîna à l'intérieur.

— Regarde cette table ! Elle est vraiment trop moche !

Le meuble, surchargé de guirlandes décorées d'angelots avait été relégué dans un coin et disparaissait presque sous un amoncellement d'objets hétéroclites.

— Oh, et cette volière ! Oncle Jolley avait mis six mois à la fabriquer mais il n'a jamais eu le courage d'y enfermer le moindre oiseau !

— Heureusement pour le pauvre piaf ! murmura Michael qui, à son tour, se laissait prendre par la magie du lieu. Tiens, ses guêtres. Tu te souviens lorsqu'il les portait ?

— Et ce chapeau, renchérit Pandora en exhibant une large capeline en paille, piquée de fleurs artificielles toutes défraîchies. Il était à tante Katie. J'aurais tellement aimé la rencontrer ! Mon père disait qu'elle était aussi excentrique que Jolley.

Michael regarda Pandora incliner le bord du chapeau extravagant sur ses yeux.

— Je veux bien le croire. Et moi, comment me trouves-tu ?

Il arborait un chapeau melon qu'il avait négligemment penché sur le côté.

— Il te va à merveille, dit Pandora en éclatant de rire. Il ne te manque plus qu'un col blanc et une canne. Viens voir.

Elle le guida devant une psyché complètement piquée. Côte à côte, ils regardèrent leur reflet dans le miroir.

— Pas mal, estima Michael malgré son pull trop large et la poussière qui recouvrait le nez de Pandora. Il te faudrait une de ces longues jupes étroites qui balayaient le sol et un corsage lacé avec des épaulettes.

— Oui et un camée enfilé sur un ruban de velours, renchérit Pandora qui essayait de s'imaginer en élégante du début du siècle. Non, finalement je crois que j'aurais porté des pantalons et que j'aurais défilé pour l'émancipation des femmes.

— En tout cas, ce chapeau te va à ravir, commenta Michael en corrigeant son inclinaison. Surtout avec tes cheveux défaits. J'ai toujours eu un faible pour tes cheveux. Quoique, tu étais très séduisante aussi lorsque tu les as fait couper. Tu avais l'air d'un oiseau perdu avec tes grands yeux.

— J'avais quinze ans.

— Oui et tu rentrais tout juste des îles Canaries. Tu avais les jambes les plus longues et les plus bronzées que j'aie jamais vues ! J'ai failli en avaler ma tasse lorsque je t'ai vue débarquer dans le salon.

— Et toi tu étais au lycée et tu te pavanais, avec ta majorette accrochée à ton bras.

— Tu avais de plus jolies jambes qu'elle.

Pandora feignit la désinvolture, mais elle se souvenait parfaitement de cette rencontre.

— Je suis surprise que tu te souviennes de ça.

— Je te l'ai dit : je suis très observateur et j'ai une excellente mémoire.

Pandora préféra s'abstenir de tout commentaire. Mieux valait ne pas s'aventurer sur un terrain qu'elle jugeait dangereux.

— Commençons à chercher les cartons. Si j'ai bien compris, ils devraient se trouver contre le mur de gauche.

Sans plus attendre, elle pivota et entama ses recherches.

— Seigneur ! gémit-elle au bout de quelques minutes.

Michael s'approcha d'elle et, enfonçant ses mains dans ses poches, considéra la vingtaine de boîtes soigneusement empilées sur deux colonnes.

— Si nous faisions appel à des déménageurs ?

Pandora laissa échapper un profond soupir.

— Retrousse plutôt tes manches.

Ils en oublièrent de se disputer. Cela leur aurait demandé trop d'énergie.

Ereintés et ruisselants de sueur, ils posèrent enfin le dernier carton dans le salon. Indifférente à la poussière qui recouvrait son pantalon, Pandora s'écroula sur la chaise la plus proche.

— Quand je pense qu'il va falloir faire la même chose en sens inverse après les fêtes !

— On aurait pu mettre un sapin artificiel, tu ne crois pas ?

— En effet, ç'aurait été une bonne idée.

Rassemblant toute son énergie, Pandora alla s'agenouiller devant le premier carton et l'ouvrit.

— Allons, courage !

Ils mirent tout leur cœur à l'ouvrage, tirant des mètres de guirlandes, vérifiant chaque ampoule, n'hésitant pas à faire plusieurs essais de décoration. Lorsque les salons, les couloirs et le hall d'entrée furent parés, Pandora resta un long moment devant la porte pour juger de l'effet obtenu. Elle décida que l'épaisse guirlande blanche et argent qu'ils avaient entortillée autour de la balustrade était du meilleur effet et que les cloches rouges et or suspendues au plafond par un ruban de satin vert étaient tout simplement parfaites.

— C'est bien, conclut-elle avec fierté. Vraiment bien. Si nous laissons à Charles et à Sweeney le soin de décorer leurs appartements, il ne nous restera plus que la salle à manger. C'est un bon début, non ?

— Un début ? répéta Michael en s'asseyant sur une marche. Je n'ai même plus la force de discuter de ça, *cousine*.

— Allons ! Quant à faire les choses, autant les faire à fond. Je me demande si mes parents vont décorer leur maison, eux aussi, dit-elle, soudain rêveuse. Si…

Dans quel coin du globe avaient-ils élu domicile, cette fois ? Elle secoua la tête, bien décidée à ne pas succomber à la tristesse qui l'envahissait.

— Il ne nous reste plus qu'à aller chercher un sapin.

— Tu veux vraiment aller en ville maintenant ?

— Bien sûr que non, répondit-elle en sortant leurs manteaux du placard de l'entrée. Nous irons le prendre dans la forêt.

— Nous ?

— Oui. Je déteste l'idée d'acheter un arbre coupé qui finira sa vie dans une décharge publique. La forêt est remplie d'adorables petits sapins. Nous allons en déterrer un que nous replanterons après les vacances.

— Tu sais manier la pelle ? ironisa Michael.

— Ne sois pas rabat-joie, veux-tu ?

Pandora tendit à Michael son manteau puis enfila le sien.

— D'ailleurs, cela nous fera beaucoup de bien de sortir un peu, après avoir passé l'après-midi dans un grenier. Et lorsque nous aurons fini, nous boirons un bon grog bien chaud.

— Avec beaucoup de rhum, alors !

Ils firent une halte dans l'abri de jardin pour y prendre les outils nécessaires. Michael trouva deux pelles et en tendit une à Pandora. La jeune femme s'en saisit, impassible, puis emboîta le pas à Michael. L'air était vif, chargé du parfum de résine que dégageaient les sapins.

— J'adore la neige, annonça gaiement Pandora avant de foncer vers les bois, sa pelle sur l'épaule. Tout est si calme, si paisible ! Tu sais, quelquefois, je me dis que je préférerais vivre ici et faire des sauts à New York plutôt que le contraire.

C'était étrange de la part d'une fille comme Pandora, songeait Michael.

— Vraiment ? Pourtant je croyais que tu adorais la vie trépidante des grandes villes.

— En fait, j'aime les deux. Comment trouves-tu celui-ci ?

Pandora désignait un épicéa.

— Non, le tronc n'est pas droit.

La jeune femme reprit son chemin.

— Tu vois, je me demande si ça ne serait pas plus excitant de passer une semaine de temps en temps à New York en sachant qu'on a un endroit aussi paradisiaque où vivre. Et puis j'ai l'impression de mieux travailler ici. Regarde celui-là, là-bas.

— Trop grand. Il vaut mieux déterrer un jeune, ce sera plus facile. Ta vie sociale ne te manquerait pas trop ?

— Quoi ? demanda-t-elle distraitement en observant l'arbre en question.

Il avait raison. Il était trop grand.

— Oh, ma vie sociale n'est pas ma priorité ! Je préfère privilégier mon travail. Et puis, je suis certaine que je ne m'ennuierais pas ici.

Michael avait toujours eu d'elle l'image d'une jeune femme aimant à passer de longs week-ends en compagnie d'artistes un peu bohèmes qui se gargarisaient de poèmes de Keats.

— Regarde celui-ci, il me paraît bien.

Elle contemplait un épicéa d'environ un mètre cinquante. Derrière elle, Michael luttait contre l'envie d'émettre un nouveau commentaire.

— Il a juste la bonne taille pour le salon, ajouta Pandora.

— Parfait, commenta sobrement Michael en plantant sa pelle dans le sol gelé. Toi, attaque de l'autre côté.

Alors qu'il se penchait pour commencer à creuser, Pandora prit une pelletée de neige qu'elle lui lança en plein visage.

— Zut, dit-elle en battant des cils, un sourire hypocrite aux lèvres, je crois bien que j'ai raté mon coup.

Puis elle se remit à creuser en chantonnant gaiement.

Michael ne réagit pas, probablement parce qu'il admirait l'aplomb de la jeune femme et regrettait de ne pas avoir eu cette idée le premier.

Quinze minutes plus tard, le trou était creusé. Pandora, légèrement essoufflée, s'appuya sur le manche de sa pelle.

— Et voilà ! Rien de tel que la satisfaction du travail accompli ! Il n'y a plus qu'à le ramener à la maison, à l'installer et… mince ! Il nous faut de quoi envelopper les racines. Il y a de la toile d'emballage dans l'abri de jardin.

Ils se regardèrent, chacun attendant de l'autre qu'il prenne la décision d'aller la chercher.

— Très bien, dit Michael après un moment. Je veux bien me dévouer mais c'est toi qui nettoieras les aiguilles de pin et la terre que nous rentrerons dans la maison.

— Marché conclu.

Satisfaite, Pandora tournait la tête, attirée par le chant d'un cardinal, lorsqu'une boule de neige l'atteignit dans la nuque.

— Désolé, dit Michael, je crois que j'ai raté mon coup.

Puis sur ces mots, il s'éloigna en sifflotant négligemment.

Pandora attendit qu'il soit hors de vue, puis elle s'agenouilla et commença à préparer un tas de boules de neige. Lorsqu'il reviendrait, elle aurait un véritable arsenal à sa disposition. Elle ne lui laisserait aucune chance de s'en tirer. Elle prit son temps, roulant, lissant la neige entre ses doigts jusqu'à en faire des projectiles qu'elle jugeait redoutables. Sûre de l'avance qu'elle s'était donnée, elle sursauta violemment en entendant un bruit derrière elle. Une boule de neige en main, elle se retourna, prête à ouvrir les hostilités. Personne. Le cœur battant, elle attendit. Il lui semblait bien avoir vu des branches bouger. C'était tout à fait le style de Michael de se planquer pour prendre l'ennemi par surprise. Elle suivit des yeux le vol du cardinal qui s'éloignait vers d'autres horizons.

— Allez, Michael, ne sois pas si lâche ! Sors de ta cachette !

Elle serra un peu plus la boule de neige dans sa main, prête à le bombarder dès qu'il montrerait le bout de son nez.

— Tu montes la garde ? demanda Michael qui, arrivé par le chemin, laissa tomber la bâche aux pieds de Pandora.

De surprise, la jeune femme glissa et se retrouva les fesses dans la neige. Elle regarda derrière elle. Comment pouvait-il se trouver là quand elle le croyait ailleurs ?

— Mais tu n'étais pas... ? Tu as fait le tour ?

— Non, mais compte tenu de ta provision de projectiles, je pense que j'aurais mieux fait. Tu veux la guerre ?

— Simple système de défense, commença-t-elle avant de regarder de nouveau, sceptique, par-dessus son épaule. J'ai cru t'entendre avant que tu n'arrives. J'aurais juré qu'il y avait quelqu'un, là-bas, sous les arbres.

— Ce n'était pas moi. J'ai fait l'aller-retour directement entre la remise et ici.

Il regarda par-dessus l'épaule de la jeune femme.

— Tu as vu quelque chose ?

— Michael, si c'est une blague...

— Ce n'est pas une blague, confirma-t-il en tendant la main à Pandora pour l'aider à se relever. Viens, allons jeter un coup d'œil.

Main dans la main, ils s'enfoncèrent dans les bois.

— J'étais peut-être un peu nerveuse.

— Evidemment, si tu me crois aussi sournois…

— Ça devait être un lapin.

— Un lapin avec de grands pieds alors, murmura Michael en repérant des traces de pas dans la neige.

Les empreintes se détachaient clairement, témoignant des allées et venues impatientes de l'espion.

— Et qui portait des bottes.

— Ils vont recommencer, alors. Moi qui pensais qu'ils avaient abandonné la partie.

Pandora parlait d'une voix qu'elle voulait égale mais qui trahissait néanmoins l'angoisse des gens qui se savent étroitement surveillés.

— Peut-être est-il temps de parler à Fitzhugh, Michael.

— Tu as raison. Cependant…

Michael s'interrompit, attentif au bruit d'un moteur que l'on venait de mettre en marche. Comprenant tout de suite de quoi il retournait, il se rua en direction du bruit, talonné de près par Pandora. Lorsqu'ils arrivèrent sur place, hors d'haleine, ils ne purent qu'observer les traces de pneus qu'une conduite énergique avait profondément marquées dans le sol.

— Une jeep, conclut Michael en se baissant.

Il laissa échapper un juron et, furieux contre lui, enfonça ses mains dans ses poches. S'il avait réagi plus vite, il aurait pu, sinon mettre la main sur l'intrus, du moins voir à quoi il ressemblait.

Pandora, elle, ne supportait pas l'idée d'être manipulée en permanence par un adversaire invisible.

— Qui que ce soit, de toute façon il perd son temps, annonça-t-elle avec conviction.

— Je ne supporte pas d'être espionné ! maugréa Michael, frustré de ne pouvoir donner libre cours à l'instinct de vengeance qui l'animait. Crois-moi, je n'ai pas l'intention de jouer au chat et à la souris durant tout le temps qu'il nous reste à passer ici.

— Qu'allons-nous faire ?

Un sourire éclaira son visage tandis qu'il regardait les traces de pneus qui rejoignaient la route principale.

— Nous allons faire savoir à Fitzhugh que des intrus, animés de mauvaises intentions, nous pourrissent la vie. Et que, compte tenu des objets de valeur qui se trouvent dans la maison, nous avons décidé d'employer les grands moyens. Nous n'hésiterons donc pas à ressortir la carabine de Jolley.

— Michael ! s'indigna Pandora. Quoi qu'ils fassent, ce sont des membres de notre famille !

Sceptique, elle tenta de deviner si Michael était sérieux.

— De toute façon, tu serais bien incapable de tirer sur qui que ce soit.

— Sur des étrangers, certainement. Sur nos chers parents, je n'hésiterais pas une seconde.

Il haussa négligemment les épaules avant de poursuivre.

— S'ils ne veulent pas prendre une décharge de chevrotine dans les fesses, ce dont je ne doute pas un instant, ils réfléchiront à deux fois avant de revenir nous importuner.

— Je n'aime pas les armes à feu, Michael.

— Tu as une meilleure idée ?

— Achetons un chien. Un bon gros chien de défense.

— Mmm. Pas mal aussi le coup des crocs plantés dans les mollets. Reste à savoir s'ils préféreront ça à la carabine.

— Nous ne sommes pas non plus obligés d'acheter une bête féroce.

— Eh bien c'est facile ! Nous emploierons les deux méthodes !

— Michael…

— Allez, viens. Allons prévenir Fitzhugh.

— Oui, il sera peut-être de bon conseil.

— Cela m'étonnerait.

Pandora était sur le point de protester mais elle y renonça, préférant éclater de rire. La situation était tellement surréaliste ! Un peu à l'image des scénarios de Michael.

— Tu as raison, concéda-t-elle, conciliante.

Elle glissa son bras sous celui de Michael avant d'ajouter :

— Mais d'abord, occupons-nous de notre sapin.

Chapitre 7

— Je sais bien que c'est le réveillon, Darla.

Michael se leva pour aller dans la cuisine et se servir une nouvelle tasse de café.

— Bien sûr, ce sera une fête merveilleuse, mais je ne peux pas m'absenter pour le moment.

Ce n'était pas précisément la vérité, songeait Michael tout en écoutant d'une oreille distraite les commentaires de Darla. La réception se passerait à Manhattan et *tout New York* serait là, expliquait la jeune femme. Ce qui, en clair, signifiait une foule compacte bruyante venue se soûler jusqu'à plus soif.

Michael, en avance sur son planning, pourrait faire un aller-retour pour boire une coupe ou deux avec ses amis. Mais à vrai dire, il ne voulait pas quitter « La Folie ».

— Sois gentille, souhaite un joyeux Noël à tout le monde de ma part. Oui, j'aime vivre à la campagne. Tu trouves ça curieux ? Oui… Peut-être.

Darla, noctambule invétérée, ne pouvait concevoir la vie en dehors de l'île de Manhattan.

— Je viendrai pour le nouvel an, si je peux me libérer. D'accord, mon chou. Oui, Oui. *Ciao.*

Michael poussa un soupir de soulagement et raccrocha le combiné. Darla avait beau être charmante et drôle, elle n'en restait pas moins une maîtresse occasionnelle à laquelle il ne reconnaissait pas le droit de le harceler. Mais en vérité, la jeune femme était plus intéressée par le réseau relationnel de Michael que par Michael lui-même. Ce dernier ne lui en tenait pas rigueur et lui trouvait même des circonstances atténuantes. Elle avait de l'ambition, du talent, il lui suffirait d'un peu de chance pour percer dans le métier. Il se promit de passer quelques coups de fil et de voir ce qu'il pourrait faire pour elle, après les vacances.

Depuis le seuil, Pandora regardait Michael se passer la main sur la nuque. « Darla », répéta-t-elle à voix basse. Evidemment, il ne pouvait être attiré que par des Darla, des Robin ou bien encore des Candy. Le genre de créatures affectées, sophistiquées, et de préférence idiotes.

— La rançon de la gloire est difficile, n'est-ce pas, mon chéri ?

Michael sursauta légèrement, fit pivoter sa chaise.

— On ne t'a donc pas appris qu'écouter aux portes était très grossier ?

Pandora, toujours immobile sur le seuil, haussa négligemment les épaules.

— Si tu ne voulais pas qu'on t'entende, tu n'avais qu'à la fermer, ta porte.

— Même si je m'étais barricadé tu te serais débrouillée pour écouter.

Sourcils relevés, tête légèrement inclinée, Pandora affichait un air hautain.

— Tes conversations téléphoniques ne m'intéressent absolument pas ! Et si je suis montée jusqu'ici, c'est uniquement pour rendre service à Charles. Un colis est arrivé pour toi.

— Merci, répondit laconiquement Michael, sans chercher à dissimuler l'amusement qui le gagnait.

Car il y avait fort à parier que contrairement à ce qu'elle assurait, Pandora n'avait pas perdu une miette des propos qui venaient de s'échanger.

— Mais comment se fait-il que tu ne sois pas en train de travailler à cette heure-ci ?

— Tout le monde n'est pas comme toi, Michael, attaqua Pandora. Figure-toi qu'il existe des gens suffisamment organisés pour pouvoir prendre quelques jours de repos.

Puis, semblant vouloir couper court à leurs chamailleries habituelles, elle ajouta précipitamment :

— Si nous faisions une trêve ? Après tout, nous avons de quoi nous réjouir : nous ne sommes qu'à quelques jours de Noël et nos ennemis paraissent avoir renoncé à nous faire la guerre. Qu'en dis-tu ?

Michael prit le temps d'étudier le sourire éblouissant qu'elle lui offrait. Pouvait-il vraiment s'y fier ?

— En fait, je suis en train de me demander à quoi est dû ce revirement d'humeur, dit-il encore méfiant.

— Disons que l'ambiance de fête y est pour beaucoup. Et qu'en outre, je suis soulagée que nous n'ayons pas à nous équiper d'un chien de garde, ni à nous approvisionner en chevrotine.

— Pour le moment, précisa Michael, encore sur ses gardes. Le fait que Fitzhugh ait marché dans notre combine en répandant la rumeur qu'une enquête policière était menée, ne signifie pas que nos chers amis ont renoncé. A mon avis, ils font une pause mais ils ne vont pas tarder à se manifester de nouveau.

— On dirait vraiment que tu n'attends que ça, commenta Pandora d'un ton désapprobateur.

Puis elle leva une main en signe de renonciation.

— Moi, en tout cas, j'ai bien l'intention de profiter de mes vacances et de ne plus penser à eux une seule seconde.

Elle sembla hésiter un instant, jouant avec le collier en or qu'elle portait.

— Darla a dû être déçue, non ? finit-elle par demander.

Michael regarda les améthystes scintiller joliment autour du cou de la jeune femme.

— Elle s'en remettra, répondit-il distraitement.

Etonné, il regardait Pandora tripoter nerveusement sa chaîne.

— Michael, tu n'es pas obligé de rester. Pars rejoindre tes amis pour les fêtes si tu en as envie. Je t'assure que cela ne me pose aucun problème.

— Règle numéro six, lui rappela-t-il. Nous ne nous séparons sous aucun prétexte. Et d'ailleurs, tu as toi-même refusé une demi-douzaine d'invitations.

— C'est mon choix. Elle lâcha enfin son collier et laissa retomber ses bras le long de son corps. Mais toi, je ne veux pas que tu te croies obligé de…

— C'est mon choix également, l'interrompit Michael. Qu'est-ce que tu t'imagines ? Que je suis devenu soudain moins égoïste, plus attentionné ?

— Certainement pas ! riposta Pandora. Je préfère croire que tu es trop paresseux pour effectuer le trajet.

Michael secoua la tête, puis renonça à se défendre.

— Tu as parfaitement raison.

Pandora hésita un instant.

— Tu ne deviendras pas trop prétentieux si je te dis que je suis contente de te voir rester ?

Michael étudia en silence la tenue élégante de la jeune femme, en total contraste avec sa crinière rousse indomptée.

— Je ne peux pas te le promettre.

— Alors, je ne te le dirai pas.

Sans ajouter un mot, Pandora tourna les talons et s'éloigna.

Quelle femme pleine de contradictions ! se disait Michael en fixant pensivement la porte. Il se sentait devenir fou d'elle. Et il pesait ses mots. Pandora et lui se tournaient autour, saisissant cependant la moindre occasion de se rapprocher. Il ne pouvait imaginer deux personnes aussi peu faites l'une pour l'autre, aussi peu compatibles. Et pourtant… Il laissa son travail en plan et partit la rejoindre.

Il la trouva dans le salon, occupée à arranger les paquets déjà disposés au pied du sapin.

— Alors ? Combien en as-tu secoués pour tenter de deviner leur contenu ?

— Tous, répondit spontanément Pandora.

Mais elle ne se retourna pas. Elle ne voulait pas qu'il voie à quel point elle était heureuse qu'il soit venu la retrouver.

— Jusqu'à présent, aucun n'a ma préférence. Mais j'ai un problème…

Elle choisit un paquet à l'emballage élégant et ajouta :

— Je n'ai pas de cadeau pour toi.

— Et qui te dit que moi, j'en ai un pour toi ? rétorqua Michael, impassible.

— Si c'était le cas, ce serait vraiment grossier de ta part. Et la preuve d'une monstrueuse indifférence.

Michael s'accroupit à côté de la jeune femme et se mit à son tour à étudier la pile de paquets.

— De toute façon, d'autres ont pensé à toi, dit-il en faisant négligemment tourner entre ses doigts une petite boîte recouverte de papier argent. Qui est ce Boris ?

— Un réfugié politique russe. Il est violoncelliste et fervent admirateur de mon travail.

— Je n'en doute pas une seconde. Et Roger ?

— Roger Madison.

Michael écarquilla les yeux de surprise.

— Le joueur de l'équipe des Yankees ? Celui qui a frappé trois cent quatre coups l'année dernière ?

— Lui-même. Je ne sais pas si tu as remarqué le bracelet en argent qu'il porte en permanence au poignet droit. C'est moi qui l'ai créé spécialement pour lui au printemps dernier. Il est assez superstitieux et le considère comme un porte-bonheur.

Pandora soupesa doucement le lourd paquet jaune et or que le joueur lui avait envoyé.

— Apparemment, il s'est montré très généreux.

— Je vois, commenta Michael après avoir jeté un regard éloquent à toutes les étiquettes qui accompagnaient les cadeaux. Enfin… je vois surtout que tes amis sont exclusivement masculins.

— Vraiment ?

A son tour, Pandora inspecta la pile de cadeaux réservée à Michael.

— Et les tiens exclusivement féminins. Chichi ? s'étonna-t-elle en détaillant une grosse boîte ornée d'un énorme nœud rose.

— Une amie biologiste, répondit Michael, un sourire narquois au coin des lèvres.

— Fascinant ! Et Magda ? Elle est bibliothécaire, peut-être ?

— Juriste.

— Mmm. Et celle-ci ? interrogea encore Pandora en exhibant une bouteille de champagne dont le ruban rouge portait pour toute inscription « Joyeux Noël Michael ». Quel que soit l'expéditeur, en tout cas, il est particulièrement timide.

— Certaines personnes ne veulent pas faire étalage de leur générosité, voilà tout.

Pandora releva fièrement le menton et, défiant Michael du regard, lui demanda :

— Et toi, Michael ? Sauras-tu te montrer aussi généreux et partager ce magnum ?

— Avec qui ?

— J'aurais dû deviner que tu étais mesquin !

Elle lui agita sous le nez un paquet marqué à son nom.

— Puisque c'est comme ça, je mangerai toute seule ces excellents chocolats suisses.

Michael avisa la boîte d'un œil sceptique.

— Comment sais-tu que ce sont des chocolats ?

La jeune femme lui adressa un petit sourire supérieur.

— Henri m'offre *toujours* des chocolats.

Michael tendit la main, paume vers le haut.

— Moitié-moitié ?

— Moitié-moitié, acquiesça Pandora en tapant la paume offerte.

*
**

Quelques heures plus tard, alors que les étoiles scintillaient dans le ciel et qu'un feu flambait dans l'âtre, Pandora éclaira la guirlande électrique. Elle songeait sans regrets aux fêtes prestigieuses auxquelles elle ne se rendrait pas. Elle était au bon endroit, là où elle avait choisi de se trouver. Il ne lui avait fallu que quelques semaines pour réaliser qu'elle était moins attachée qu'elle ne le pensait à la vie trépidante de New York. « La Folie » était son véritable foyer. Mais ne l'avait-il pas toujours été ? Plus le temps passait, moins elle songeait à regagner New York. Pourtant, elle ignorait ce que serait sa vie, seule dans cette grande maison.

Michael serait reparti. Car même si « La Folie » lui appartenait pour moitié dans quelques mois, sa vie, sociale et professionnelle, se trouvait à New York. Il serait reparti, se répétait-elle et elle se retrouverait seule avec ses regrets. Pour quelle raison resterait-il, d'ailleurs ? Elle se leva et, machinalement, attisa le feu. Ils ne pouvaient vivre indéfiniment sous le même toit. Tôt ou tard, elle lui parlerait de sa décision de s'installer ici. Mais pour cela, il faudrait qu'elle lui explique ses raisons. Ce qui s'annonçait difficile.

Elle était néanmoins reconnaissante à son oncle de lui avoir permis de se surpasser. D'accomplir quelque chose dont elle s'était crue incapable : vivre dans un endroit retiré de tout, loin de ce qu'elle avait toujours connu et dont elle pensait ne pouvoir se passer. Certes, elle avait dû gérer au quotidien sa relation avec Michael, mais elle avait découvert là une vie plus riche et plus intense que celle qu'elle avait vécue au cours des derniers mois. Elle détestait l'idée de devoir renoncer à cela.

Elle avait même réussi, en partie, à maîtriser l'attirance qu'elle éprouvait pour lui. Même si, à vrai dire, il n'était pas plus son type d'homme qu'elle n'était son type de femme. D'après ce qu'elle savait, il lui préférait un genre plus exotique : des actrices, des danseuses, des mannequins. Elle, de son côté, préférait les intellectuels. Des hommes capables de discuter durant des heures des œuvres de romanciers obscurs ou d'apprécier des pièces de théâtre ésotériques. Des hommes qui n'auraient pas été capables de dire si *Logan's Run* était une émission de télé ou un restaurant dans Soho.

Pandora considérait donc le désir qu'elle éprouvait pour Michael comme un accident de parcours sans importance.

Elle en était à ce stade de ses réflexions lorsqu'un bruit la fit se retourner. Un petit chien blanc était en train de foncer vers elle. Il glissa sur le tapis d'Aubusson, se cogna contre la table en poussant quelques petits cris plaintifs, puis, nullement découragé, reprit sa course effrénée en direction de Pandora. Il faillit rouler deux fois sur lui-même mais parvint à se rétablir maladroitement avant d'atteindre enfin son but, hors d'haleine.

Pandora s'accroupit et accueillit sur ses genoux le petit animal qui se mit à lui lécher le visage à grands coups de langue.

— D'où sors-tu, toi ? demanda la jeune femme en riant aux éclats.

Se défendant comme elle pouvait des assauts répétés dont elle était l'objet, elle examina la carte qui était accrochée au collier du chiot.

« Je m'appelle Bruno.
Je suis un affreux jojo prêt à défendre sa maîtresse. »

— Bruno, hein ? répéta Pandora toujours riant sous les coups de langue du petit chien.

Elle caressa ses drôles d'oreilles, trop longues pour sa petite taille.

— Comment ça, « affreux jojo » ?

— Il a été spécialement dressé pour attaquer les cohéritiers mécontents, répondit Michael qui venait de faire son entrée en poussant un chariot sur lequel trônait une bouteille de champagne dans un seau à glace. Il est prêt à bondir sur quiconque portera un costume de chez Brooks Brothers.

— Et des mocassins en cuir, renchérit Pandora.

— Et des mocassins en cuir, bien sûr.

Très émue, la jeune femme concentra son attention sur le chiot. Elle n'avait aucune idée de la façon dont elle pouvait remercier Michael sans se couvrir de ridicule.

— Il n'est même pas affreux, murmura-t-elle.

— On m'a promis qu'il le deviendrait.

Pandora enfouit son visage dans le pelage de l'animal.

— *On ?* Où l'as-tu trouvé ?

— A la fourrière.

Sans quitter la jeune femme des yeux, Michael entreprit d'ouvrir la bouteille de champagne.

— Tu te souviens de la dernière fois où nous sommes allés faire des courses en ville ? Je t'ai abandonnée un moment.

— Oui. Je croyais que tu étais parti acheter des magazines pornographiques !

— Je vois que ma réputation me précède, ronchonna Michael à voix basse, comme pour lui-même. Enfin bref, c'est bien à la fourrière que je suis allé et là, j'ai vu Bruno. Dès qu'il m'a repéré, il a mordu un autre chien heu… dans une partie sensible de son anatomie afin d'arriver le premier jusqu'à la grille. Et lorsqu'il m'a souri de tous ses crocs, sans aucune dignité, j'ai su que ce serait lui et pas un autre.

Comme pour ponctuer ce que venait de dire Michael, le bouchon sauta, libérant des flots de champagne qui se répandirent sur le sol. Bruno bondit des genoux de sa maîtresse et se mit à laper goulûment le liquide pétillant.

— Il manque un brin d'éducation, peut-être, commenta Pandora, déjà conquise. Mais il a des goûts très sûrs.

Elle se leva et attendit que Michael ait rempli leurs deux coupes.

— En tout cas, c'est une attention très délicate.

Michael sourit en lui tendant sa coupe.

— Tout le plaisir est pour moi.

— Finalement, je préfère lorsque tu te montres grossier et insupportable.

— Je fais pourtant de mon mieux, rétorqua Michael en portant un toast.

— Parce que lorsque tu es gentil, poursuivit Pandora, j'ai plus de mal à contrôler mes pulsions.

Michael, qui s'apprêtait à boire une gorgée de champagne, interrompit son geste.

— Quel genre de pulsions ?

— Ce genre-là, répondit Pandora en ondulant vers lui.

Elle posa sa coupe sur un petit guéridon, débarrassa Michael de la sienne, et lui mit les bras autour du cou.

Elle planta son regard dans le sien, puis très lentement, effleura ses lèvres de sa bouche.

Comme elle s'y attendait, elles étaient douces et chaudes sous les siennes. Les mains de Michael vinrent se poser, aussi légères que des plumes, sur les épaules de la jeune femme. Peut-être avait-il compris, inconsciemment, que la force n'y ferait rien. Car, lorsque Pandora se donnait, elle le faisait totalement, de son plein gré, refusant toute forme de pression ou de soumission. Dans une relation, Michael avait toujours vainement recherché l'égalité des forces. Et contre toute attente, c'est chez Pandora qu'il l'avait trouvée.

Il se grisait de son parfum, du goût fruité de sa bouche qui exacerbait ses émotions. Son corps, à la fois souple et ferme sous ses mains, exigeait autant qu'il offrait.

Pandora ne pouvait résister aux mains de Michael. A ses doigts courant sur ses hanches, puis sur sa taille. C'était exactement comme elle se l'autorisait dans ses rêves. Elle sentait que le moment était venu d'accepter, de céder au plaisir. Elle ne retarderait pas plus le moment de se donner. L'heure n'était plus aux interrogations.

Elle s'écarta légèrement de lui et lui murmura en souriant doucement :

— Lorsque je t'embrasse, tu n'es plus du tout mon cousin Michael.

— Vraiment ?

Il lui mordillait les lèvres, qu'elle avait incroyablement sensuelles.

— Qui suis-je alors ? susurra-t-il en l'enlaçant à son tour.

Cette fois ce n'était plus un étau douloureux mais une étreinte légère.

— Je ne sais pas encore.

— Je peux essayer de te mettre sur la voie, chuchota-t-il en pressant de nouveau son corps contre le sien.

Pandora résista.

— Puisque tu as rompu la tradition en m'offrant mon cadeau avant l'heure prévue, je suis obligée d'en faire autant.

Elle quitta à regrets le doux cocon des bras de Michael et alla chercher, au pied du sapin, un paquet carré et plat qu'elle lui tendit.

— Joyeux Noël, Michael.

Celui-ci s'assit sur le bras d'un fauteuil et déchira l'emballage tandis que Pandora buvait une gorgée de son champagne. Elle observait Michael, guettant nerveusement une réaction sur son visage. Il n'y avait pourtant pas de quoi se mettre dans des états pareils ! Son cadeau pour Michael n'était qu'une bricole improvisée à la hâte. Aussi lorsqu'il l'eut découvert, se crut-elle obligée de dire en haussant négligemment les épaules :

— Evidemment, ce n'est pas aussi original qu'un chien de garde.

Emu, Michael fixait en silence le portrait de leur oncle. Celui-ci se détachait dans un cadre en argent grossièrement martelé, création de la jeune femme que Jolley aurait appréciée. Pandora avait dessiné le vieil homme tel que Michael se le rappelait, le dos légèrement voûté par les ans, ses cheveux devenus rares encadrant son visage éclairé d'un large sourire. Elle avait mis dans ce portrait tout l'amour, le talent et l'humour qui la caractérisaient ; les trois qualités essentielles que Jolley admirait chez sa nièce.

Lorsque Michael leva enfin les yeux vers la jeune femme, elle faisait tourner avec nervosité la coupe qu'elle tenait à la main.

Jusqu'à présent, il n'avait eu d'elle que l'image d'une

femme de tête, affichant même un brin d'arrogance dans son travail. Ainsi que dans sa vie privée. Les pans secrets de cette personnalité qui se révélaient peu à peu à lui le troublaient plus que de raison.

— Jamais aucun cadeau ne m'a fait plus plaisir, Pandora.

La petite ride d'anxiété qui s'était creusée entre les sourcils de Pandora s'effaça instantanément tandis qu'un sourire fleurissait sur ses lèvres. Elle s'en voulut de ne pouvoir cacher ce ridicule sentiment qui la remplissait de fierté.

— C'est vrai ?

Michael lui sourit à son tour avant de fixer de nouveau le portrait de Jolley.

— C'est vrai, confirma-t-il en enlaçant ses doigts à ceux de la jeune femme. Il est exactement comme dans la réalité.

— Je l'ai dessiné tel que je me le rappelais.

L'espace d'un instant, Pandora se demanda si l'attirance qu'ils éprouvaient l'un pour l'autre n'était pas encore un des tours dont leur oncle avait le secret.

— J'ai pensé que c'était aussi le souvenir que tu avais de lui. Le cadre est un peu kitch, tu ne trouves pas ?

— Il est parfaitement adapté, renchérit Michael en l'étudiant de plus près.

Le métal brillait de tous ses feux, son éclat encore rehaussé par les courbes géométriques que Pandora y avait imprimées. On aurait pu le croire tout droit sorti d'un héritage familial.

— J'ignorais que tu faisais ce genre de choses.

— Cela m'arrive de temps en temps. La boutique m'en a pris quelques-uns.

— C'est si différent de tes créations habituelles !

Pandora releva fièrement le menton.

— J'avais pensé t'offrir un bon gros collier en or serti de strass, juste pour t'embêter.

— J'avoue qu'effectivement, tu aurais réussi.

— L'année prochaine peut-être. A moins que je n'en fasse un pour Bruno.

Elle balaya la pièce d'un coup d'œil circulaire.

— Où est-il passé ?

— Probablement sous le sapin, en train de s'occuper des paquets. C'est sa spécialité. Durant son bref séjour dans le garage, il s'est débrouillé pour ruiner une de mes chaussures de golf.

— Nous allons mettre tout de suite un terme à ces mauvaises habitudes, déclara Pandora en partant à la recherche du jeune chiot.

Michael, à présent confortablement installé dans un siège, ne pouvait détacher son regard du portrait de Jolley.

— Je ne savais pas que tu dessinais aussi bien. Pourquoi ne te lances-tu pas dans la peinture ?

— Et toi, pourquoi n'écris-tu pas « Le Grand Roman du Siècle » ?

— Parce que j'adore ce que je fais.

— Exactement, lâcha Pandora qui, n'ayant trouvé trace de Bruno sous l'arbre, regardait à présent sous les meubles. Bien que quelques peintres se soient essayés avec succès à la création de bijoux, Dali pour n'en citer qu'un, je crois, moi, que… Michael !

Michael reposa précipitamment la coupe qu'il s'apprêtait à porter à ses lèvres pour aller rejoindre Pandora, à genoux près du canapé.

— Qu'est-ce qui se passe ? s'enquit-il en s'agenouillant à son tour.

Bruno, couché sur le flanc, gisait sur le carrelage, les yeux fermés, la respiration saccadée. Lorsque Pandora le tira vers elle, il laissa échapper de petites plaintes de douleur.

— Oh, Michael, il est malade ! Il faut l'emmener tout de suite chez un vétérinaire.

— Il est trop tard. Nous ne trouverons pas de vétérinaire, à minuit, le soir du réveillon.

Doucement, il posa une main sur le ventre du chiot qui se mit à gémir.

— Je vais quand même essayer de joindre quelqu'un au téléphone.

— Tu crois que c'est à cause de quelque chose qu'il a mangé ? s'enquit Pandora au comble de l'inquiétude.

— Non, Sweeney a veillé à sa nourriture, comme si c'était un nouveau-né.

Comme pour donner raison à Michael, le chiot se remit péniblement debout, sur ses pattes flageolantes puis, à force de spasmes violents, réussit à se soulager de ce qui encombrait son petit estomac. Exténué par un tel effort, il se recoucha et s'endormit profondément.

— C'est ce qu'il a bu, murmura Michael.

Le cajolant, le caressant, Pandora prit le petit corps apaisé dans ses bras.

— Ça ne peut tout de même pas être les quelques gouttes de champagne qu'il a léchées. Eh bien, Bruno, je crois que Charles ne va pas être très content que tu aies sali son tapis. Il vaudrait mieux que je…

Michael l'agrippa soudain par le bras, interrompant brutalement son monologue.

— Combien de champagne as-tu bu ?

— Juste une gorgée. Mais pourquoi…

Cette fois, elle s'interrompit d'elle-même, réalisant où Michael voulait en venir.

— Le champagne. Tu crois qu'il y avait un problème avec la bouteille ?

— Je crois surtout que je suis un imbécile de ne pas m'être méfié d'un cadeau anonyme !

Au comble de l'angoisse, il prit le menton de Pandora entre ses doigts, la forçant à le regarder dans les yeux.

— Tu n'as pris qu'une gorgée ? Tu en es sûre ? Comment te sens-tu ?

Si Pandora sentait son sang se glacer dans ses veines, elle n'en laissa rien paraître.

— Je me sens bien, répondit-elle calmement. Regarde ma coupe, je l'ai à peine touchée.

Tous deux tournèrent la tête dans la même direction.

— Tu… tu crois qu'il y a du poison ?

— Nous le saurons très vite.

Pandora secoua la tête, refusant d'admettre une telle éventualité.

— Mais comment serait-ce possible, Michael ? La bouteille était bouchée. Et le bouchon intact.

— Dans la première série des « Logan », j'avais imaginé un scénario dans lequel le meurtrier injectait du cyanure dans une bouteille, à l'aide d'une seringue.

— Mais il s'agissait d'une fiction, protesta Pandora en frissonnant.

— En tout cas, en attendant de pouvoir prouver le contraire, nous allons faire comme si c'était la réalité. Je vais faire analyser ce qu'il reste de la bouteille par les laboratoires Sanfield.

— Analyser ? répéta machinalement Pandora, complètement sonnée par la nouvelle. Tu as raison, je suppose que nous nous sentirons mieux lorsque nous serons sûrs. Tu connais quelqu'un dans ce labo ?

— Nous en sommes propriétaires.

Il jeta un coup d'œil au jeune chiot, toujours profondément endormi dans les bras de sa maîtresse.

— Ou plutôt, nous le deviendrons dans quelques mois. Et à mon avis, c'est l'une des raisons pour lesquelles notre expéditeur anonyme nous a fait parvenir ce charmant cadeau.

— Michael, si cette bouteille contient du poison…

Pandora s'interrompit, essayant d'imaginer l'impossible.

— Si, effectivement cette bouteille contient du poison répéta-t-elle, cela voudra dire que ce n'est plus un simple jeu.

Michael tenta d'imaginer ce qui se serait produit si leur attention n'avait pas été détournée à temps.

— Non, ce ne sera plus un simple jeu.

S'exhortant au calme, Pandora quitta son siège.

— Mais enfin, c'est insensé ! Le vandalisme, passe encore, les petites mesquineries aussi, mais je ne peux pas croire qu'un membre de ma famille soit capable d'aller aussi loin ! Nous sommes en train de nous faire des idées, Michael. Bruno a vomi sous le coup de l'excitation, voilà tout ! Ou alors il était déjà malade lorsque tu es allé le chercher à la fourrière.

— Un vétérinaire l'a vu et lui a fait tous les vaccins nécessaires avant que je ne le récupère.

Michael s'appliquait à parler calmement mais ses yeux trahissaient son extrême nervosité.

— Il était en parfaite santé jusqu'à ce qu'il lape ces quelques gouttes de champagne, conclut-il avec fermeté.

Toute tentative de rationalisation déserta alors Pandora.

— Très bien. Alors nous ferons analyser le contenu de cette bouteille. Mais tant que nous n'aurons pas la certitude qu'elle contient du poison, je ne veux plus y penser.

— Tu préfères ne pas affronter la réalité ?

— Non, mais tant que nous n'avons pas la preuve du contraire, je refuse de croire qu'un des membres de ma famille a voulu me tuer.

Elle caressa tendrement le pelage soyeux du petit chien avant d'ajouter :

— Je vais essayer de lui faire boire un peu de lait chaud. Et je le prendrai avec moi dans ma chambre, je veux pouvoir veiller sur lui cette nuit.

Michael, resté près de la cheminée, tentait de combattre le sentiment de frustration mêlé de colère qui l'assaillait.

— Parfait.

Il était plus de minuit lorsque Michael, en panne d'inspiration et de sommeil, alla jeter un coup d'œil par la porte de Pandora, restée entrouverte. Une lampe de chevet restée allumée diffusait sa lumière tamisée à travers la pièce. Au-dehors, la neige tombait, drue. Pandora dormait, recroquevillée dans son grand lit, les couvertures remontées jusqu'au menton. Sur un tapis en face du feu sommeillant, Bruno ronflait doucement. Pandora avait pris soin de le recouvrir d'un châle en mohair et elle avait installé à sa portée un bol de ce que Michael prit pour du thé. Il s'accroupit auprès du petit animal.

— Mon pauvre vieux, murmura-t-il en lui caressant doucement la tête.

Bruno s'étira et laissa échapper une petite plainte dans son sommeil.

— Je crois qu'il va mieux.

Michael regarda par-dessus son épaule. Comme Pandora était belle et désirable avec ses cheveux épars et son visage doux qu'accentuait encore son teint diaphane ! Il s'attarda sur les épaules nues qui émergeaient du drap soigneusement tendu sur sa poitrine avant de reporter toute son attention sur le chiot. Mais qu'est-ce qui lui prenait ? Pandora ne correspondait pourtant pas aux critères de beauté qui le faisait habituellement craquer.

— Oui, il a juste besoin de dormir à présent.

Ressentant le besoin de se donner une contenance, Michael alla puiser dans le coffre à bois une bûche qu'il ajouta aux braises encore rougeoyantes.

— Merci, dit Pandora. Tu ne pouvais pas dormir ?

— Non.

— Moi non plus.

Ils restèrent un moment assis en silence, elle dans son grand lit, lui sur le tapis à côté du chien. Le feu crépitait de nouveau joyeusement, projetant des ombres mouvantes sur les murs.

Pandora remonta ses jambes sous sa poitrine.

— Michael, j'ai peur.

Ce n'étaient pas des paroles en l'air. Michael savait à quel point il en coûtait à la jeune femme de lui faire un tel aveu. Il se donna le temps de tisonner le feu avant de répondre d'un ton qu'il voulait léger :

— Nous pouvons partir, si tu le souhaites. Dès demain, nous pouvons rentrer à New York. Oublier ce pari insensé et profiter des fêtes de fin d'année.

Pandora garda le silence, scrutant le visage de Michael dans l'espoir d'y trouver une réponse à sa question.

— C'est vraiment ce que tu veux ?

Michael pensa à Jolley, puis à Pandora. Tous ses muscles en tension se raidirent un peu plus.

— Oui. Il faut que je pense un peu à moi.

— Tu es un bien piètre menteur, pour quelqu'un qui passe sa vie à inventer des histoires auxquelles tout le monde croit.

Elle attendit un instant puis reprit en l'épinglant du regard :

— Tu ne veux pas rentrer à New York. Non. En vérité, tu brûles de leur casser la figure.

— Tu me vois frapper tante Patience ?

— A quelques exceptions près, je te l'accorde. Mais avoue que, pour rien au monde, tu ne voudrais jeter l'éponge.

— Tu as raison, concéda Michael qui s'était mis à faire les cent pas devant la cheminée. Mais toi ? Depuis le début, tu ne voulais pas être mêlée à cette histoire ! C'est moi qui t'ai forcé la main. Je me sens responsable, Pandora !

Pour la première fois depuis bien longtemps, Pandora retrouva le sens de l'humour qui la caractérisait.

— Je détesterais froisser ton ego, Michael, mais tu ne m'as absolument pas forcé la main. Je suis seule responsable de mes choix. Et je ne céderai pas à leurs minables manœuvres d'intimidation. C'est vrai, j'ai dit que je ne voulais pas de cet argent. J'ai dit aussi que je n'en avais pas besoin, ce qui est moins vrai. Mais je fais de toute cette affaire une question de fierté. Et même si je crève de peur, je ne renoncerai pas ! Et puis, cesse de tourner comme un lion en cage et viens t'asseoir près de moi.

L'ordre, lancé avec une pointe d'impatience et de colère fit sourire Michael. Docilement, il obéit à la jeune femme.

— Tu te sens mieux ? s'enquit-il gentiment.

Elle le fixa intensément puis répondit :

— Oui. Michael, ça fait des heures que je suis allongée là, à retourner le problème dans tous les sens. Et cela m'a permis de réaliser deux ou trois choses. Il n'y a pas si longtemps, tu m'as traitée de snob, et d'une certaine façon, tu avais raison. Mais si je n'ai jamais fait grand cas de l'argent, c'est parce qu'en fait, je ne m'autorisais pas à le faire. Quand l'oncle Jolley les a tous écartés de son testament, j'ai considéré ça comme un dernier clin d'œil, une dernière blague qui allait, certes, provoquer des grincements de dents, mais rien de grave. Ce n'était que de l'argent, et aucun d'eux n'en manque.

— Tu n'as jamais entendu parler de cupidité, ou du désir de toujours vouloir plus ?

— Bien sûr que si, mais je ne les croyais pas animés d'intentions aussi hostiles. Mais après tout, je les connais si peu ! Je les ai toujours trouvés ennuyeux, je n'ai donc jamais cherché à les fréquenter.

Pandora passa une main nerveuse dans ses cheveux, indifférente au drap qui retombait sur sa taille.

— Regarde Ginger, par exemple. Elle a à peu près le même âge que moi et pourtant, nous n'avons rien en commun. Je la croiserais dans la rue, c'est tout juste si je la reconnaîtrais.

— Et moi, c'est à peine si je me souviens de son prénom, renchérit Michael.

— C'est bien où je voulais en venir : nous ne les connaissons quasiment pas. Lorsqu'on parle de « famille », on évoque un bloc indissociable, mais chaque membre pris individuellement, qui est-il vraiment ? De quoi est-il capable ? J'essaie de trouver une réponse. Ce n'est pas une plaisanterie, Michael.

— Je sais.

— Je voudrais me battre mais je ne sais pas comment m'y prendre.

— La meilleure façon est de rester, suggéra Michael en lui prenant la main.

Elle était froide et douce dans la sienne.

— Et peut-être, ajouta-t-il, de leur livrer une bataille psychologique.

— Comment cela ?

— Eh bien, pourquoi ne pas envoyer, à notre tour, une bouteille de champagne à chacun d'eux ?

Un sourire mauvais vint fleurir sur les lèvres de Pandora.

— Oui. Un magnum, par exemple.

— Naturellement. Je me demande quelle serait leur réaction.

— C'est un sale coup, non ?

— Mmm, marmonna Michael.

— J'avoue que j'avais sous-estimé ton imagination fertile. Ça me paraît être une excellente idée.

Elle se tut, consciente des doigts de Michael qui jouaient avec une mèche de ses cheveux.

— Nous devrions dormir un peu à présent.

— Tu as raison, approuva Michael tandis que ses doigts effleuraient maintenant la nuque de la jeune femme.

— Remarque, je n'ai pas très sommeil.

— Nous pourrions faire une partie de canasta.

— Pourquoi pas ? chuchota Pandora, attentive aux mains de Michael qui faisaient glisser sur ses épaules les fines bretelles de sa chemise de nuit. Ou de gin-rami.

— Si tu veux.

— Ou alors… nous pourrions terminer ce que nous avons commencé dans le salon tout à l'heure, lui susurra-t-elle à l'oreille.

Michael porta à ses lèvres les mains de Pandora.

— Tu as raison. C'est toujours mieux de finir quelque chose avant d'entamer autre chose. Et si j'ai bonne mémoire, il me semble que nous en étions… là.

Il se pencha pour prendre les lèvres de Pandora. Avec un geste plein de tendresse et de douceur, la jeune femme noua ses bras autour du cou de Michael.

— C'est exactement ça.

Puis cédant à l'urgence de leur désir, ils roulèrent, enlacés, sur le lit.

Leurs deux corps, parfaitement imbriqués l'un dans l'autre, se mouvaient au même rythme langoureux, se satisfaisant de caresses légères, de regards pénétrants, de parfums enivrants. Puis peu à peu la passion s'infiltra, les rendant impatients l'un de l'autre. Ils avaient attendu trop longtemps. Leurs doigts, leurs bouches, exploraient la moindre parcelle de chair, le moindre recoin intime.

Pandora se révéla moins inhibée qu'il ne l'avait

supposé. Plus généreuse aussi. N'hésitant pas à donner autant qu'elle recevait, à partir à la découverte de ce corps inconnu sans fausse pudeur. Leurs bouches se prenaient, ne se lâchant que pour mieux se reprendre. Et lorsque la langue de Michael joua avec celle de Pandora, celle-ci fixa sur lui un regard trouble de volupté mais où filtrait une lueur d'amusement. La jouissance d'un jeu partagé. Michael enfouit son visage dans la chevelure épaisse de la jeune femme, se grisant de l'odeur animale qui s'en dégageait. Enfin, ils étaient ensemble, sur le point de devenir amants !

Si les mains de Pandora restaient fermes tandis qu'elle ôtait son pull à Michael puis caressait son torse puissant, son cœur, lui, battait la chamade. Elle acceptait les règles du jeu, même si elle pressentait des conséquences inévitablement néfastes. Il serait toujours assez tôt pour remettre les choses en question. Pour l'heure, elle ne voulait voir que ce moment de bonheur, ponctué du seul crépitement romantique du feu dans la cheminée.

Leurs deux corps à l'unisson rivalisaient d'imagination et de volupté. Michael apprenait à aimer comme il ne l'avait encore jamais fait, ne se rassasiant pas de ce corps menu, de ce parfum charnel qui émanait de chaque centimètre de sa peau et dans lequel il se noyait avec bonheur.

Il sentit le moment où le rythme langoureux bascula en danse effrénée. Et lorsque Pandora commença à gémir, il se pressa un peu plus contre elle, la rejoignant sur les vagues ondulantes du plaisir.

Pandora, au bord de l'extase, léchait à petits coups de langue la peau moite de son amant. Etait-ce cela la passion ? Cette faim de l'autre qui ne cessait jamais ? Ce mélange de plaisir extrême et de douleur, de crainte et de certitude, de bonheur intense et de désespoir ?

Un éclair de vulnérabilité s'abattit sur elle tandis que son corps s'arc-boutait vers plus de plaisir encore. Jamais encore elle ne s'était sentie aussi psychologiquement nue, aussi fragile. Le souffle court, elle débarrassa Michael de son pantalon, les deux amants donnant alors libre cours à leurs instincts sauvages, aux zones d'ombres jusque-là bridées. Michael s'installa à califourchon sur elle tandis qu'elle l'enserrait de ses bras et de ses jambes. Lorsque, enfin, il se glissa en elle, il lut dans les yeux de la jeune femme ce que lui-même ressentait : un mélange d'étonnement et de joie profonde. Ensemble, ils étaient arrivés là où, sans se concerter, chacun aspirait à parvenir. Un port d'attache.

Lorsque, bien longtemps après, leurs sens furent enfin apaisés et que les battements désordonnés de leurs cœurs se furent calmés, ils restèrent un long moment silencieux, écoutant le feu crépiter dans l'âtre. Tous deux se connaissaient trop bien pour éprouver le besoin de parler.

Michael remonta les couvertures sur leurs corps nus.

— Joyeux Noël, murmura-t-il.

Pour toute réponse, Pandora émit ce qui ressemblait à un petit ricanement, puis se blottit tendrement contre lui.

Chapitre 8

Michael et Pandora quittèrent « La Folie » au petit matin, le lendemain de Noël. La neige scintillait sous l'effet des rayons du soleil naissant. Une bise glaciale soulevait des tourbillons de poussière blanche, donnant au paysage des allures de carte postale.

Ils avaient décidé, au terme d'une courte discussion, que Pandora conduirait à l'aller et Michael au retour. Celui-ci s'installa donc confortablement sur le siège du côté passager tandis que Pandora prenait le volant et entamait la longue descente qui menait à la route principale.

— Que ferons-nous s'ils ne veulent pas nous recevoir ?

— Pourquoi ne nous recevraient-ils pas ? demanda Michael que le spectacle du paysage qui défilait ne parvenait plus à divertir.

Pour la première fois, il s'ennuyait, trouvant interminable le trajet qui reliait « La Folie » à New York.

— Parce que nous vendons la peau de l'ours avant de l'avoir tué.

Pandora s'interrompit pour baisser le chauffage et déboutonner son manteau, puis ajouta :

— Nous n'avons encore hérité de rien, que je sache.

— Simple formalité.

— Je te trouve un peu trop sûr de toi, Michael.

— Et moi, je te trouve toujours aussi pessimiste.

— Je ne suis pas pessimiste, j'essaie d'être objective. Il faut bien que l'un de nous deux le soit.

— Ecoute..., commença Michael, sur le point de riposter.

Mais les mains de la jeune femme, crispées sur le volant, le dissuadèrent de poursuivre. D'ailleurs, et même s'il tentait de ne rien laisser paraître, lui aussi était au comble de la nervosité. Mais ses raisons n'étaient pas les mêmes que celles de Pandora. Comment aurait-il pu deviner que se réveiller à ses côtés le troublerait autant ? Qu'il se sentirait responsable de ce qui était arrivé, et du désir qu'il éprouvait encore pour elle ?

Il prit une profonde inspiration, fixa quelques minutes son attention sur le paysage enneigé.

— Ecoute, reprit-il d'un ton plus léger, si, pour le moment en effet, nous ne possédons rien, il n'empêche que nous faisons, nous aussi, partie de la famille de Jolley. Pourquoi donc nous refuserait-on une simple analyse dans un laboratoire qui lui appartient ?

— Nous verrons bien, dit Pandora, encore sceptique.

Elle effectua une quinzaine de kilomètres en silence puis reprit :

— Michael, quelle différence cela fera-t-il d'apprendre que cette bouteille contenait du poison ?

— Appelle ça de la curiosité mais moi, j'ai besoin de savoir si un membre de ma famille me déteste au point de vouloir ma mort.

— Très bien. Mais si les résultats des analyses confirment nos doutes, ils ne nous donneront pas pour autant l'identité du coupable.

— Ce sera l'étape suivante.

Il coula à la jeune femme un regard en biais.

— Nous pourrions tous les inviter pour le jour de l'an et tenter de les mettre sur le gril.

— C'est une plaisanterie, j'espère ?

— Pas du tout. Le moment ne serait peut-être pas très propice, mais j'y pense très sérieusement, au contraire.

Il marqua une pause, le regard de nouveau fixé sur les doigts gantés de Pandora qui s'agitaient nerveusement sur le volant.

— Pandora, peux-tu me dire ce qui te contrarie vraiment ?

— Mais rien ! protesta la jeune femme qui pourtant, n'avait pas réussi à véritablement recouvrer ses esprits depuis vingt-quatre heures.

— Tu en es sûre ?

— Oui. Je suis comme toi, Michael ! Légèrement contrariée à l'idée que quelqu'un cherche à m'éliminer !

Elle releva crânement le menton et ajouta :

— N'est-ce pas une raison suffisante ?

Michael devina l'angoisse derrière le sarcasme.

— C'est également pour cette raison que tu es restée terrée dans ta chambre toute la journée d'hier ? insista-t-il.

— Je n'étais pas « terrée », comme tu dis. Je voulais surveiller l'état de santé de Bruno. Et j'étais fatiguée.

— Tu as à peine touché à l'énorme dinde que Sweeney avait passé des heures à cuisiner spécialement pour nous.

— Je n'aime pas particulièrement la dinde.

Sans raison apparente, Pandora mit son clignotant et changea de file.

— Disons que je n'étais pas en forme, voilà tout.

— Je me demande quand même comment tu fais

pour oublier si vite ce qui s'est passé entre nous, attaqua Michael sans préambule.

Sa voix, dure, tranchante ne laissait rien deviner du tumulte intérieur qui l'agitait.

— C'est absurde ! Je n'ai rien oublié, protesta vivement Pandora.

Comment pouvait-il la soupçonner d'indifférence, elle que la pensée de leurs deux corps enlacés obsédait ?

— Mais il se trouve simplement que nous avons couché ensemble, dit Pandora en haussant négligemment les épaules. J'imagine que nous savions tous les deux que cela arriverait tôt ou tard.

C'était mot pour mot ce dont avait voulu se persuader Michael. Jusqu'à ce qu'il renonce à le croire.

— C'est tout ?

Le ton de Michael était dangereusement calme, mais Pandora, elle-même trop nerveuse, semblait ne pas y prêter attention.

— Quoi d'autre ?

Il ne fallait pas qu'elle craque sur une impulsion. Elle n'allait tout de même pas perdre le bon sens qui la caractérisait, pour une relation purement sexuelle qui ne les mènerait nulle part !

— Michael, ce n'est pas la peine d'en faire une montagne.

— Si tu le dis…

Pandora eut soudain l'impression d'étouffer. Elle baissa le chauffage et chercha vainement à se concentrer sur sa conduite.

— Nous sommes deux adultes…, commença-t-elle, mais sa voix s'étrangla dans sa gorge.

— Et ?

— Bon sang, Michael ! Je ne vais tout de même pas te faire un dessin !

— Si, justement.

— Nous sommes deux adultes, reprit-elle d'une voix à présent teintée de colère, qui ont des désirs d'adultes. Nous avons donc couché ensemble pour les satisfaire.

— Cela me semble d'une logique implacable ! ironisa Michael avec sarcasme.

— Je *suis* d'une logique implacable !

La colère céda la place au désespoir. Les yeux de Pandora se remplirent soudain de larmes qu'elle s'appliqua à refouler.

— Suffisamment, en tout cas, pour ne pas me faire d'illusions sur un homme qui aime les femmes par douzaines. Ni pour envisager l'avenir avec lui, qui n'a été qu'un amant d'un soir. Et encore moins pour transformer en romance ce qui ne restera qu'une attirance purement physique.

— Gare-toi, gronda soudain Michael d'une voix sourde.

— Il n'en est pas question !

— Gare-toi tout de suite ou je tourne le volant moi-même !

Pandora hésita un instant, ne sachant si Michael bluffait ou non. Mais compte tenu de la circulation, dense à cette heure, elle ne pouvait se permettre de prendre le moindre risque. Elle obtempéra, dans un léger crissement de pneus. La voiture à peine immobilisée, Michael retira la clé du contact et, saisissant Pandora par le revers de son manteau, la plaqua contre le dossier de son siège et pressa ses lèvres contre celles de la jeune femme.

Passion et colère se mêlèrent en un sentiment unique. Il voulait lui faire payer le pouvoir qu'elle avait de l'exciter, de le rendre fou, de lui faire mal, selon son bon vouloir. C'était trop pour un seul homme ! Il la relâcha, aussi brutalement qu'il l'avait enlacée.

— Et ça, c'est d'une logique implacable ? lança-t-il en la défiant du regard.

Le souffle court, ses yeux lançant des éclairs, Pandora remit le moteur en marche et redémarra sur des chapeaux de roues.

— Pauvre idiot !

— Ouais, renchérit Michael en se carrant négligemment dans son siège. Sur ce point, au moins, nous sommes d'accord.

La fin du trajet leur parut interminable. Un silence lourd de ressentiment avait pesé entre eux, qui ne fut interrompu que lorsqu'ils eurent atteint Manhattan et que Pandora dut suivre les instructions données par Michael pour se rendre au laboratoire d'analyses.

— Comment sais-tu où il se trouve ? s'enquit la jeune femme après avoir garé la voiture dans un parking souterrain.

Elle resserra son manteau contre elle, frissonnant sous l'effet de la bise glaciale qui balayait la ville.

— J'ai cherché l'adresse dans les dossiers de Jolley, hier soir.

Il marchait à grands pas, son manteau largement ouvert, la bouteille de champagne bien calée sous le bras, paraissant indifférent à la température polaire qui régnait dans les rues. D'un geste brusque, il poussa la porte pivotante d'une tour de verre et d'acier, et s'effaça pour laisser passer Pandora.

— Cet immeuble lui appartenait en totalité.

Pandora balaya du regard le luxueux sol en marbre de l'entrée avant de fixer son attention sur les allées et venues incessantes qui donnaient à l'endroit des allures de ruche bourdonnante.

— Tout l'immeuble, vraiment ?

— Les soixante-douze étages.

De nouveau, Pandora fut saisie de vertige. Combien de sociétés pouvaient bien abriter leur siège ici ? Combien de centaines de personnes y travaillaient ? Elle se sentait bien incapable d'assumer un jour ce genre de responsabilités ! Ah, si elle pouvait mettre la main sur oncle Jolley ! Il devait bien rire à l'heure qu'il était ! Cette pensée fit doucement sourire la jeune femme.

— Et que serai-je censée faire de soixante-douze étages, en plein centre de New York ?

— Ne t'inquiète pas pour ça. Des gens sont grassement payés pour s'en occuper.

Michael déclina leurs identités auprès du liftier qui, comprenant à qui il avait affaire, appuya promptement sur le numéro de l'étage à atteindre.

— Des gens ? reprit Pandora tandis qu'ils étaient propulsés au quarantième étage.

— Oui. Des comptables, des avocats, des directeurs... bref, toute une armée de personnes compétentes, chargées de faire tourner la boîte à ta place.

— Je vois, dit Pandora, dubitative.

— Pense un peu à Jolley, ajouta Michael dans le but de rassurer la jeune femme. Gérer sa fortune ne l'a jamais empêché de profiter de la vie. Il en faisait même une sorte de jeu !

Pandora regarda le numéro de l'étage s'afficher sur la bande lumineuse.

— Un jeu, dis-tu ?

— Exactement ! Et cette fois, la balle est dans notre camp, Pandora !

Cette dernière croisa les bras sur sa poitrine, encore réticente aux arguments de son compagnon.

— Eh bien vois-tu, je ne sais pas si je dois être reconnaissante à Jolley de ce qu'il a fait.

Michael posa sur l'épaule de Pandora une main qui se voulait réconfortante.

— Envisage-le sous un autre angle. Crois-moi, si Jolley ne nous avait pas crus capables de gérer sa fortune, il ne nous en aurait pas livré les clés.

Cette pensée rasséréna un peu Pandora. Cependant, elle trouvait bizarre la perspective de se trouver dans l'ascenseur d'un gigantesque building qui, bientôt peut-être, serait sa propriété.

— Savons-nous à qui nous devons nous adresser ? demanda-t-elle en désignant du menton la boîte rectangulaire contenant la bouteille de champagne.

— Il semblerait que ce soit un certain Silas Lockworth.

— Tu as bien travaillé, ironisa la jeune femme.

— Espérons surtout que j'aie vu juste !

La porte de l'ascenseur s'ouvrit soudain sur le bureau de réception des Laboratoires Sanfield. Michael et Pandora foulèrent une moquette rose pâle, longèrent des murs crème. Deux énormes philodendrons encadraient une porte coulissante de verre qui s'ouvrit sur leur passage. Assise derrière un bureau rutilant, une femme les accueillit, un large sourire aux lèvres.

— Bonjour. Que puis-je faire pour vous ?

— Nous aimerions voir M. Lockworth, répondit Michael.

— M. Lockworth est en réunion. Mais laissez-moi vos noms, son assistant pourra peut-être vous aider.

— Je suis Michael Donahue, et voici Pandora McVie.

— McVie ? répéta la secrétaire en haussant un sourcil sceptique.

— Oui. Maximilian McVie était notre oncle.

De polie et efficace, la réceptionniste devint empressée.

— Je suis sûre que M. Lockworth aurait tenu à vous accueillir lui-même s'il avait été prévenu de votre visite. Je vous en prie, asseyez-vous. Je vais l'informer de votre venue.

Cinq minutes plus tard, un homme qui ne correspondait en rien à l'idée que Pandora se faisait d'un scientifique faisait son entrée dans la pièce.

Voyant sa silhouette d'athlète et son physique irrésistible de cow-boy, Pandora l'aurait plus volontiers imaginé dans un ranch que dans un laboratoire médical.

— Mademoiselle McVie, dit-il en se dirigeant vers la jeune femme, main tendue.

Puis, se tournant vers Michael.

— Monsieur Donahue, je suis Silas Lockworth. Votre oncle était parmi mes meilleurs amis.

— Merci, dit Michael en acceptant à son tour la main que ce dernier lui tendait. Veuillez excuser notre arrivée pour le moins impromptue.

— Je vous en prie. Vous savez, votre oncle avait

l'habitude de débarquer à l'improviste. Mais suivez-moi, nous serons mieux dans mon bureau.

Il les conduisit, à travers un dédale de couloirs, jusqu'à une pièce somptueuse, dont le mobilier contemporain et les peintures abstraites qui ornaient les murs témoignaient d'un goût sûr pour la décoration. Un bureau de bois précieux qui occupait tout un angle de mur disparaissait presque totalement sous un amoncellement de paperasse, tandis qu'un énorme aquarium laissait voir le ballet incessant de poissons exotiques multicolores.

— Voulez-vous un café ? Il doit être encore chaud.

— Non merci, répondit Pandora en tirant nerveusement sur ses gants, nous ne voulons pas abuser de votre temps.

— Vous ne me dérangez absolument pas. Au contraire, c'est un plaisir de vous rencontrer enfin ! Jolley me parlait si souvent de vous ! Il vous adorait, vous pouvez me croire.

— Nous aussi, nous l'aimions beaucoup, assura Pandora.

— J'imagine que vous n'êtes pas venus me rendre une visite de courtoisie, déclara Lockworth en prenant place derrière son bureau. Alors, que puis-je faire pour vous ?

— Nous avons là quelque chose que nous aimerions faire analyser expliqua Michael. Si possible, dans la plus grande discrétion.

— Je vois, dit Silas. Je vais voir ce que je peux faire.

Sans dire un mot, Michael sortit la bouteille de son emballage.

— Nous aimerions faire analyser le contenu de cette bouteille. Et, si possible, avoir les résultats aujourd'hui.

Lockworth prit la bouteille des mains de Michael.

— Soixante-douze, lut-il à haute voix. Bonne année. Vous comptez acheter un vignoble ?

— Nous voulons savoir s'il y a autre chose que du champagne, là-dedans.

Lockworth ne manifesta aucune surprise. Il se renfonça dans son siège et demanda d'une voix neutre :

— Vous avez des raisons de penser cela ?

Michael soutint sans ciller le regard que Silas fixait sur lui.

— Nous ne serions pas là, sinon.

— Très bien. Je m'en occuperai moi-même.

Pandora, qui jusque-là avait gardé le silence, crut bon de mettre un terme aux manières un peu expéditives de Michael.

— Sachez que nous apprécions beaucoup votre aide, monsieur Lockworth. Nous n'ignorons pas à quel point vous êtes débordé de travail, mais ces analyses sont d'une importance capitale pour Michael et moi.

Lockworth décida qu'il essaierait d'en comprendre la raison une fois les résultats obtenus.

— Pas de problème. Je vais vous montrer où se trouve la cafétéria du personnel. Vous pourrez m'attendre là-bas.

— Tu n'avais aucune raison de te montrer aussi grossier, attaqua Pandora tout en étudiant la carte qu'une serveuse venait de lui présenter.

— Je n'ai pas été grossier, riposta Michael.

— Si ! M. Lockworth s'est montré très amical avec

nous et toi, tu as été irascible et revêche. Je crois que je vais prendre une salade de crevettes.

— Je n'ai pas été revêche, j'ai été prudent. Et je ne vois pas pourquoi je devrais déballer nos histoires de famille à un étranger !

Pandora ignora la réponse de Michael. Elle croisa les mains sur la table et sourit à la serveuse venue prendre la commande.

— Pour moi, ce sera une salade de crevettes et un café.

— Deux cafés, rectifia Michael. Et un plat du jour.

— Il ne s'agissait pas de « déballer » nos histoires, comme tu dis. Mais si nous ne pouvons faire confiance à Lockworth, autant acheter la panoplie du parfait petit chimiste et faire nos analyses nous-mêmes !

Michael la regarda s'appliquer à mettre une goutte de lait dans sa tasse.

— Tu crois qu'il y en a pour longtemps ? finit-elle par demander.

— Comment veux-tu que je le sache ? Je ne suis pas Lockworth, répliqua Michael avec humeur.

— Au fait, tu ne trouves pas qu'il n'a pas le physique de l'emploi ?

— Le portrait type du cow-boy de l'Ouest américain, ricana Michael en sirotant une gorgée de son café. Je me demande si Carlson ou un de ses acolytes ont des intérêts dans cette boîte.

Pandora reposa la tasse qu'elle s'apprêtait à porter à ses lèvres.

— Tiens, je n'avais pas pensé à ça. Effectivement il me semble que Jolley avait cédé Tristar Corporation à

Monroe, il y a une vingtaine d'années. Je me souviens avoir entendu mes parents en parler à l'époque.

— Tristar…, chercha vainement Michael. C'est quoi, exactement ?

— Une usine spécialisée dans le plastique, précisa Pandora. Je sais que Jolley a lâché de petites parts du gâteau, par-ci, par-là. Il voulait donner une chance à chacun des membres de la famille avant de « les rayer définitivement de la liste », comme il disait.

Pandora sembla réfléchir un instant puis reprit :

— De toute façon, quelle différence cela ferait-il que quelqu'un possède des parts dans les Laboratoires Sanfield ?

— Cela changerait la confiance que nous pourrions porter à Lockworth.

— C'est curieux, j'ai l'impression que tu le trouverais plus sympathique s'il était petit, chauve et moche ?

— C'est possible, en effet.

— Je l'aurais parié ! En fait, tu es jaloux parce qu'il a des épaules plus larges que les tiennes.

Pandora battit des cils et ajouta avec une pointe de coquetterie :

— Voilà ton plat.

Ils mangèrent en silence, commandèrent un dessert et burent un peu plus de café. Au bout d'une heure et demie d'attente, ils étaient à bout de nerfs.

— Dieu merci, le voilà ! s'exclama soudain Pandora en voyant Lockworth passer la porte.

En saluant ses employés au passage, ce dernier vint poser plusieurs feuillets imprimés sur leur table.

— Je vous ai fait faire une copie des résultats, annonça-t-il en rendant à Michael la boîte rectangulaire.

Il s'installa à côté d'eux et commanda un café.

— Mais j'ai bien peur que ce ne soit pour vous qu'un charabia hermétique.

Pandora fronça les sourcils devant la longue liste de termes techniques qu'elle tentait vainement de décrypter. Il lui paraissait peu probable que le « trichloréthanol » ou autres substances aux noms tout aussi barbares, ait un quelconque rapport avec du champagne.

— En clair, qu'est-ce que cela veut dire ?

— C'est la question que je me suis posée, répondit Lockworth en sortant de la poche de sa blouse un paquet de cigarettes que Michael lorgna avec envie.

— Je me suis en effet demandé, poursuivit-il, pour quelle raison quelqu'un avait injecté du pesticide dans du champagne millésimé.

— Du pesticide ? s'exclama Michael. Alors j'avais raison, on a bien essayé de nous empoisonner !

— Scientifiquement oui. Mais le dosage a été étudié pour vous rendre malade juste un jour ou deux. L'un de vous deux s'est-il senti mal ?

— Nous non, répondit Pandora en levant les yeux vers lui, mais mon petit chien oui. Lorsque nous avons ouvert la bouteille, quelques gouttes sont tombées sur le sol et il les a lapées. Il a été malade avant même que nous ayons eu le temps d'en boire une gorgée.

— Heureusement pour vous ! Mais comment en avez-vous déduit que le champagne était empoisonné ?

Michael plia les feuillets puis les glissa dans la poche de son manteau avant de rétorquer d'un ton brusque :

— Un sixième sens, sans doute.

— Veuillez excuser mon cousin, intervint Pandora. Il a quelquefois tendance à oublier les bonnes manières.

Croyez bien que nous vous sommes reconnaissants de ce que vous avez fait, monsieur Lockworth. Et même si nous devons garder secrets certains points de cette affaire, sachez que nous avions de bonnes raisons de penser que cette bouteille était suspecte.

D'un petit signe de tête Lockworth lui signifia qu'il comprenait.

— En tout cas, si vous avez besoin de renseignements supplémentaires, n'hésitez pas. Je dois bien ça à ce bon vieux Jolley !

Les deux hommes se levèrent en même temps.

— Je vous dois des excuses, dit Michael en tendant à Lockworth une main amicale.

— J'avoue que je serais moi-même un brin nerveux si j'apprenais que quelqu'un en voulait à ma vie. Aussi, je vous le répète, n'hésitez pas à m'appeler si vous avez besoin de moi.

— Bien, commença Pandora lorsqu'ils furent seuls. Et maintenant, que faisons-nous ?

— Que dirais-tu d'un petit tour chez un négociant en vins ? Nous avons quelques cadeaux à faire.

Une heure plus tard, ils envoyaient à chacun des héritiers potentiels de Jolley, une bouteille de champagne millésimée identique. Sur la carte qui l'accompagnait, Michael avait écrit :

« Tel est pris qui croyait prendre. »

— Voilà un geste qui nous coûte cher ! commenta Pandora qui, saisie par le froid mordant du dehors, enfila ses gants et resserra son manteau sur elle.

— Considère-le comme un investissement, lui recommanda Michael.

Ce n'était pas tant l'argent que la futilité de ces agissements qui dérangeait Pandora. Le découragement s'abattit soudain sur ses épaules.

— Michael, à quoi sert tout ceci ? Nous ne serons même pas là pour voir leur tête quand ils ouvriront leur colis !

— Tu crois ça ?

Pandora lui agrippa le bras, le forçant à s'arrêter.

— Que veux-tu dire par là ?

— Simplement que lorsque quelqu'un fait une bonne blague, il a envie de voir comment réagit sa victime.

Indifférente aux passants qui les bousculaient, Pandora tenta de garder son calme.

— Peux-tu me dire en quoi le fait de vouloir empoisonner quelqu'un est une bonne blague ?

— Question de vengeance.

— Ah, je vois ! Et on peut dire que tu es expert en la matière !

A son tour, Michael agrippa fermement le bras de Pandora puis il l'entraîna sur le trottoir, quelques mètres plus loin.

— Peut-être le suis-je, en effet, grinça-t-il entre ses dents. Il me suffit même d'imaginer la peur dans leurs yeux pour être satisfait. Toi, en revanche, tu prends bien garde à ne pas laisser tes émotions te trahir, n'est-ce pas ?

— Ne t'occupe pas de mes émotions, s'il te plaît.

— C'est bien là tout le problème, déplora Michael en la plantant là.

En trois enjambées, Pandora l'avait rattrapé. Elle affronta son regard, les joues rougies par le froid et la colère.

— En vérité, tu te fiches pas mal de Lockworth, de cette bouteille de champagne ou de tes prétendus désirs de vengeance ! Non, ce qui te dérange, c'est le fait que j'aie défini notre relation dans des termes pratiques qui ne te conviennent pas.

Michael soutint sans ciller le regard de la jeune femme.

— Parfait, finit-il par conclure en lui tournant le dos pour reprendre sa route.

Mais de nouveau, Pandora était sur lui, le stoppant dans sa course.

— Tu tiens vraiment à ce que nous en parlions là, au milieu du trottoir ? lui dit-il en la défiant du regard.

— Je ne te laisserai pas me détruire, juste parce que j'ai rompu avant que tu ne saisisses la première occasion de le faire !

— J'aurais voulu rompre, moi ? gronda Michael en agrippant le revers de son manteau.

Tous deux se jaugeaient, ivres d'une rage contenue. En d'autres circonstances, il l'aurait trouvée superbe.

— Je n'ai pas eu le temps de réaliser ce qui m'arrivait que déjà, tu me congédiais ! Dieu seul sait pourquoi tu m'attires autant, d'ailleurs !

— Toi aussi tu me plais, Michael, et je n'aime pas ça du tout !

— Il semble donc que nous avons le même problème, je me trompe ?

— Oh, Michael, qu'allons-nous devenir ? gémit Pandora.

Michael devina la pointe d'angoisse derrière l'agressivité de Pandora. Si l'un d'eux devait faire le premier pas, eh bien ce serait lui !

Il lui prit la main et l'entraîna à sa suite.

— Où allons-nous ?

— Au Plazza.

— Tu veux dire à l'hôtel Plazza ? Mais pourquoi ?

— Nous allons prendre une chambre, nous enfermer à double tour et faire l'amour pendant vingt-quatre heures. Et après, nous verrons ce que nous déciderons.

— Michael, nous n'avons aucun bagage !

— Ma réputation va en prendre un sale coup, mais tant pis !

Pandora éclata de rire et se laissa traîner derrière lui.

Lorsqu'ils pénétrèrent dans l'élégant hall de l'hôtel, la chaleur qui y régnait frappa Pandora de plein fouet. Elle redoubla de nervosité. Encore une fois, elle allait agir sur un coup de tête. Et peut-être en payer les conséquences. Michael, devinant les pensées qui l'agitaient, la retint fermement par le bras.

— Espèce de lâche, lui murmura-t-il à l'oreille.

Le mot était parfaitement choisi pour désigner ce qu'elle ressentait.

— Bonjour, dit Michael en gratifiant la réceptionniste d'un sourire éblouissant. Nous voudrions une chambre.

Pandora se demanda s'il aurait usé du même sourire avec un homme.

— Vous avez une réservation ?

— Oui. Je suis Michael Donahue.

L'employée tapa sur le clavier de son ordinateur et fixa un instant l'écran.

— Je ne trouve personne à ce nom, finit-elle par dire sur un ton professionnel. J'ai bien peur que vous ne soyez pas enregistré pour le vingt-six.

— C'est encore Katie, soupira Michael en cherchant

à accrocher le regard de Pandora. Je savais bien que je ne pouvais pas lui faire confiance !

Comprenant où Michael voulait l'amener, Pandora saisit la balle au bond.

— Il va bien falloir que tu te sépares d'elle un jour, mon chéri, lui dit-elle d'un ton compatissant en lui tapotant affectueusement la main. Je sais bien qu'elle est au service de ta famille depuis des décennies, mais elle approche tout de même les soixante-dix ans !

Elle s'interrompit pour laisser Michael conclure.

— Nous verrons ça à notre retour.

Puis, s'adressant de nouveau à la jeune employée.

— Apparemment, il y a eu un malentendu entre ma secrétaire et la réception. Nous ne sommes ici que pour une nuit, vous n'auriez pas une chambre de libre ?

La réceptionniste interrogea de nouveau l'écran de son ordinateur. Manifestement, Michael avait su s'attirer sa sympathie.

— Ça va être difficile, nous sommes en pleine période de fêtes. Ah ! annonça-t-elle triomphalement, il me reste une suite.

— C'est parfait, déclara Michael en remplissant le formulaire que la jeune femme lui avait donné.

Il prit la clé qu'elle lui tendait et lui adressa un nouveau sourire.

— Merci beaucoup, mademoiselle.

Il glissa ensuite un pourboire dans la main du chasseur qui s'était empressé vers eux.

— Nous nous débrouillerons, merci.

L'employé nota l'absence de bagages puis fixa d'un air entendu le billet de vingt dollars.

— Il doit croire que nous sommes un couple illégitime, chuchota Pandora en entrant dans l'ascenseur.

— C'est bien ce que nous sommes, non ?

Les portes ne s'étaient pas encore refermées sur eux que déjà Michael prenait Pandora dans ses bras et écrasait ses lèvres sur les siennes, ne lâchant sa bouche qu'une fois l'ascenseur arrêté au douzième étage.

— Nous ne nous connaissons pas, lui suggéra-t-il d'une voix rauque de désir. Nous venons juste de nous rencontrer, nous n'avons aucun souvenir d'enfance en commun.

Il introduisit la clé dans la serrure.

— Nous ne savons rien l'un de l'autre.

— Est-ce censé nous rendre les choses plus faciles ?

Michael l'entraîna à l'intérieur.

— Nous allons bien voir.

Il ne lui laissa pas le temps d'émettre une objection ou de se débattre. A peine avait-il refermé la porte derrière eux qu'il la serrait dans ses bras, refoulant les choix, les interrogations. Pandora, de son côté, acceptait pour la première fois de s'abandonner totalement, sans arrière-pensées.

Ils oublièrent ce qui les préoccupait pour se perdre dans le désir qu'ils avaient l'un de l'autre, chacun désirant tirer de l'autre le maximum.

Ils se déshabillèrent à la hâte, jetant pêle-mêle leurs vêtements par terre, riant comme deux adolescents lorsque leurs corps emmêlés glissèrent lentement sur la moquette.

Ce fut un acte désespéré où amour et haine se mélangeaient étroitement. Ils avaient l'impression de se découvrir pour la première fois. Leurs mains, leurs bouches, exploraient des zones qu'ils pensaient inconnues. Les caresses qu'ils se prodiguaient faisaient frissonner un peu plus leurs corps en fusion. Leurs bouches, chaudes, avides, se cherchaient, se trouvaient, ne se lâchaient que pour mieux se reprendre.

Le cœur de Pandora n'avait jamais battu aussi vite. Son corps ne s'était jamais tendu aussi désespérément vers le plaisir, vers Michael. Pour la première fois, il voulait plus, il voulait tout. Elle se plaqua un peu plus contre son amant, dévorant de baisers chaque parcelle de peau qui s'offrait à sa bouche, promenant ses mains fébriles sur chaque courbe, chaque angle, jusqu'à le rendre fou d'excitation.

Michael répondait avec passion aux exigences de Pandora, jouant de tous ses sens aiguisés. Pas un centimètre du corps palpitant de la jeune femme qu'il n'eût voulu goûter, toucher, sentir. Elle s'offrait, splendide, impudique, comme jamais aucune femme ne s'était offerte.

Pandora, elle, ignorait qu'un homme pouvait donner autant. Ivre de désir et de volupté, elle cambra les reins, invitant Michael à plus de plaisir. Il se grisa longtemps du goût sucré salé de ses cuisses, de son intimité moite. Et lorsqu'il la sentit au bord de l'extase, il se glissa en elle, l'entraînant dans un tourbillon passionné.

Pandora s'abandonnait, telle une poupée de chiffon, vulnérable, docile. A cet instant précis, Michael aurait pu lui demander n'importe quoi, elle se serait pliée à ses exigences. Mais il ne demandait rien. Il donnait.

Ils ondulèrent ainsi, sur la crête du plaisir, durant de longues heures. Et lorsque la nuit fut tombée, plongeant la pièce dans l'obscurité, Pandora ferma les yeux pour tenter de retenir à l'infini ce bonheur intense qui la submergeait.

Ils restèrent longtemps imbriqués l'un dans l'autre, avec pour seul matelas leurs vêtements épars. Le jour filtrait par les tentures épaisses lorsque Pandora reprit mollement pied dans la réalité. L'odeur animale de leurs corps toujours emmêlés emplissait la pièce. Une mèche de cheveux de Michael lui chatouillait la joue, elle entendait son cœur battre contre le sien.

Tout avait été si vite ! Ou peut-être avait-elle perdu toute notion du temps ? La seule chose dont elle était sûre c'était que jamais aucun homme ne lui avait donné autant de plaisir. Ou plutôt, jamais ne s'était-elle autorisé autant de plaisir. Tant de sentiments étranges pouvaient vous assaillir lorsque vous souleviez le couvercle de la passion ! Des sentiments comme l'affection… la tendresse. Peut-être même l'amour.

Elle passa une main tendre dans les cheveux de Michael, puis la laissa retomber. Elle ne devait pas tomber dans le piège de l'amour. Car Michael n'était pas le genre d'homme que l'on pouvait aimer de manière pragmatique. Il ne suivrait pas les règles du jeu.

Elle serait sa maîtresse, mais elle s'interdirait de l'aimer. Car il était bien évident que leurs tempéraments volcaniques empêcheraient désormais toute relation platonique. Elle ne risquerait donc pas son cœur dans l'aventure. Elle songea, l'espace d'une seconde, qu'il était déjà trop tard. « Foutaises », se chapitra-t-elle en repoussant cette pensée de toutes ses forces. Ce que Michael et elle vivaient n'était ni plus ni moins qu'une relation basée sur le sexe. Une sorte d'arrangement qui les satisfaisait tous les deux.

Michael bougea à peine, juste de manière à ce que sa bouche effleure la gorge de la jeune femme.

— Tu as trouvé ? murmura-t-il.

— Que veux-tu dire ?

— As-tu défini les règles de notre relation ?

Il quitta la gorge de Pandora pour la regarder dans les yeux. Il ne souriait pas mais la jeune femme sut déceler la lueur d'amusement qui dansait au fond de ses prunelles.

— Je ne vois pas de quoi tu veux parler, éluda-t-elle.

— Allons, Pandora ! Je lis en toi comme dans un livre ouvert, et je sais exactement ce qui se passe dans cette jolie tête.

Troublée par tant de perspicacité, Pandora esquiva de nouveau.

— Je croyais que nous venions juste de nous rencontrer, rappela-t-elle sur le ton de la plaisanterie.

— Justement ! Tu ignores donc que je suis devin. Tu étais en train de te dire que…

Sa bouche mordillait à présent les lèvres de Pandora.

— Qu'il y avait sûrement un moyen de garder notre relation sur un terrain neutre, reprit-il à mi-voix. Tu essayais de trouver un moyen de ne pas tomber amoureuse de moi. Tu as donc décidé que notre relation resterait purement sexuelle et que nous éviterions tout débordement romantique.

Cet homme la rendait folle, se disait Pandora, attentive aux caresses qui faisaient frémir son corps.

— Oui, comme tu vois, je n'ai pas perdu le bon sens qui me caractérise !

— Moi, je préfère quand ton corps devient ardent et que tu perds la tête, lui susurra-t-il. Mais…

Il lui ferma la bouche d'un baiser.

— Nous ne pourrons passer notre vie au lit. Et je ne crois pas à ce genre de relation. Je ne pense pas que deux amants puissent indéfiniment brider leurs sentiments.

— Tu en parles en connaissance de cause !

— C'est exact.

Il s'assit, forçant Pandora à faire de même.

— Aussi, laisse-moi te dire ceci : tu peux museler tes sentiments à mon égard, tu peux qualifier notre relation « d'arrangement » si ça te chante, tu peux cracher sur le romantisme, ça n'a aucune importance.

Il marqua une pause, saisit la crinière de Pandora entre ses mains, obligeant ainsi la jeune femme à le fixer et poursuivit d'une voix étonnamment calme.

— Mais je t'aurai, *cousine*. Je t'aurai jusqu'à ce que ma pensée t'obsède, nuit et jour. Jusqu'à ce que je te sois devenu indispensable et que tu me supplies de ne pas te quitter.

Pandora réprima le tremblement qui la secouait. Elle savait, avec certitude, qu'il avait raison.

— Et moi, laisse-moi te dire ceci : je te trouve arrogant, égocentrique et d'une rare naïveté !

— Tu as parfaitement raison. Quant à toi, sache que tu es bornée, orgueilleuse et un brin perverse. Mais peu importe, Pandora. Il n'en reste pas moins qu'il faudra bien que l'un de nous remporte la partie.

Assis sur la pile de leurs vêtements, ils se jaugèrent un instant en silence.

— Dois-je comprendre qu'il s'agit là des règles d'un nouveau jeu ? murmura Pandora.

— Qui sait ? répondit Michael.

Il se leva, puis après avoir aidé Pandora à faire de même, il la porta dans ses bras.

— Michael, tu n'as pas besoin de me porter ! protesta faiblement la jeune femme.

— Si.

Chargé de son précieux fardeau, il traversa la pièce et se dirigea vers la chambre.

Pandora fit mine de se débattre, puis renonça. « Juste pour cette fois », décida-t-elle.

Forte de cette résolution, elle se détendit et laissa sa tête rouler contre le torse de son amant.

Chapitre 9

Janvier s'installa, porteur de bourrasques de vent glacial et de chutes de neige quotidiennes, chaque jour paraissant encore plus froid que le précédent. C'était le mois des températures polaires qui emmenait avec lui son lot de canalisations gelées ou éclatées. Les chaudières tournaient à plein régime, les voitures refusaient de démarrer. Pandora adorait cette ambiance hivernale et ne quittait son atelier, pourtant frais malgré le chauffage électrique poussé à fond, que lorsque ses doigts étaient engourdis d'avoir trop travaillé. Elle se perdait alors dans la contemplation des esquisses que le givre avait dessinées sur les vitres, se plaisant à en interpréter les formes improbables.

En cette saison, les routes étaient souvent impraticables, isolant un peu plus « La Folie » et ses occupants du reste du monde. Mais Pandora s'en réjouissait. Les placards regorgeaient de provisions, du bois était stocké en quantité, tout avait été prévu pour que tous quatre ne manquent de rien. Les journées s'étiraient, courtes et productives ; les nuits, longues et reposantes. Et depuis le malaise de Bruno, l'hiver égrenait tranquillement ses jours, aucun incident notable n'étant jusque-là venu troubler l'ordre des choses.

Vraiment ? songeait Pandora tout en martelant dans

des gestes précis le cuivre d'un bracelet. Elle ne pouvait pourtant pas faire comme si rien ne s'était passé.

Qu'avait donc essayé de lui prouver Michael en déposant sur son oreiller un bouquet de violettes ? Et par quel miracle avait-il réussi à trouver ces délicates petites fleurs en plein hiver ? Elle avait bien tenté de l'interroger mais il avait souri et lui avait répondu que les violettes n'étaient pas hérissées d'épines. Quel genre de réponse était-ce là ? se demandait-elle encore en examinant à présent le fermoir du bracelet. Elle reposa sa loupe, satisfaite du résultat.

Une autre fois, elle avait trouvé sa chambre décorée d'une douzaine de petites bougies multicolores. Lorsqu'elle avait demandé à Michael s'il y avait eu une panne de courant, de nouveau il avait souri, puis il l'avait entraînée sur le lit.

A plusieurs reprises également, Michael avait pris les mains de la jeune femme entre les siennes et, jusqu'à l'aube, serré contre elle, il lui avait murmuré des mots doux à l'oreille. Une autre fois encore, il s'était invité à la rejoindre sous sa douche, faisant taire ses objections par des caresses auxquelles elle ne pouvait résister.

Elle avait vu juste : Michael ne suivait pas les règles.

Il ne s'était pas trompé : Pandora était en train de craquer.

D'un geste machinal, Pandora commença à polir le cuivre. Au cours des quinze derniers jours, elle avait réalisé une demi-douzaine de bracelets du même genre. Clinquants à souhait, incrustés de grosses pierres ou martelés grossièrement. Ces créations seyaient à son humeur : audacieuses, un peu folles. Elle se fiait à son instinct, et son instinct lui disait qu'elle allait les vendre plus vite qu'elle ne pourrait les fabriquer. Et elle serait copiée tout aussi rapidement.

Peu lui importait qu'on reproduise, à quelques nuances près, son modèle d'origine. Le principal étant qu'on sache qu'il s'agissait d'imitations.

Satisfaite du résultat, elle fit tourner le bracelet entre ses doigts. Non, personne ne pourrait ignorer que ce bracelet sortait de l'atelier de la jeune créatrice. Car une fois encore, elle n'avait obéi à aucune règle, poussée par sa seule passion. Elle ne réfléchissait jamais en termes de profit, ne calculant sa marge bénéficiaire qu'une fois son œuvre achevée.

Pandora laissa échapper un soupir. Oui, de ses créations émanait toute l'honnêteté qui la caractérisait. Mais que restait-il de cette honnêteté dans sa vie personnelle ? S'y montrait-elle aussi sincère que dans son travail ? Combien de fois au cours des semaines passées avait-elle feint de ne ressentir aucune émotion à l'égard de Michael ? Elle qui se vantait de ne jamais mentir ! Et pour qui, sur l'échelle des valeurs qui étaient les siennes, l'intégrité figurait en première place !

Il était temps d'affronter la réalité, se dit-elle. D'affronter ses sentiments, de sonder son cœur et ses pensées.

Depuis quand était-elle amoureuse de Michael ?

Incapable de tenir en place plus longtemps, elle se leva et se mit à arpenter la pièce. Des semaines ? Des mois ? Des années ? Elle ne savait pas exactement. Mais elle était sûre de la force de ses sentiments pour lui. Elle l'aimait. Comme jamais elle n'avait aimé un homme. Ne se fixant, pour la première fois de sa vie, aucune limite à l'amour qu'elle lui portait. Elle l'admettait, même si elle savait qu'un tel renoncement à son indépendance était suicidaire. Et tant pis si elle se trouvait ridicule !

Pandora essuya la buée sur les vitres et regarda les gros flocons s'écraser au sol. Elle avait cru qu'en acceptant la vérité, elle se sentirait délivrée d'un poids. Il n'en était rien.

En effet, quelles solutions se présentaient à elle ? Elle pourrait en parler à Michael. Et prendre le risque de le voir s'esclaffer avant de passer à une autre conquête ? Non merci ! Car elle était bien consciente que sa liaison avec Michael ne résisterait pas au temps. D'ailleurs, elle-même n'y tenait pas. Du moins essayait-elle de s'en persuader en rangeant nerveusement ses outils. La deuxième solution serait de rompre et de quitter la maison. Mais dans ce cas, ce serait donner satisfaction à sa famille. Ce qu'ils s'acharnaient à faire sans résultat depuis le début de leur installation, elle le leur apporterait sur un plateau, juste en écoutant la voix de la raison. Car la raison lui dictait de partir. De fuir, plus exactement. Et ainsi, elle ferait non seulement preuve de lâcheté, mais aussi de traîtrise. Non, elle ne laisserait pas tomber l'oncle Jolley. Elle ne prendrait pas la fuite. Ce qui ne lui laissait plus qu'une solution : continuer et faire comme si de rien n'était.

Elle allait rester avec Michael, elle continuerait à faire l'amour avec lui, à partager ses nuits, ses repas. Mais elle fermerait son cœur à cette relation. Et lorsque le moment serait venu, elle le quitterait. Sans regrets.

Oui, il l'avait eue, comme il disait. Et c'est pour cette raison qu'elle l'aimait et le détestait à la fois.

Encore sous le choc de cette introspection, Pandora

ferma à clé la porte de l'atelier et traversa la pelouse enneigée à grandes enjambées.

— La voilà ! s'écria Sweeney qui, loin de renoncer, avait déjà élaboré un nouveau plan d'attaque.

Elle s'éloigna de la fenêtre et alla rejoindre Charles.

— Ça ne marchera jamais, grommela ce dernier.

— Mais bien sûr que ça va marcher ! Et pour le plus grand bien de ces deux amoureux qui s'ignorent. Quelle pitié ! Ils devraient être mariés depuis longtemps, ces deux-là !

— Sweeney, nous nous mêlons de ce qui ne nous regarde pas !

— Ce que tu peux être rabat-joie ! commenta la vieille servante en venant s'asseoir à côté de lui. Si nous ne les aidons pas, qui le fera ? Tu peux me le dire ? Rappelle-toi que personne ne viendra plus frapper à cette porte s'ils perdent la maison. Alors maintenant, fais ce que je te dis ! Prends ce torchon et évente-moi. Et surtout, aie l'air fatigué !

— Ça sera facile. Je *suis* fatigué ! ronchonna Charles en prenant le torchon des mains de Sweeney.

Lorsque Pandora entra dans la cuisine, la vieille servante était affalée sur une chaise, la tête renversée en arrière, les yeux clos tandis que Charles agitait vainement un torchon devant son visage.

— Mon Dieu ! Que se passe-t-il, Charles ? Est-elle évanouie ?

Mais déjà Pandora était auprès de Sweeney, donnant des ordres.

— Charles, appelez Michael. Vite ! Sweeney, c'est Pandora. Avez-vous mal quelque part ?

Sweeney réprima un petit sourire de satisfaction puis elle battit des cils, faisant mine de revenir à elle.

— Ce n'est rien, Mademoiselle Pandora. C'est encore ces maudits vertiges. De temps en temps mon vieux cœur a tendance à s'emballer…

— J'appelle un médecin tout de suite.

Mais d'une main étonnamment ferme, Sweeney empêcha la jeune femme de bouger.

— Ce n'est pas la peine, dit-elle d'une voix qu'elle voulait mourante. Je l'ai vu il y a quelques mois et il m'a assuré que ce n'était pas grave.

— Et moi, je crois au contraire que ça l'est. Vous travaillez trop, Sweeney, il faut que ça cesse !

Une pointe de culpabilité vrilla le cœur de Sweeney. Elle voyait bien ce que Pandora entendait par là.

— Je vous assure, Mademoiselle Pandora, il n'y a pas de quoi vous tracasser.

Arrivé en trombe dans la cuisine, Michael se précipita à son tour au chevet de Sweeney. Il s'agenouilla auprès d'elle et lui prit la main.

— Qu'y a-t-il ? demanda-t-il au comble de l'inquiétude. Sweeney ?

— Regardez-moi un peu tout ce dérangement, gémit la vieille femme. Ce n'est rien, répéta-t-elle. Le docteur a juste dit qu'il fallait que je me ménage un peu.

Elle lança un regard entendu à Charles qui comprit que le moment était venu pour lui d'intervenir.

— Et tu sais ce qu'il a ajouté.

— Charles…, feignit de protester Sweeney.

— Tu dois te reposer et garder le lit deux ou trois jours, précisa-t-il.

Satisfaite du jeu de son complice, Sweeney poursuivit sur le même mode.

— Des sornettes, tout ça ! J'irai très bien d'ici à quelques minutes. D'ailleurs j'ai le dîner à préparer.

La voix de Michael s'éleva, autoritaire, tranchante.

— Vous ne préparerez rien du tout !

Puis l'aidant à se lever, il ajouta, non moins sévère.

— Au lit, et il n'y a pas à discuter !

— Mais qui va s'occuper de mon travail ? feignit de s'indigner Sweeney. Je ne veux pas que Charles vienne rôder dans ma cuisine.

Michael venait de franchir le seuil, Sweeney dans les bras, lorsque Charles se souvint de la dernière partie de son rôle. Il se mit à tousser, affichant un air souffreteux.

— Non mais écoutez-moi ça ! râla Sweeney. Pour sûr qu'en plus il m'infecterait cet endroit !

— Charles, s'enquit Pandora, depuis quand toussez-vous ainsi ?

Au bout de quelques secondes de réponses oiseuses, Pandora se leva d'un bond.

— Ça suffit ! Tous les deux au lit ! Michael et moi nous nous chargerons de tout.

Prenant le vieil homme par le bras, elle lui montra la porte.

— Allez, et je ne veux entendre aucune protestation ! Je vais vous préparer du thé. Michael, assure-toi que Charles ne manque de rien, je m'occuperai de Sweeney.

Une demi-heure plus tard, le plan de Sweeney avait réussi : Michael et Pandora étaient enfin réunis.

— Bon, dit Pandora en se servant une tasse de thé. Ils sont bien installés et n'ont pas de fièvre. Ils devraient aller mieux d'ici à quelques jours. Tu en veux ? demanda-t-elle en désignant la théière.

Michael eut une moue de dégoût et alla brancher la cafetière électrique.

— Tu as raison, ils ont besoin d'être dorlotés. Nous veillerons sur eux à tour de rôle.

— Mmm, acquiesça Pandora en faisant l'inventaire du réfrigérateur.

— Comment allons-nous nous organiser ? s'enquit-elle. Pourras-tu te charger des repas ?

— Bien sûr, certifia Michael en allant chercher une tasse dans le placard. Je n'ai rien d'un cordon-bleu mais je me débrouille. Et toi ?

— Moi ?

Pleine d'espoir, Pandora souleva le couvercle d'une boîte hermétique avant de répondre.

— Je sais cuire un steak et brouiller des œufs. Autre chose serait hasardeux.

— La vie ne vaut rien sans risques, plaisanta Michael en allant rejoindre la jeune femme. Regarde, il nous reste une moitié de tarte aux pommes.

— Ça n'est pas vraiment un repas.

— Ce sera parfait pour moi.

Joignant le geste à la parole, il prit la part de tarte et alla chercher une cuillère. Pandora le regarda s'asseoir à table et commencer à manger.

— Tu en veux ?

Elle s'apprêtait à refuser mais décida finalement de ne pas bouder son plaisir.

— Et nos malades ?

— Soupe, répondit Michael entre deux bouchées. Je ne connais rien de meilleur qu'une bonne soupe chaude pour vous remettre sur pied. Mais laissons-les d'abord se reposer.

Pandora approuva d'un léger signe de tête et vint s'asseoir en face de Michael.

— Michael…, commença-t-elle.

Elle chipota dans son assiette, hésitant à poursuivre. Elle réfléchissait depuis des jours à la façon d'aborder le sujet. Le moment lui parut bien choisi.

— Je pensais à quelque chose, reprit-elle enfin. Dans deux mois, nous hériterons des biens d'oncle Jolley puisque les avocats de Carlson lui ont fortement déconseillé de contester le testament de son père.

— Et alors ?

— Et alors nous devrons nous partager l'héritage.

— C'est exact.

Pandora reposa sa cuillère.

— Pourquoi me regardes-tu en souriant ?

— Parce que le spectacle est charmant. Je me sens bien là, dans cette cuisine, en ta compagnie. Je me sens… Comment dire ? Détendu.

C'était exactement le genre de déclarations que Pandora ne voulait pas entendre. Elles la rendaient trop vulnérable. Elle le fixa un instant, puis baissa les yeux sur son assiette.

— Je préférerais que tu ne dises rien, dit-elle dans un souffle.

— C'est faux, affirma Michael. Tu disais donc…

Pandora prit le temps d'avaler une deuxième bouchée de tarte.

— Oui, je disais donc que nous allons hériter pour moitié de cette maison mais que nous n'y vivrons plus ensemble. Sweeney et Charles y seront seuls et après ce qui vient de se passer, il n'en est plus question. Je me ferais beaucoup trop de souci pour eux.

— Tu as parfaitement raison. Et… tu as trouvé une solution ?

— Eh bien… j'envisageais de vivre ici une partie de l'année.

Elle décida que finalement, elle n'avait pas faim et repoussa son assiette.

— En fait, je voudrais m'y installer définitivement, lâcha-t-elle précipitamment.

Michael devina une pointe de nervosité sous l'apparente assurance de la jeune femme.

— A cause de Charles et de Sweeney ? demanda-t-il, sceptique.

— En partie.

Elle but une gorgée de thé, reposa délicatement sa tasse, picora de nouveau dans son assiette. Elle n'avait pas pour habitude de justifier ses décisions. Mais parce que la situation s'avérait délicate, elle décida de faire une exception. En outre, elle ressentait le besoin de parler à Michael et de se racheter en faisant preuve d'honnêteté envers lui.

— Je me suis toujours sentie chez moi ici, mais je n'avais jamais compris à quel point j'ai un besoin viscéral de cette maison. Tu comprends, Michael, ça ne m'est jamais arrivé d'avoir une maison rien qu'à moi.

Surpris. Le mot était faible pour qualifier ce que Michael ressentait. Il avait toujours considéré Pandora comme une enfant gâtée, une carriériste ambitieuse sachant saisir les opportunités qui s'offraient à elle, mais certainement pas comme une grande sentimentale.

— Mais tes parents…

— Sont merveilleux, je sais, termina Pandora. Je les adore et il n'y a rien en eux que je changerais. Mais…

Comment lui expliquer ? Il fallait qu'elle trouve les mots.

— Nous n'avons jamais eu de cuisine comme celle-ci. Un endroit chaleureux où se retrouver pour partager des repas en famille. Une pièce dont on sait qu'elle gardera son âme. Bien sûr, tu ne peux pas comprendre. Ça te paraît idiot, n'est-ce pas ?

Michael prit les mains de la jeune femme entre les siennes.

— Pas du tout.

— Je veux un foyer bien à moi, dit-elle simplement. Je veux « La Folie ». Et je veux rester ici après la fin de notre contrat.

— Pourquoi me racontes-tu tout ça, Pandora ?

Il y avait tant de raisons ! Mais elle ne lui donnerait que celle qui la gardait à l'abri.

— Dans deux mois, répéta-t-elle, la maison t'appartiendra aussi bien qu'à moi. Selon les termes du testament…

Michael lâcha un juron et, d'un geste brusque, lâcha la main de Pandora. Il se leva brutalement de sa chaise et, les mains enfoncées dans les poches de son jean, alla à grands pas jusqu'à la fenêtre. L'espace d'un instant, d'un tout petit instant, il l'avait crue sur le point de flancher. Sa voix lui avait paru si douce ! Un effet de son imagination, sans doute ! « Selon les termes du testament ! » Cela ressemblait bien à l'idée qu'il s'était faite d'elle. Il avait assez attendu.

— Qu'espères-tu, Pandora ? Ma permission ?

Troublée par ce revirement, la jeune femme garda les yeux obstinément baissés sur la table.

— Je voulais que tu me comprennes. Que tu m'approuves.

— Eh bien je te comprends et je t'approuve, déclara Michael d'un ton sec.

— Je ne vois pas pourquoi tu te montres soudain si désagréable ! Après tout, tu n'avais pas l'intention de t'installer dans cette maison, que je sache !

— Je n'ai fait aucun projet, moi, murmura-t-il. Mais peut-être le moment est-il venu d'en faire.

— Michael, je ne voulais pas te contrarier.

Il se retourna lentement vers elle et lui sourit.

— Je sais.

Quelque chose dans sa voix alarma Pandora. Elle préféra avancer prudemment.

— Cela t'ennuierait tant que ça, que je veuille vivre ici ?

Il fut surpris de la voir se lever et se diriger vers lui, main tendue vers la sienne. Elle lui manifestait si peu de gestes de tendresse.

— Non, pourquoi ?

— Parce que tu vas hériter de la moitié de cette maison.

— Nous pourrions essayer de trouver un compromis.

— Et si je rachetais ta part ? Cela simplifierait les choses.

— Non.

Le ton était tranchant, sans appel.

— Ce n'était qu'une suggestion, hasarda-t-elle timidement.

— Oublie-la.

Il se détourna brusquement pour se mettre en quête d'un sachet de soupe.

Pandora resta un moment sans bouger, fixant les muscles de Michael tendus à l'extrême. Elle se rapprocha de lui et passa tendrement ses bras autour de sa taille.

— Excuse-moi, Michael, je suis maladroite. Je ne dis jamais ce qu'il faudrait. Finalement, les choses étaient plus simples lorsque nous nous chamaillions sans cesse.

Michael se tourna vers elle et prit son visage entre ses mains. L'espace de quelques secondes, ils furent amis. Amants.

— Pandora…

Comment lui dire qu'il ne pouvait envisager de la perdre ? Comment réagirait-elle s'il lui avouait qu'il voulait continuer à vivre avec elle ? Comment pourrait-elle accepter l'idée qu'il l'aimait depuis des années, quand lui-même ne l'avait pas encore acceptée ? Il déposa un baiser chaste sur son front et conclut simplement :

— Allons préparer la soupe de nos malades.

Ils découvrirent au fil des jours qu'ils pouvaient partager les tâches quotidiennes de la maison, en toute harmonie. Ils cuisinaient, faisaient la vaisselle, le ménage, dorlotaient leurs serviteurs, les invitant même à s'installer près du feu tandis qu'eux-mêmes leur servaient le thé. Il y avait bien des moments où Sweeney brûlait d'impatience de sortir de son lit pour reprendre son travail et où Charles ruminait sa mauvaise conscience, mais tous deux s'accordaient à dire qu'ils agissaient pour le bien des deux jeunes gens.

Michael n'était pas sûr de s'être senti un jour aussi heureux. Il raffolait de ce rôle, nouveau pour lui, de maître de maison. Il consacrait des heures à son travail, enfermé dans son bureau, son imagination bouillonnant d'idées nouvelles, puis la réalité reprenait ses droits et avec elle ses odeurs de cire et de cuisine. Il avait un foyer, une femme, et il entendait bien les garder.

En fin d'après-midi, il allumait un feu dans la cheminée du salon où Pandora et lui avaient pris l'habitude de s'installer pour boire un café après le dîner. Quelquefois, ils discutaient tranquillement, d'autres fois ils disputaient d'âpres parties de rami.

Une petite vie paisible, qui aurait pu paraître ordinaire sans la présence de Pandora.

Ce soir-là, Michael était en train d'allumer le feu lorsque Bruno déboula dans la pièce, renversant un guéridon sur son passage. Des bibelots en porcelaine se brisèrent sur le sol avec fracas.

— Toi, tu mériterais qu'on t'inscrive dans un centre de dressage ! tonna Michael en ramassant les morceaux épars.

En un mois à peine, Bruno avait déjà doublé de taille. Sans doute allait-il devenir un chien énorme. Les dégâts à peine réparés, Bruno se faufila sous le canapé, manifestement en quête d'une nouvelle bêtise à faire.

— Qu'est-ce que tu as trouvé là-dessous ? demanda Michael, soupçonnant le jeune chien d'un nouveau larcin.

— Je te préviens, menaça Michael, si c'est le poulet prévu pour le dîner, je t'enferme toute la nuit dans le garage !

Michael se mit à quatre pattes et regarda sous le sofa.

Bruno était en train de mâchouiller consciencieusement une de ses chaussures.

— Bon sang ! s'écria Michael en lançant la main dans le vide pour attraper le chien. Mais celui-ci, croyant à un jeu, s'était mis à ramper un peu plus loin sans lâcher sa proie.

— Cette chaussure vaut cinq fois plus que toi, sale bête ! Rapporte-la immédiatement !

Michael s'aplatit sur le sol et se glissa le plus loin possible sous le canapé.

— Quel tableau charmant ! s'exclama Pandora en entrant dans la pièce. Mais dis-moi, Michael, tu es en train de jouer avec Bruno ou de faire la poussière ?

— Je vais en faire une carpette, de ce chien !

— Allons, allons, mon chéri ! Tu me sembles un peu à cran ce soir. Bruno, viens ici, mon bébé.

Au son de la voix de sa maîtresse, le chiot sortit de sa cachette et, son trophée serré fièrement entre les crocs, caracola dans sa direction.

— Est-ce ce que tu cherchais ? demanda Pandora en exhibant la chaussure d'une main tandis que de l'autre elle félicitait l'animal.

A son tour, Michael sortit de dessous le canapé et vint prendre sa chaussure couverte de bave des mains de Pandora.

— C'est la deuxième qu'il me bousille ! Et évidemment, il n'a même pas l'intelligence de prendre les deux chaussures d'une même paire, fulmina Michael.

Pandora baissa les yeux sur ce qui avait été un beau cuir italien.

— D'habitude, tu ne portes que des baskets ou de vieilles bottes avachies.

Michael ignora la remarque de Pandora et frappa sa chaussure contre la paume de sa main. Bruno, la langue pendante, le fixait avec vénération.

— Tu peux bien faire ton cinéma ! Tu iras au centre de dressage, mon vieux !

— Oh, Michael ! gémit Pandora. Nous ne pouvons nous séparer de notre enfant ! Ce n'est qu'une mauvaise passe.

— Cette mauvaise passe, comme tu dis, m'a coûté deux paires de chaussures et mon dîner d'hier soir. Et je ne te parle même pas du pull qui a disparu la semaine dernière !

— C'est ta faute aussi, si tu ne laissais pas traîner tes affaires. Quant à ton pull, il était tellement usé que Bruno a dû penser que c'était un vieux chiffon.

— C'est quand même bizarre qu'il ne prenne jamais tes affaires.

— C'est vrai, dit Pandora en lui souriant.

Michael regarda longuement la jeune femme et vit danser dans ses yeux une telle flamme d'excitation qu'il estima clos le chapitre de la chaussure.

— Qu'y a-t-il, Pandora ? Tu as l'air bien contente !

— J'ai reçu un coup de fil cet après-midi.

— Et… ?

— De Jacob Morison.

— Le producteur ?

— Oui ! Lui-même !

Pandora laissa éclater sa joie.

— Il va tourner un film avec Jessica Wainwright ! Jessica Wainwright. Une des plus grandes comédiennes de sa génération. Brillante. Excentrique.

— Je croyais qu'elle s'était retirée de la scène. Elle n'a rien joué depuis cinq ans.

— C'est exact, mais elle a accepté ce nouveau rôle lorsqu'elle a appris que le metteur en scène serait Billy Mitchell.

— Je vois qu'ils ont mis tous les atouts de leur côté.

— Jessica va tenir le rôle d'une vieille comtesse à moitié folle, cloîtrée dans sa propriété, et qui, peu à peu, reprendra pied avec la réalité grâce à sa petite-fille. Et devine qui va jouer la petite-fille ? Cass Barclay !

— Voilà un oscar en perspective. Mais vas-tu me dire à la fin, pourquoi Morison t'a téléphoné ?

— Figure-toi que Wainwright est une grande admiratrice de mes créations ! Et elle veut que je dessine tous les bijoux de la comtesse ! Tous ! Tu te rends compte !

Elle éclata de rire et fit une petite pirouette.

— Morison m'a avoué qu'il avait réussi à sortir Jessica de sa retraite en lui promettant de lui offrir tout ce qu'il y aurait de mieux pour elle, précisa-t-elle. Et elle m'a choisie. Moi !

Michael prit Pandora dans ses bras et l'entraîna dans une valse échevelée. Bruno, qui voulait être de la fête, se mit à bondir autour d'eux en aboyant joyeusement.

— Nous allons fêter ça dignement, annonça Michael sans lâcher la jeune femme. Ce soir, champagne avec notre poulet !

Pandora se serra un peu plus contre Michael.

— J'ai quand même un peu honte.

— Pourquoi ?

— Parce que j'ai toujours dénigré le star-système. Et que tout en parlant à Morison j'entrevoyais les opportunités qui m'étaient offertes. C'est pour moi un tremplin inespéré. Lorsque j'ai raccroché, je n'en revenais toujours pas ! Jessica Wainwright, Jacob Morison ! Tout d'un coup, je me suis sentie l'âme d'une midinette.

— Cela prouve au moins que tu n'es pas aussi snob que tu le laisses paraître, commenta Michael. Je suis fier de toi, ajouta-t-il en l'embrassant tendrement.

Pandora en fut saisie de surprise. La joie intense qu'elle ressentait fut éclipsée par ces quelques mots. A l'exception de Jolley, personne ne lui avait jamais témoigné de fierté. Ses parents avaient l'habitude de lui exprimer leur amour d'une petite tape affectueuse sur la tête. Pour elle, la fierté qu'on éprouvait pour quelqu'un était indissociable de l'affection qu'on lui portait.

— C'est vrai ? demanda-t-elle d'une voix tremblante.

Surpris, Michael la serra un peu plus contre lui et l'embrassa de nouveau.

— Bien sûr !

— Pourtant, j'avais l'impression que tu ne portais pas grande estime à mon travail.

— Tu te trompes. J'ai toujours admiré tes créations mais je trouvais simplement dommage que tu travailles à une si petite échelle. Je ne suis quand même pas aveugle, Pandora, et même si certains de tes bijoux ne sont pas à mon goût, j'ai toujours su reconnaître en toi une grande créatrice.

Pandora laissa échapper un profond soupir.

— Eh bien ! C'est un jour à marquer d'une pierre blanche ! J'ai toujours cru que tu me considérais comme une gamine capricieuse qui jouait à enfiler des perles parce qu'elle ne voulait pas affronter ce qui, à tes yeux, était un vrai métier. D'ailleurs, tu me l'as dit un jour.

Michael lui adressa un sourire espiègle.

— C'est parce que je savais que cela te rendrait furieuse. Et tu es si belle quand tu es en colère !

Pandora hésita un instant puis se lança.

— Tu sais, moi aussi j'ai une confidence à te faire.

Le corps de Michael se raidit imperceptiblement, puis il lâcha d'un ton qu'il voulait dégagé :

— Vas-y, je t'écoute.

— Eh bien, j'ai regardé la cérémonie des « Emmy Awards » chaque fois que tu étais nominé.

L'appréhension céda la place à une incrédulité totale puis Michael éclata d'un grand rire sonore.

— Peux-tu répéter ce que tu viens de dire ? demanda-t-il lorsqu'il eut retrouvé son sérieux.

— Chaque fois, confirma Pandora, les joues en feu. Et j'étais folle de joie lorsque tu remportais le trophée.

Elle marqua une pause pour s'éclaircir la gorge puis reprit d'une petite voix.

— J'ai même suivi plusieurs épisodes de *Logan's Run*.

Michael, attendri, écoutait la jeune femme, comme si elle était en train de confesser un péché de la plus haute importance.

— Pourquoi ?

— Oncle Jolley m'en rebattait sans cesse les oreilles. Alors j'ai voulu juger par moi-même. Evidemment, ce n'était que pure curiosité intellectuelle, crut-elle bon de rajouter.

— Evidemment ! Et alors… ?

Pandora haussa négligemment les épaules avant de répondre.

— Dans son genre…, commença-t-elle évasivement.

Michael tira légèrement une mèche des cheveux de la jeune femme.

— Certaines personnes n'avouent que sous la torture.

Pandora se mit à rire de bon cœur, cherchant à se soustraire à l'emprise de Michael.

— C'est bon, c'est bon, j'avoue ! dit-elle tandis que Michael tirait un peu plus fort. Moi aussi, j'ai adoré.

— Pour quelles raisons ?

— Michael, tu me fais mal !

— « Nous avons les moyens de vous faire parler ! », dit-il d'un ton gentiment moqueur.

— J'ai aimé parce que les personnages sont crédibles, parce que l'intrigue est bien menée. Et parce que… tu as un vrai style, qui n'appartient qu'à toi.

Lorsqu'il la libéra pour déposer un baiser sonore sur sa joue, elle fit mine de le repousser.

— Je te préviens, si tu t'avises de répéter ce que je viens de te dire, je nierai tout en bloc !

— Ce sera notre petit secret, murmura Michael en l'embrassant, cette fois plus sensuellement.

Pandora commençait à s'habituer à l'étrange sensation qu'elle éprouvait au simple contact des lèvres de Michael sur les siennes. Elle se plaqua plus étroitement contre lui, jouissant de leurs corps parfaitement imbriqués l'un dans l'autre, de leurs deux cœurs qui battaient à l'unisson. Elle guetta dans ses yeux la flamme de son désir puis, à son tour, prit sa bouche avec avidité.

Il y aurait des conséquences, inévitables. Mais ne les avait-elle pas déjà acceptées ? Il y aurait de la souffrance. Mais ne souffrait-elle pas déjà ? Si elle sentait les rênes de son destin lui échapper dangereusement, du moins se sentait-elle maîtresse de l'instant présent.

Elle devait s'en satisfaire. Elle fit passer dans ce baiser tous ses espoirs, toutes ses craintes, toutes ses émotions contradictoires.

Elle faisait souvent preuve d'une passion sauvage, érotique. Mais Michael n'avait jamais ressenti en elle cette émotion pure, presque désespérée, qu'elle lui transmettait à travers ce baiser. Un mélange de force et de vulnérabilité, d'urgence et de langueur. A son tour, il se pressa contre la jeune femme, lui offrant ce que son corps ondulant exigeait.

Pandora rejeta la tête en arrière, le pénétrant de son regard ardent, l'invitant à aller plus loin. Les doigts fébriles de Michael s'enfoncèrent alors dans l'épaisse chevelure tandis que son corps électrisé recherchait celui de Pandora. Lentement, ils se laissèrent glisser sur le sofa.

Parce qu'elle était docile, il se montra tendre. Parce qu'elle était douce, il fut patient. Pour la première fois depuis qu'ils étaient amants, ils firent l'amour sans hâte, attentifs aux désirs de l'autre, chacun donnant autant qu'il recevait. Leurs mains effleuraient, leurs bouches se frôlaient, leurs corps, patients, franchissant lentement les étapes qui mènent au plaisir.

De façon insidieuse, la passion se mua en amour.

La nuit venait de tomber, seul le crépitement du feu dans la cheminée ponctuait le silence de la pièce. Tout invitait au romantisme.

Lorsqu'ils plongèrent ensemble dans un océan de plaisir et de volupté, Pandora sentit la carapace de son indépendance se craqueler. Pour la première fois, elle n'éprouva pas le sentiment de vulnérabilité qui accompagnait ses moments d'extase. Elle ne ressentait qu'un bonheur pur et sans limites.

Leurs sens apaisés, leurs corps repus d'amour, ils tentaient de reprendre pied dans la réalité lorsque le téléphone sonna. Michael laissa échapper un grognement puis tendit mollement le bras vers le combiné.

— Allô, marmonna-t-il en décrochant.

— Je voudrais parler à Michael Donahue, s'il vous plaît.

— C'est lui-même.

— Michael, c'est Penny.

Michael se frotta les yeux, tentant de mettre un visage sur ce nom. Penny… Ah oui ! La petite blonde qui habitait à côté de chez lui et voulait devenir mannequin. Il se souvint vaguement de lui avoir communiqué le numéro de « La Folie », au cas où une livraison urgente serait effectuée à son domicile.

— Salut.

Pandora battit des cils, semblant émerger enfin de la douce torpeur dans laquelle elle était plongée.

— Michael, je suis désolée de vous déranger mais il s'agit d'un cas de force majeure. J'ai appelé la police, elle ne va pas tarder à arriver.

Perplexe, Michael se dégagea de la tendre étreinte de Pandora.

— La police ? Mais pour quoi faire ?

— Votre appartement a été cambriolé.

— Quoi ?

Michael se leva d'un bond.

— Quand ?

— Je n'en sais rien. En rentrant chez moi tout à l'heure, j'ai remarqué que votre porte était entrouverte.

Je croyais que vous étiez rentré, alors j'ai frappé. Mais comme vous ne répondiez pas, je suis entrée et là j'ai compris tout de suite. Je me suis précipitée chez moi pour prévenir les flics. Ils m'ont demandé de vous prévenir et de rester chez moi.

Les questions affluaient, sans réponses.

— Merci, Penny. Je vais essayer d'être là ce soir.

— D'accord, dit la jeune femme. Et encore désolée.

— Je passerai vous voir en arrivant.

D'un geste tendre, Pandora posa la main sur le bras de Michael.

— Michael, que se passe-t-il ?

— Mon appartement a été cambriolé.

— Oh non !

Le moment qu'elle redoutait depuis l'empoisonnement de Bruno était donc arrivé !

— Crois-tu que c'est… ?

— Je l'ignore, répondit Michael qui savait à quoi Pandora faisait allusion. Quelqu'un a dû remarquer que mon appartement était inhabité.

Pandora se sentait impuissante à calmer la colère qui gagnait Michael.

— Il faut que tu y ailles, lui dit-elle d'une voix qu'elle voulait réconfortante.

Michael opina d'un signe de tête puis lui prit la main.

— Tu viens avec moi.

— Michael, je dois rester auprès de Charles et de Sweeney.

— Je ne pars pas sans toi.

— Il faut que tu y ailles, Michael, répéta la jeune femme. Si c'est encore un coup d'un des membres de notre famille, tu trouveras peut-être des preuves de leur culpabilité. Et ne t'inquiète pas pour moi, tout ira bien.

— Comme la dernière fois…

Pandora fronça les sourcils.

— Fais-moi confiance, Michael.

— Ce n'est pas une question de confiance. Je ne veux pas te laisser seule ici.

— J'ai Bruno, dit Pandora. Et cesse de me regarder de cette façon ! Il n'est peut-être pas très offensif mais il sait aboyer. Et je te promets de bien barricader portes et fenêtres.

Michael secoua la tête.

— Ça n'est pas suffisant.

— Nous allons appeler la police. Fitzhugh les a mis au courant de ce qui s'était passé. Nous leur expliquerons que je vais être seule cette nuit et nous leur demanderons de venir faire une ronde.

— C'est mieux, concéda Michael en arpentant nerveusement la pièce. Mais si c'est encore un coup monté…

— Cette fois, nous y sommes préparés.

Michael hésita un instant puis capitula.

— Je vais prévenir la police.

Chapitre 10

Michael à peine parti, Pandora tira l'énorme verrou qui fermait la porte d'entrée. Elle était reconnaissante à Michael d'avoir passé près d'une heure à vérifier avec elle tous les systèmes de fermeture de la maison.

Mais à présent qu'elle était seule, elle trouvait le silence pesant.

Elle se rendit dans la cuisine. Ce n'était pas parce qu'elle était seule qu'elle devait renoncer à accomplir les tâches quotidiennes. Elle aurait tant voulu accompagner Michael !

Inutile de s'éterniser sur de faux regrets, se dit-elle en sortant des ustensiles du placard. Il y avait là deux personnes âgées qui comptaient sur elle. Et qui avaient besoin d'être nourries.

Elle alla allumer la radio et chercha une station locale dispensant de la musique country. Lorsque la voix chaude de Dolly Parton se fit entendre, Pandora sourit, satisfaite, et retourna à ses casseroles. Elle ouvrit le livre de cuisine de Sweeney et chercha dans l'index la recette des beignets de poulet.

Elle avait encore les mains dans la farine lorsque la sonnerie du téléphone retentit. Elle s'essuya rapidement à un torchon et alla décrocher le combiné.

— Allô ?

— Pandora McVie ? interrogea une voix inconnue à l'autre bout du fil.

— Oui, répondit-elle distraitement.

— Ecoutez attentivement ce que je vais vous dire.

— Pourriez-vous parler plus fort ? demanda Pandora qui s'était mise en quête d'un pilon. Je ne vous entends pas bien.

— Je dois vous prévenir et je n'ai pas beaucoup de temps, continua la voix. Vous êtes en danger, seule dans cette maison.

Pandora laissa échapper le pilon qui tomba sur le sol avec fracas.

— Allô ? Qui est à l'appareil ?

— Ecoutez-moi. Vous vous retrouvez seule parce que quelqu'un l'a voulu. Tout a été manigancé à l'avance et quelqu'un va tenter de s'introduire chez vous cette nuit.

— Quelqu'un ? répéta Pandora qu'une onde de panique submergea.

Ce n'était pas un canular. Son mystérieux interlocuteur était bien trop nerveux. Pandora était certaine qu'il s'agissait d'un homme.

— Si vous essayez de me faire peur…

— J'essaie juste de vous mettre en garde, coupa la voix. Quand j'ai compris…

L'homme sembla hésiter à poursuivre.

— Vous n'auriez pas dû envoyer ces bouteilles de champagne. Je n'aime pas avoir à vous le dire, mais rien ne les arrêtera. Et j'ai peur de ce qui pourra arriver par la suite.

Pandora sentit la peur s'insinuer en elle. Elle tenta de scruter l'obscurité par la fenêtre. Mais la nuit était d'encre. Elle était seule dans cette maison immense. Seule avec deux personnes âgées et malades.

— Qui êtes-vous ? répéta Pandora. Et si vous voulez vraiment m'aider, pourquoi ne mettez-vous pas un terme à toutes ces manigances ?

— Je prends déjà énormément de risques en vous prévenant. Vous ne comprenez donc pas ? Allez vous-en ! Quittez cette maison avant qu'il ne soit trop tard !

C'était du bluff. Un coup de bluff pour la pousser à partir. Pandora redressa fièrement les épaules.

— Je n'irai nulle part, annonça-t-elle crânement. Et dites-moi plutôt qui est derrière tout ceci.

— Allez vous-en, répéta la voix avant de raccrocher brutalement.

Pandora resta quelques instants interloquée, le récepteur à la main. Elle entendit vaguement l'huile grésiller dans la poêle, la radio égrener ses notes de musique. L'oreille aux aguets, elle regarda de nouveau en direction de la fenêtre, puis alla raccrocher le combiné.

C'était une mauvaise blague. Mais elle ne se laisserait pas impressionner par un petit plaisantin. D'ailleurs, Michael avait prévenu la police qu'elle était seule et elle n'avait qu'un coup de fil à passer pour que celle-ci vienne lui prêter main-forte.

Les jambes tremblantes, Pandora retourna à ses fourneaux. Elle mit à frire les morceaux de poulet qu'elle avait préalablement panés puis testa la cuisson des pommes de terre. Elle décida enfin qu'un petit verre de vin l'aiderait à se détendre. Elle était sur le point de se servir lorsque Bruno déboula dans la pièce et vint tourner autour d'elle.

— Mon chien ! dit-elle en lui grattant la tête. Je suis bien contente de t'avoir avec moi.

Michael lui manquait tant, tout d'un coup !

Bruno lui lécha les doigts, fit de petits bonds autour du plan de travail puis alla se poster devant la porte en aboyant.

— Tu veux vraiment sortir maintenant ? demanda Pandora que cette perspective n'enchantait guère. Oui, évidemment, tu ne peux pas attendre jusqu'à demain matin, n'est-ce pas ?

Bruno se rua de nouveau vers sa maîtresse avant de regagner sa place devant la porte. Pandora fit glisser le verrou. Ce coup de fil n'était qu'une plaisanterie de mauvais goût, se disait-elle le cœur battant. Et de toute façon, elle ne risquait rien à ouvrir et à jeter un coup d'œil aux alentours.

Dès qu'elle eut ouvert la porte, Bruno bondit dehors et se mit à gambader dans la neige. Pandora, transie de froid et de peur, le regardait, depuis le seuil, s'ébattre gaiement. Tout paraissait normal. La neige scintillait sous le ciel étoilé ; des bois tout proches ne parvenaient que les hululements d'un hibou. C'était une paisible soirée d'hiver à la montagne. Pandora inspira une profonde bouffée d'air frais et rappela son chien. Tous deux virent la forme bouger au même moment. Une silhouette indistincte qui se détachait d'un arbre, à la lisière de la forêt.

Avant que Pandora n'ait eu le temps de réagir, Bruno fondait dans sa direction en aboyant frénétiquement.

— Non, Bruno ! hurla Pandora. Reviens ici tout de suite !

Sans réfléchir une seconde de plus, elle saisit le vieux

manteau qui était accroché derrière la porte, l'enfila à la hâte, et après s'être armée d'une lourde poêle en fonte, s'élança à la poursuite de son chien.

— Bruno !

L'animal, les sens en alerte, semblait suivre une piste. Pandora, réconfortée par la présence de son chien, s'enfonça à sa suite dans les bois, soudain indifférente au danger. Hors d'haleine, elle fit une pause durant laquelle elle tendit l'oreille et scruta l'obscurité. Elle allait reprendre sa course lorsqu'elle entendit sur sa droite les aboiements de Bruno.

— Ne les lâche pas Bruno ! J'arrive !

Se prenant au jeu, grisée par l'aventure, Pandora encourageait son chien à distance. Des branches surchargées de neige se délestaient de leur fardeau sur son passage. Dans sa précipitation, Pandora trébucha sur une racine et s'étala de tout son long dans l'épaisse couche de neige. Elle s'apprêtait à se relever lorsque Bruno fondit sur elle, la renversant sur le dos.

— Pas moi, Bruno ! râla la jeune femme en tentant vainement de repousser l'animal. Bon sang, si tu ne…

Elle s'interrompit net à la vue de Bruno qui, le poil hérissé, grognait en montrant ses jeunes crocs acérés. Pandora leva les yeux sur la silhouette qui se mouvait entre les arbres.

Elle se releva et, serrant fermement la queue de la poêle entre ses doigts engourdis de froid, se dirigea droit vers la forme. Luttant contre la peur qui l'étreignait, elle se campa sur ses deux jambes, prête au combat.

— Qu'est ce que c'est que ça, encore ?

— Michael !

Pandora lâcha son arme dérisoire et, ivre de soulagement, se précipita dans les bras de Michael.

— Oh, Michael ! Si tu savais comme je suis contente de te voir ! s'exclama-t-elle en couvrant son visage de baisers.

— Je vois, oui. Et c'est pour ça que tu t'apprêtais à me massacrer à coups de poêle à frire ?

— C'est tout ce que j'ai trouvé pour me défendre, plaida la jeune femme qui, d'un coup, s'écarta des bras protecteurs de Michael. Bon sang, Michael, j'étais morte de peur ! Que fais-tu ici, à rôder dans ces bois alors que je te croyais en route pour New York ?

— Et toi ? Je te rappelle que tu étais censée ne pas mettre le nez dehors !

— C'est ce que j'aurais fait si Bruno ne t'avait pas repéré. Alors, que fais-tu ici ?

D'un geste plein de douceur, Michael essuya quelques flocons plaqués sur le visage de Pandora.

— J'ai fait à peu près cinquante kilomètres mais je n'arrivais pas à me débarrasser d'un mauvais pressentiment. Alors je me suis arrêté à une station-service et j'ai passé un coup de fil à ma voisine.

— Mais… Ton appartement ?

— J'ai pu parler aux policiers et je leur ai dressé une liste des biens susceptibles d'avoir disparu. Nous irons à New York ensemble dans deux ou trois jours.

Michael résista à l'envie de secouer la jeune femme pour l'imprudence dont elle avait fait preuve. S'il lui était arrivé quelque chose…

— Décidément, je ne peux pas te laisser seule cinq minutes !

— Je vais finir par croire que tu es mon preux

chevalier, murmura-t-elle en l'embrassant encore. Tu ne m'as toujours pas expliqué pourquoi tu te trouvais dans ces bois ?

— Une intuition.

Il se baissa pour ramasser la poêle. Un simple coup de cette massue sur la tête et il aurait été neutralisé pour un bon moment !

— La prochaine fois que tu as une intuition, ne reste pas comme un voleur à la lisière des bois à épier la maison.

— Je n'ai pas épié la maison, protesta Michael en prenant la jeune femme par le bras.

Il voulait la mettre en sécurité, derrière des portes bien verrouillées.

— Je t'ai vu.

— Ce n'était pas moi.

Michael jeta un coup d'œil réprobateur à Bruno.

— Et si tu n'avais pas laissé sortir ce fichu chien, à l'heure qu'il est nous connaîtrions l'identité de notre mystérieux rôdeur. Lorsque je suis arrivé, j'ai voulu m'assurer que tout allait bien et j'ai fait un petit tour aux alentours. J'ai repéré des traces de pas et je les ai suivies.

A cette pensée, Michael, encore sous tension, jeta un coup d'œil par-dessus son épaule.

— J'étais sur le point de rattraper notre homme lorsque Bruno, lancé à ses trousses, n'a pu m'éviter et m'a fait tomber. Evidemment, l'autre en a profité pour s'enfuir.

— Zut, échouer si près du but ! Si tu m'avais tenue au courant, nous aurions pu nous épauler.

— J'ignorais ce qui allait se passait. Et je te rappelle que tu devais rester sagement enfermée dans la maison.

— Bruno avait besoin de sortir, plaida Pandora. Et puis il y a eu ce coup de fil…

A son tour, Pandora jeta un regard inquiet par-dessus son épaule.

— Quelqu'un m'a appelée pour me prévenir d'un danger.

— Qui était-ce ?

— Je ne sais pas. J'ai cru reconnaître une voix d'homme mais je n'en suis pas sûre.

La main de Michael se referma sur le bras de Pandora.

— Il t'a menacée ?

— Non, non. Mais la personne en question savait ce qui se tramait et a voulu m'avertir. Elle m'a dit que quelqu'un essaierait de s'introduire dans la maison et qu'il valait mieux que je m'en aille.

— Et évidemment, gronda Michael, tu n'as rien trouvé de mieux à faire que de te promener seule dans la forêt avec une poêle à frire pour te défendre ! Bon sang, Pandora, pourquoi n'as-tu pas appelé la police ?

— Parce que j'ai cru à une plaisanterie et que sur le coup ça m'a rendue folle de rage ! riposta Pandora en soutenant sans ciller le regard réprobateur de Michael. Je déteste qu'on cherche à m'intimider et lorsque j'ai aperçu cette silhouette je n'ai eu qu'une envie : lui donner une bonne correction !

— Bravo ! commenta Michael en secouant Pandora par les épaules. Je te félicite de ton inconséquence !

— Je te signale que tu as pris les mêmes risques !

— Oui, mais je pèse un peu plus lourd que toi. Tu

imagines un peu ce qui serait arrivé si le rôdeur t'avait agressée ?

— Je me serais défendue ! marmonna Pandora, butée.

— Tu te serais défendue ? répéta Michael, goguenard.

Pour preuve de ce qu'il pensait, il fit à Pandora un croche-pied et l'envoya rouler sans ménagement dans la neige. Il ne lui laissa pas le temps de riposter et brandit au-dessus d'elle, menaçant, la poêle à frire. Bruno, croyant à un jeu, se mit à lécher bruyamment le visage de sa maîtresse.

— Si j'étais rentré demain, comme prévu, je t'aurais retrouvée à moitié ensevelie sous la neige.

Il lui tendit la main pour l'aider à se relever.

— Ce n'est pas juste ! Tu m'as attaquée par surprise ! protesta la jeune femme.

— Tais-toi ! ordonna-t-il en l'agrippant fermement par les épaules. Je tiens trop à toi pour prendre le moindre risque. Nous avons assez joué avec le feu. Dès que nous serons rentrés, nous appellerons la police et nous lui raconterons tout.

— Et que feront-ils ?

— Nous verrons bien.

Résignée, Pandora appuya la tête contre le torse de Michael et laissa échapper un profond soupir. Si la poursuite avait eu quelque chose d'excitant, il n'en restait pas moins que ses jambes tremblaient encore.

— Tu as peut-être raison, après tout. Nous en sommes au même point qu'au début.

— Faire appel à la police ne veut pas dire que nous renonçons, la rassura Michael. Cela change simplement les données du problème.

Michael s'interrompit pour prendre les mains de Pandora entre les siennes et les porter à ses lèvres.

— Je ne laisserai personne te faire de mal, murmura-t-il.

Troublée par la satisfaction qu'elle retirait de cet aveu, Pandora tenta de libérer ses mains.

— Je peux prendre soin de moi toute seule, tu sais, déclara-t-elle d'un ton qu'elle voulait dégagé.

— Je n'en doute pas, dit-il avec un petit sourire. Et si nous rentrions ? Je meurs de faim !

— Tout à fait masculin de penser à son estomac dans un moment pareil ! plaisanta Pandora, désireuse de détendre l'atmosphère. Bon sang ! Le poulet !

Elle se dégagea des bras de Michael pour se précipiter vers la maison.

— Je n'ai quand même pas si faim que ça ! riposta Michael en la rattrapant.

Il l'arrêta dans sa course pour la serrer une nouvelle fois contre son cœur. Lorsqu'il l'avait entendue crier dans les bois, son sang s'était glacé dans ses veines.

— En fait, susurra-t-il d'une voix enjôleuse en reprenant sa marche, je crois que je peux attendre encore un peu.

— Michael ! protesta faiblement Pandora en faisant mine de se dégager. Si tu ne me lâches pas immédiatement, je crains que nous n'ayons rien à nous mettre sous la dent ce soir.

— Nous irons manger ailleurs, poursuivit Michael sur le même ton.

— J'ai laissé la poêle sur le feu. Le poulet doit être carbonisé.

— Eh bien, nous nous rabattrons sur de la soupe. Il

en reste tout un stock, décréta-t-il en ouvrant la porte de la cuisine.

Ils restèrent sans voix devant les assiettes débordant de frites moelleuses et de beignets dorés à point. Le plan de travail débarrassé et nettoyé, la vaisselle faite.

— Sweeney ! s'écria Pandora sur un ton lourd de reproches, que faites-vous ici ?

— Mon travail, répondit placidement la vieille cuisinière.

Elle nota avec satisfaction que Pandora était encore prisonnière des bras de Michael. Manifestement, son plan avait l'air de marcher ! Elle se plut à imaginer que le jeune couple était allé faire une courte promenade pendant que le dîner cuisait et que, tout à leurs roucoulades, ils n'avaient pas vu le temps passer.

— Vous devriez être au lit ! la réprimanda encore Pandora.

— J'y suis restée plus qu'assez, dans mon lit. Ça suffit comme ça !

En effet, Sweeney ne supportait plus ces longues journées d'inactivité où elle s'ennuyait à mourir. Mais la seule vue de Michael et Pandora enlacés la récompensait de son sacrifice.

— Je me porte comme un charme maintenant. Je vous assure. D'ailleurs, je n'ai pas tout à fait terminé.

Les deux jeunes gens, sceptiques, observèrent Sweeney à la dérobée. Ses joues étaient roses, ses yeux pétillants. Ils la regardèrent reprendre ses droits, s'activant fébrilement d'un coin de la cuisine à un autre.

— Ne vous fatiguez pas trop quand même, décida Michael. Ménagez vos forces.

— Michael a raison. Vous en avez assez fait, retournez

vous reposer. Nous nous occuperons du reste. D'ailleurs nous y avons pris goût, n'est-ce pas, Michael ?

Ce dernier opina en silence.

Michael et Pandora en ayant décidé ainsi, maîtres et serviteurs se retrouvèrent à la même table pour le dîner. Charles, assis à côté de Sweeney et ne sachant trop s'il devait continuer à tousser, s'éclaircissait la gorge de temps en temps. D'un accord tacite, les deux jeunes gens avaient décidé de garder secrets les événements des dernières heures, tous deux estimant que l'annonce d'un rôdeur épiant la maison pourrait retarder le rétablissement de Charles et de Sweeney.

A plusieurs reprises, Pandora surprit Sweeney en train de les regarder, Michael et elle, un sourire béat aux lèvres. Quelle adorable vieille dame ! se disait-elle, croyant innocemment que Sweeney affichait sa satisfaction d'avoir réintégré ses fonctions. Cela ne fit que renforcer la volonté de la jeune femme de les tenir à l'écart des manigances de sa famille. Il était près de 21 heures lorsqu'elle rejoignit Michael dans le petit salon où ils avaient l'habitude de se retrouver.

— Ils sont montés ? s'informa Michael d'une voix légèrement nerveuse.

Pandora opina d'un signe de tête tout en se servant un verre de liqueur.

— Ils sont un peu comme deux enfants qui ont besoin d'être dorlotés. Je les ai laissés devant un bon vieux film avec Gary Grant.

Elle sirota une gorgée d'alcool et attendit que ses muscles tendus se relâchent un peu.

— J'aurais dû le regarder avec eux, d'ailleurs.

— N'y pense plus. Je viens d'appeler la police, elle ne va pas tarder à arriver.

Pandora reposa son verre.

— Ça m'ennuie de repasser l'affaire à des étrangers. Après tout, tout ceci n'est qu'un faisceau de suppositions.

— Eh bien, laissons la police supposer à notre place. C'est son boulot.

Pandora laissa échapper un petit rire nerveux.

— Ton Logan, il arrive à dénouer l'intrigue tout seul, lui !

— Si j'ai bonne mémoire, lui rappela Michael, quelqu'un que je connais bien m'a dit récemment que tout cela n'était que pure fiction.

Il se servit à son tour et leva son verre en direction de Pandora avant de boire.

— En outre, j'ai découvert que je n'aimais pas te voir figurer dans le scénario.

La chaleur de l'alcool dans leurs veines, doublée à celle du feu qui crépitait dans la cheminée, donnait à la soirée un air de normalité qu'elle était loin d'avoir.

— Tu n'aurais pas développé le syndrome de « l'homme-qui-doit-à-tout-prix-protéger-la-faible-femme-sans-défense » par hasard ? ironisa-t-elle. Pourtant, ça ne te ressemble pas.

Michael vida son verre d'un trait.

— Ça me ressemble, lorsqu'il s'agit de *ma* femme.

Pandora fixa Michael, sourcils froncés. Quelle idiote elle était de se sentir flattée par un terme aussi possessif !

— *Ta femme ?* répéta-t-elle avec une pointe de nervosité.

— Oui, confirma Michael en lui caressant la nuque. Ça te pose un problème ?

Le cœur de Pandora se mit à battre la chamade, sa gorge se noua. Elle était sa femme, le temps de son séjour à « La Folie ». Mais il l'oublierait bien vite, cette ennuyeuse cousine, dès qu'il aurait replongé dans le tourbillon de la vie new-yorkaise !

— Je n'en sais rien, à vrai dire.

Michael se pencha vers elle et baisa tendrement ses lèvres.

— Alors, je te propose d'y réfléchir. Nous en reparlerons.

Il la laissa à ses interrogations pour aller ouvrir à l'officier de police qui frappait à la porte.

Lorsqu'il revint, Pandora affichait un calme qu'elle était loin de ressentir.

— Lieutenant Randall, voici Pandora McVie.

— Enchanté, répondit le policier en fourrant tant bien que mal son écharpe en laine dans la poche de son manteau.

Pandora lui trouva l'air bonhomme d'un grand-père tranquille.

— Sale temps, dit-il en s'approchant du feu.

— Voulez-vous une tasse de café, lieutenant ? proposa Pandora.

Ce dernier lui adressa un regard plein de gratitude.

— Avec plaisir.

— Je vous en prie, asseyez-vous. J'en ai pour une minute.

Pandora mit plus de temps qu'il n'en fallait pour préparer du café et disposer tasses et soucoupes sur un plateau. Elle n'avait jamais eu affaire à la police sinon pour de banales questions de tickets de parking. Et là, brutalement, elle allait devoir parler de sa famille et de sa relation avec Michael avec un parfait inconnu.

Sa relation avec Michael, se disait-elle. Voilà la véritable raison pour laquelle elle s'attardait ainsi dans la cuisine. Elle n'avait pas encore surmonté le choc que les mots employés par Michael avaient provoqué. Elle n'arrivait pas à chasser de ses pensées la passion qu'elle avait lue dans son regard.

Pandora trouva des serviettes en lin qu'elle prit le temps de plier en triangle. Elle ne voulait être la femme de personne, décida-t-elle avec détermination. C'était la nervosité liée aux événements de la soirée qui l'avait fait réagir comme une adolescente à qui son amoureux aurait offert une bague de pacotille. Mais elle n'était plus une adolescente. Elle était une adulte qui se suffisait à elle-même. Une adulte amoureuse, reconnut-elle à regret.

Elle prit une profonde inspiration, plaqua un sourire sur ses lèvres et, les mains crispées sur son plateau, regagna le salon.

— Messieurs, dit-elle en déposant son chargement sur la table basse qui faisait face à la cheminée. Lieutenant, du lait, du sucre ?

— Je prendrai des deux, merci.

Il plaça un bloc-notes sur ses genoux tandis que Pandora lui tendait sa tasse.

— M. Donahue m'a rapidement mis au courant. Il semblerait donc que vous ayez quelques petites contrariétés ?

Le terme choisi la fit sourire. Tout comme son physique, sa voix inspirait la confiance.

— Oui, répondit-elle simplement.

— Je ne vais pas me lancer dans un cours de morale mais vous auriez dû nous prévenir dès le premier incident. Les actes de vandalisme sont des délits, vous savez.

— Nous pensions qu'en n'y prêtant pas attention, nous dissuaderions les vandales de recommencer, expliqua Pandora. Manifestement, nous avions tort.

— Je vais vous demander de me confier votre bouteille de champagne. Bien que vous en ayez déjà fait analyser le contenu, je voudrais le faire vérifier par nos propres labos.

Michael se leva.

— Je vais la chercher, dit-il en quittant la pièce.

— Mademoiselle McVie, commença Randall lorsqu'ils furent seuls, d'après les dires de votre cousin, les termes du testament de votre oncle seraient pour le moins… particuliers.

— En effet.

— Toujours d'après votre cousin, il semblerait que ce soit lui qui vous ait un peu forcé la main.

— Michael a toujours pris ses désirs pour des réalités, lieutenant, lâcha négligemment Pandora en sirotant son café. Il n'a pas encore compris que j'étais assez grande pour décider moi-même des choses.

L'officier Randall opina et consigna les paroles de Pandora dans son carnet.

— Néanmoins vous êtes d'accord avec M. Donahue pour dire que les incidents survenus sont liés et qu'ils sont le fait de l'un des membres de votre famille ?

— Je ne vois aucune raison de croire le contraire.

— Vos soupçons se portent-ils sur une personne en particulier ?

— Non, répondit Pandora avec franchise. Voyez-vous, nous ne sommes pas, à proprement parler, une famille unie. Et en fait, je les connais très peu.

— A l'exception de M. Donahue, bien sûr ?

— C'est exact. Michael et moi étions les seuls à rendre visite à notre oncle et il arrivait parfois que nous nous retrouvions ensemble ici même, dans cette maison. Les autres n'y venaient quasiment jamais.

— La bouteille, lieutenant, annonça Michael en revenant. Je vous ai apporté aussi le rapport d'analyses des Laboratoires Sanfield.

Randall le parcourut rapidement avant de le placer dans la boîte.

— Le notaire de votre oncle, M. Fitzhugh, a déjà fait allusion, dans un précédent rapport qu'il nous a fait parvenir, à une intrusion ici-même. Aussi j'espère que vous ne verrez aucun inconvénient à ce qu'un de nos hommes vienne patrouiller ici régulièrement.

— Je vous le demande, appuya Michael.

Voyant que la tasse de Randall était vide, Pandora se leva pour la remplir.

— Je contacterai Fitzhugh, promit-il en vidant sa tasse d'un trait. Je vais avoir besoin de tous les noms qui figurent dans ce testament.

Il se leva pour prendre congé, prêt à affronter le rude trajet sous la neige qui l'attendait.

— Nous nous efforcerons de mener cette enquête aussi discrètement que possible. Toutefois, si quelque chose d'anormal se produisait, n'hésitez pas à m'appeler. Je vous envoie un de mes hommes dès demain matin.

— Merci, lieutenant, dit Michael en l'aidant à enfiler son manteau.

Avant de partir, Randall balaya la pièce d'un regard circulaire.

— Vous n'avez jamais songé à faire installer un système d'alarme ?

— Non.

— Pensez-y, conclut-il en franchissant la porte.

— Eh bien ! Les dés sont jetés maintenant, s'exclama Pandora.

— Quand je pense que nous étions si près du but, ce soir ! dit Michael en délaissant son café pour se servir un verre de brandy. J'ai bien failli mettre la main sur ce salaud !

— Il serait peut-être plus raisonnable d'envisager cette chasse à l'homme comme une partie d'échecs que comme un match de boxe, tu ne crois pas ? suggéra Pandora.

Elle s'approcha de lui et, tout en l'enveloppant de ses bras, pressa sa joue contre son épaule. Un témoignage de tendresse d'autant plus précieux qu'il était rare, songea Michael. Quand les choses avaient-elles basculé ? Depuis quand ne voyait-il plus en Pandora une jeune femme trop rousse, trop mince, trop exubérante ? Il se laissa aller contre elle et décida, un sourire satisfait aux lèvres, que leurs deux corps s'accordaient parfaitement.

— Je n'ai jamais eu assez de patience pour les échecs.

— Alors, laissons faire la police, décréta Pandora en resserrant son étreinte.

Le besoin de protéger cet homme surgit aussi soudainement que celui d'être protégée.

— J'ai repensé à ce qui aurait pu se passer ce soir, Michael. Je ne veux pas qu'il t'arrive quoi que ce soit.

Michael se retourna vers elle et lui releva le menton, la forçant à le regarder dans les yeux.

— Pourquoi ?

— Parce que..., commença-t-elle.

Non, il ne fallait pas qu'elle se laisse influencer par ce regard pénétrant qui la faisait fondre ! Elle avait sa fierté, tout de même !

— Parce qu'il faudrait que je fasse la vaisselle toute seule !

Michael sourit. S'il était vrai que la patience n'était pas son fort, il était des circonstances où il savait se montrer aussi doux qu'un agneau. Il effleura les lèvres de Pandora d'un baiser.

— C'est tout ? chuchota-t-il.

Il pouvait bien insister, elle ne tomberait pas dans son piège !

— Non. S'il t'arrivait quelque chose, tu ne pourrais plus travailler et je serais obligée de supporter ton sale caractère toute la journée.

— Pourtant, tu le supportes déjà.

— Ce serait pire !

A présent, Michael embrassait les paupières de Pandora.

— Essaie encore, lui susurra-t-il d'une voix enjôleuse. Je suis sûr qu'il y a une autre raison.

Pandora ouvrit les yeux et le défia du regard.

— Cela te pose vraiment un problème de ne pas le savoir ?

— Non.

Le baiser qu'il donna à Pandora n'était plus si tendre cette fois. Il la plaqua un peu plus contre lui, désireux de la faire plier.

— Je voudrais juste que tu le dises.

— Après tout, tu es un membre de la famille toi aussi, insinua Pandora sur le mode de la plaisanterie.

Michael éclata de rire puis se mit à mordiller le lobe velouté de son oreille.

— N'essaie pas de te défiler.

Il sentit Pandora se raidir d'indignation.

— Me défiler, moi ?

— Parfaitement. Comme chaque fois que les choses échappent à ton contrôle.

Il posa les mains sur ses seins.

— Tes liens avec les autres membres de la famille n'ont rien à voir avec ceux-là, Pandora.

— Qu'attends-tu de moi, Michael ? chuchota-t-elle.

— Tu m'as habitué à plus de vivacité.

— Ne plaisante pas.

— Je suis sérieux, Pandora.

Il s'écarta d'elle et la prit par les épaules.

— Non, je ne te forcerai pas à avouer. J'attendrai le temps qu'il faudra. Tu finiras bien par me dire que nous voulons la même chose.

— Toujours aussi arrogant ! dit Pandora, mi-figue, mi-raisin.

— Pas arrogant, corrigea Michael. Sûr de moi.

Viendrait le jour où elle rendrait les armes. Il le savait.

— J'ai envie de toi, dit-il dans un souffle.

Une onde électrique parcourut l'échine de la jeune femme.

— Je sais.

Michael enlaça ses doigts.

— Tu vois, quand tu veux…

Chapitre 11

L'hiver s'installa un peu plus et, avec lui, des tourmentes de neige qui obligeaient Pandora à pelleter tous les matins la courte allée qui menait à son atelier. Elle aimait cette activité physique intense qui lui permettait, durant de longues minutes, de faire paisiblement le point sur sa vie.

C'est ainsi qu'elle avait compris que celle-ci ne serait plus jamais la même. Elle avait longtemps cru que son art avait évolué au gré de ses émotions. En vérité, il n'en était rien. C'était même le contraire qui se produisait. Elle utilisait son art pour tenir à distance le tumulte intérieur qui l'agitait. Elle s'y raccrochait comme un naufragé à son radeau.

La prise de conscience brutale du fait que sa santé, sa vie même, était en danger, lui avait fait prendre ses distances. Elle s'appliquait désormais à apprécier tous ces petits plaisirs que la vie lui offrait et qu'elle avait tenus, jusque-là, pour acquis. Se réveiller dans un lit douillet, regarder la neige tomber, écouter le feu crépiter dans la cheminée. Ces quelques mois à « La Folie » lui avaient appris à quel point chaque minute de son existence était précieuse.

Elle avait pris la décision de faire un saut à New York pour rapporter de son appartement les choses qui lui paraissaient essentielles. Ce serait là l'occasion d'effectuer un véritable travail de tri, une façon d'établir sa vie sur de nouvelles bases. Et d'accepter la nouvelle femme qu'elle était devenue.

Le bail de son appartement et celui de son atelier arrivant à terme, elle ne les reconduirait pas. Et plutôt que de vivre seule, elle vivrait en compagnie des vieux serviteurs de son oncle et veillerait sur eux. L'époque où seuls comptaient sa petite personne et la vie linéaire qu'elle s'était tracée lui semblait à des années lumière de là. Et elle qui ne pouvait se passer de la vie trépidante de New York, elle s'installerait définitivement à la campagne. Sans le moindre regret.

Quant à Michael…

D'ici à quelques semaines, tout serait terminé. Le long hiver qu'ils auraient partagé deviendrait un lointain souvenir qui alimenterait d'autres longues soirées d'hiver. Elle ne devait rien regretter. Une nouvelle vie l'attendait. Pourtant, elle ne pouvait s'empêcher d'imaginer… La vie réservait parfois de ces surprises.

La police avait commencé son travail d'investigation et imposé sa loi. Pandora devait désormais arrêter de travailler à la nuit tombée et veiller à tout refermer soigneusement derrière elle. Quant aux promenades en solitaire dans les bois, elles lui étaient formellement interdites. Elle s'était pliée au rituel qui consistait à vérifier chaque soir toutes les fermetures des portes et des fenêtres qui, du temps de Jolley, restaient allègrement déverrouillées.

Souvent, lorsque après sa journée de travail elle regagnait la maison, elle voyait la silhouette de Michael se détacher de la fenêtre de son bureau. Il l'observait. Elle savait qu'il attendait qu'un miracle se produise.

Depuis leur retour de New York où ils s'étaient rendus pour la déposition de Michael, celui-ci se montrait plus réservé à l'égard de la jeune femme et témoignait d'une nervosité inhabituelle. Bien que tous deux aient compris la nécessité d'être protégés par une patrouille de police, il n'en restait pas moins que leur intimité pâtissait de cette intrusion permanente dans leur vie quotidienne.

L'enquête piétinait, tous les membres de la famille ayant présenté de solides alibis pour chacun des incidents survenus. Toujours est-il qu'il n'y avait plus de coups de fil anonymes, de rôdeurs autour de la maison, de faux télégrammes. Cependant, tout comme l'avait prévu Pandora, la réaction de ses proches ne s'était pas fait attendre. Carlson, au comble de la colère, l'avait appelée pour l'accuser de vouloir saper le cours de l'instruction. Ginger avait envoyé une lettre dans laquelle elle disait que « La Folie » était hantée. Morgan, lui, leur avait reproché à grands coups d'insultes la présence de la police dans leurs affaires familiales. Quant à Biff, il s'était manifesté au travers d'un bref message aussi nébuleux que ses discours : « Au jeu du gendarme et du voleur, vous me semblez être en bonne position. »

Hank s'était abstenu de tout commentaire.

Le laboratoire de la police avait confirmé les analyses déjà effectuées et Randall poursuivait son enquête à sa manière, calme et précise.

Michael se demandait comment Pandora pouvait supporter tout ce bouleversement avec une telle résignation. Lui qui rongeait son frein en permanence pour ne pas ruer dans les brancards ! Il ne lui avait fallu que quelques jours pour réaliser que le pire était l'attente. Devoir assister, passif, à l'enquête, le rendait fou de rage. Il ne s'accorderait aucun répit tant qu'il saurait Pandora en danger, tant que le coupable serait en liberté.

Depuis la porte de l'atelier de Pandora devant laquelle il se tenait, Michael observait la silhouette imposante de la maison qui se détachait dans la semi-obscurité. Avec ses murs hérissés de tourelles, ses gouttières anciennes desquelles pendaient de longues stalactites scintillantes, elle donnait l'impression d'un château gothique effrayant, tout droit sorti d'un conte pour enfants. Peut-être un jour écrirait-il une histoire dont elle serait le décor. Mais pour l'heure, si sinistre soit-elle en apparence, elle était tout simplement son foyer. En contemplant les volutes de fumée blanche qui s'échappaient des hautes cheminées, il lui vint à l'esprit que cette maison était la sienne et qu'il l'avait toujours aimée. Il se demanda comment Pandora réagirait lorsqu'il lui annoncerait que lui aussi avait l'intention de rester, une fois leur contrat honoré.

Il s'apprêtait à mettre le point final au dernier scénario de la saison et il ne restait qu'un épisode à tourner avant que la série ne s'interrompe jusqu'à l'automne. Ensuite il aurait la possibilité, comme il en avait l'habitude, de prendre quelques semaines de vacances sur une île à la mode où il pourrait pêcher, se détendre et rencontrer de jolies filles. Mais il savait qu'il n'en ferait rien.

Parallèlement à l'écriture de son scénario, il avait sérieusement réfléchi à une idée de film. Il avait l'intention de rester à « La Folie » pour donner vie à son projet. Avec Pandora à ses côtés, il se sentirait plus fort, plus déterminé. Ses critiques constructives ne pourraient que le stimuler. Mais pour en arriver là, il lui fallait s'armer encore de patience et attendre que Pandora lui ouvre son cœur.

Ses poings, qu'il tenait machinalement serrés au fond de ses poches, se relâchèrent. Il abaissa la poignée de la porte de l'atelier et constata avec satisfaction que Pandora obéissait aux consignes strictes de l'inspecteur Randall.

— Pandora ! appela-t-il en frappant doucement.

Elle vint lui ouvrir, une tenaille à la main. Attendri, Michael avisa ses cheveux ébouriffés, ses joues rouges. Il leva les bras, paumes tendues vers elle.

— Je ne suis pas armé, dit-il sur le mode de la plaisanterie.

— Et moi, je suis occupée, rétorqua-t-elle, faussement irritée.

— Je sais bien que j'empiète sur tes heures de travail mais j'ai un motif valable.

— Entre, il fait froid, dit-elle en refermant la porte derrière eux.

— Brrr, il ne fait pas beaucoup plus chaud à l'intérieur.

— C'est la température idéale pour ce genre d'activité. Et j'étais justement en train de travailler, souligna-t-elle de nouveau.

— Tu n'as qu'à t'en prendre à Sweeney. Elle m'envoie faire des courses et elle tient absolument à ce que tu m'accompagnes. Elle trouve que tu passes trop de temps dans ce trou à rat et que tu as besoin de prendre l'air.

L'idée de faire un tour en ville était séduisante. Et

puis ce serait l'occasion de prendre contact avec le joaillier du centre commercial.

— D'accord, finit-elle par dire. Mais je dois d'abord terminer ce que j'ai commencé.

— Je ne suis pas pressé.

— Parfait. J'en ai pour une demi-heure.

Michael, visiblement intéressé par le laminoir qui était à proximité, ne semblait pas disposé à quitter les lieux.

— Michael ! reprocha Pandora avec une pointe d'exaspération.

— Vas-y, prends ton temps.

— Michael, tu n'as vraiment rien de mieux à faire ?

— Rien du tout.

— Tu as terminé ton scénario ?

— Presque. J'ai envie de voir comment tu t'y prends.

— Et moi je ne supporte pas d'avoir quelqu'un derrière moi. Ça me rend nerveuse.

— Eh bien, c'est le moment de t'entraîner, ma chérie. Tiens, tu n'as qu'à imaginer que je suis ton apprenti !

Puis, sans lui laisser le temps de protester, il pointa du doigt l'établi sur lequel travaillait Pandora.

— C'est quoi, ça ?

— *Ça*, comme tu l'appelles, commença Pandora avec raideur, est l'ébauche d'un pendentif. Je le fais avec ce qu'il reste de cuivre et d'argent d'un bracelet.

— Aucune perte, murmura Michael. Toujours l'esprit pratique.

Pandora sourit. Elle terminerait à son retour. Peut-être même, s'ils ne rentraient pas trop tard, aurait-elle le temps d'attaquer sa prochaine création.

Elle retira son tablier et enfila son manteau.

— Tu m'invites à déjeuner ?

— Justement, j'allais te poser la même question.

— Trop tard ! C'est moi qui l'ai posée en premier.

Elle ferma la porte à clé et inspira une profonde bouffée d'air frais.

— La neige commence à fondre, constata-t-elle.

— Oui, dans quelques semaines, les douzaines de bulbes que Jolley a plantés vont sortir de terre.

— Des jonquilles, murmura Pandora, le regard soudain voilé de tristesse.

Il lui parut impossible que malgré le froid et l'épaisse couche de neige, le printemps soit néanmoins si proche.

— L'hiver a si vite passé !

Michael enlaça tendrement la jeune femme.

— Je n'aurais jamais imaginé que les cinq mois que nous venons de traverser ensemble puissent filer à une telle rapidité. Et sans même que nous essayions de nous entretuer !

Pandora éclata de rire et régla son pas sur celui de son compagnon.

— Ce n'est pas fini, il nous reste encore un mois !

— Je crois qu'il faut que nous nous tenions correctement. Le lieutenant Randall nous a à l'œil, lui rappela-t-il sans toutefois relâcher son étreinte.

Ignorant la remarque de Michael, Pandora se tourna vers lui et noua ses bras autour de sa nuque.

— Il y a pourtant eu des moments où je t'aurais volontiers étripé, murmura-t-elle d'un ton espiègle.

— C'est drôle. Moi aussi, chuchota à son tour Michael en se penchant pour prendre les lèvres de la jeune femme.

Sweeney, qui, postée derrière la fenêtre de la cuisine, n'avait rien raté de la scène, ouvrit grand les rideaux.

— Regardez-moi ça ! dit-elle, toute rouge d'excitation. Je t'avais bien dit que ça marcherait, caqueta-t-elle à l'intention de Charles. Et d'ici à quelques semaines, je te prédis un beau mariage !

— Tu ferais bien de ne pas mettre la charrue avant les bœufs, laissa tomber ce dernier en regardant Pandora bombarder Michael de boules de neige.

Dans une volonté désespérée d'échapper aux représailles, Pandora courut à perdre haleine jusqu'au garage. A peine avait-elle atteint la porte qu'un projectile vint s'y écraser.

— Encore raté ! clama-t-elle avec provocation.

Elle rassembla toutes ses forces pour soulever le lourd panneau de fer puis elle se précipita dans la voiture de Michael et se carra fièrement dans le siège du passager. Il n'oserait pas souiller son bel intérieur en cuir ! Contre toute attente et sans hésiter une seconde, Michael ouvrit la portière et écrasa une énorme boule de neige sur la tête de Pandora.

— Je suis bien meilleur au corps à corps, énonça-t-il posément.

Pandora essuya tout aussi posément les petits cristaux de neige qui étoilaient son manteau. Elle jugeait déplacé de se montrer indignée, elle qui avait lancé l'offensive.

— Il me semblait à moi que quand on possédait une voiture aussi luxueuse, on y faisait plus attention, déclara-t-elle.

— Figure-toi que j'ai acheté cette voiture parce que

j'adore rouler à grande vitesse. Et… parce qu'elle va bien aux rousses.

— Ainsi qu'aux blondes et aux brunes, ironisa Pandora.

— Aux rousses, assura fermement Michael en enroulant une mèche des cheveux de Pandora autour de ses doigts. J'ai découvert que ce sont celles que je préfère.

Pandora afficha un sourire béat. Elle l'avait toujours lorsque Michael attaqua la longue descente tortueuse qui menait à Catskills.

Elle se pencha vers la chaîne stéréo en quête d'une station plus proche de ses goûts.

— La plupart des hommes ont un équipement de ce genre dans leur garçonnière.

— Je n'ai pas de garçonnière.

— Si j'ai bonne mémoire, tu n'as plus non plus de télévision.

Michael fit mentalement l'inventaire de ce qui lui avait été volé.

— L'assurance me remboursera.

— A condition qu'il s'agisse d'un véritable cambriolage, comme te l'a signifié la police.

— Sinon, je…

Michael s'interrompit net. La pédale de frein, qu'il était en train de presser pour prendre une courbe, n'offrait plus aucune résistance.

— Michael, si tu essaies de m'impressionner avec tes talents de pilote, c'est raté, annonça Pandora qui, pressentant instinctivement le danger, s'agrippait à la poignée de la portière.

Dirigeant le volant d'une main, Michael tira d'un coup

sec le frein à main de l'autre. Mais rien ne se produisit. Il jeta un coup d'œil au compteur de vitesse : celui-ci affichait une vitesse de soixante-dix kilomètres/heure.

— Plus de freins, conclut-il.

Livide, Pandora s'accrocha un peu plus à la poignée.

— Nous ne nous en sortirons pas, n'est-ce pas ? s'enquit-elle d'une voix blanche.

— Non, répondit Michael avec franchise.

Il parvint à négocier la courbe suivante dans un crissement de pneus sinistre, puis alors que le contrôle lui échappait totalement, la voiture alla buter contre la barrière de sécurité avant de reprendre sa course folle.

Pandora vit, comme dans un mauvais rêve, le panneau indiquant trente kilomètres/heure. La voiture était lancée à soixante-quinze. Elle ferma les yeux et découvrit, en les rouvrant, l'énorme congère qui se profilait devant eux. Elle poussa un cri. Michael n'eut que quelques secondes pour donner le coup de volant qui leur fit faire une embardée. La voiture dérapa, soulevant derrière elle une épaisse poussière blanche.

Les mâchoires crispées, Michael fixait intensément la route, anticipant chaque virage. Des gouttes de sueur ruisselaient sur son visage. Il connaissait cette route comme sa poche. Dans moins de deux kilomètres l'inclinaison de la route allait s'accentuer et à la vitesse à laquelle ils roulaient, il ne pourrait plus rien faire. La voiture plongerait tout droit dans l'abîme. Et ce qui, au départ, n'avait été qu'un clin d'œil de leur oncle Jolley allait se terminer en drame.

Une onde de panique submergea Michael, qu'il refoula tout aussi vite.

— Il nous reste une chance de nous en sortir,

annonça-t-il d'une voix blanche. C'est de prendre l'embranchement qui mène à la vieille auberge. Il est juste après ce virage.

Michael regretta de ne pouvoir quitter la route des yeux une seconde. Il aurait tant voulu regarder Pandora une dernière fois ! Ses mains se crispèrent sur le volant.

— Accroche-toi, Pandora.

Elle allait mourir. Elle en était persuadée. Elle entendit les pneus crisser tandis que Michael tournait désespérément le volant. La voiture pencha, manquant de se retourner. Elle retrouva son équilibre et avec lui, sa vitesse. L'espace d'un bref instant, Pandora eut l'impression que les roues adhéraient enfin à la route. Mais le virage s'annonçait trop serré, la vitesse était trop importante. Résignée à mourir, elle regardait les arbres défiler à une allure vertigineuse.

— Je t'aime, murmura-t-elle en posant sa main sur la cuisse de Michael.

Les mots pénétrèrent lentement l'esprit de Michael. Des mots tant attendus qui le faisaient atrocement souffrir. Puis il y eut un bruit effroyable de tôle froissée.

Lorsqu'il ouvrit les yeux, après quelques secondes qui lui parurent une éternité, il vit un jeune garçon tambouriner à la vitre. La panique se lisait dans son regard.

— Monsieur ! Hé, monsieur ! Tout va bien ?

Sonné, Michael ouvrit sa portière.

— Allez chercher de l'aide, parvint-il à articuler tout en luttant pour ne pas s'évanouir.

Il aspira avidement quelques goulées d'air frais tandis que le garçon détalait à travers bois.

« Pandora. » La peur s'insinua dans ses veines. En deux secondes il fut auprès d'elle. Ses doigts tremblants tâtaient le cou de la jeune femme, cherchant fébrilement des signes de vie. Lorsque, enfin, il trouva le pouls, il s'autorisa à s'attarder sur la blessure de son front. Du sang coulait sur son visage et sur ses mains. Il sortit de la boîte à gants la trousse de secours puis après avoir désinfecté et pansé la plaie, il palpa doucement les membres de la jeune femme qui se mit à gémir.

— Ne bouge pas, lui murmura-t-il tandis qu'elle tentait de sortir de son siège. Tout va bien, à présent.

Tendrement, il prit son visage entre ses mains et continua à lui chuchoter des paroles réconfortantes à l'oreille. Peu à peu le voile qui troublait la vue de Pandora disparut. Elle chercha la main de Michael.

— Les freins…, ânonna-t-elle péniblement.

Michael pressa légèrement sa joue contre celle de Pandora.

— N'y pense plus. Nous nous en sommes sortis.

Encore sous le choc, Pandora regarda lentement autour d'elle. La voiture semblait encastrée dans un arbre. Ils devaient à l'épaisse couche de neige d'avoir suffisamment freiné la voiture pour leur éviter une issue fatale.

Les larmes se mirent à rouler sur ses joues.

— Nous… Tu vas bien ? hoqueta-t-elle en lui caressant à son tour le visage. Michael, tu vas bien ?

— Formidable ! clama-t-il, désireux de taire les élancements spasmodiques de son poignet et la violente migraine qui lui martelait les tempes. Ne bouge pas, répéta-t-il en empêchant Pandora de sortir. On ne sait jamais. J'ai envoyé un garçon chercher de l'aide.

— Ma tête…, commença la jeune femme.

Elle s'interrompit, tremblante, en remarquant les traces de sang sur les mains de Michael.

— Mon Dieu, Michael, tu saignes ! Où es-tu blessé ?

— Ce n'est pas moi, Pandora. C'est toi. Tu as une blessure à la tête.

Pandora porta ses mains fébriles à son bandage. Elle souffrait, mais au moins était-elle en vie.

— J'ai cru que j'allais mourir.

Elle ferma les yeux, les larmes ruisselant de plus belle entre ses cils baissés.

— J'ai cru que nous allions mourir tous les deux.

— Pourtant, tu vois, nous allons bien, la rassura Michael.

Ils entendirent, au loin, le hurlement des sirènes qui se rapprochaient.

— Michael, que s'est-il passé ?

Malgré la douleur fulgurante qui lui vrillait les tempes, elle gardait les idées claires.

— C'était une tentative de meurtre, n'est-ce pas ? ajouta-t-elle, connaissant déjà la réponse.

Michael opina, indifférent à l'ambulance qui venait d'arriver.

— J'en ai assez d'attendre, Pandora, dit-il en serrant les mâchoires. J'en ai assez d'attendre.

Le lieutenant Randall trouva Michael dans la salle d'attente des urgences. Il déroula sa longue écharpe, déboutonna son manteau et alla s'asseoir à côté de Michael, sur une inconfortable banquette de bois.

— Apparemment, vous avez eu un sérieux problème ? attaqua-t-il sans préambule.

— Apparemment, oui.

Randall désigna d'un signe de tête le bandage qui entourait le poignet de Michael.

— Ça va ?

— Vu l'état de la voiture… Je me dis que j'ai eu de la chance. Je m'en sors avec une simple entorse et quelques contusions.

— Vous avez une idée de ce qui a pu se passer ?

— Les freins ont lâché. Je n'en avais déjà plus lorsque j'ai attaqué la descente.

— Quand aviez-vous utilisé votre voiture la dernière fois ? interrogea Randall, son éternel bloc-notes à la main.

— Il y a environ dix jours. J'avais dû me rendre à New York pour signer une déposition au sujet du cambriolage de mon appartement.

— Où garez-vous habituellement votre voiture ?

— Dans le garage.

— Vous le fermez à clé ?

Michael fixait le couloir où Pandora se trouvait avant d'être emmenée loin de lui.

— Le garage ? dit-il en revenant péniblement sur terre. Heu… Non. Mon oncle y avait fait installer un système de télécommande à distance il y a quelques années. Mais il l'avait fait retirer et depuis… La voiture de Pandora ! Si…

— Ne vous inquiétez pas, intervint Randall de sa

voix égale. Nous allons la faire vérifier. Mlle McVie se trouvait-elle avec vous au moment de l'accident ?

Michael mourait d'envie de griller une cigarette.

— Oui. Les médecins sont en train de la soigner.

Au souvenir du sang de Pandora sur ses mains, Michael sentit une rage froide l'envahir.

— Je trouverai le salaud qui a fait ça, inspecteur ! Et quand je l'aurai trouvé…

— Ne me dites rien qui pourrait se retourner un jour contre vous, monsieur Donahue, le prévint Randall.

Il savait que ce n'était pas seulement des paroles en l'air, destinées à soulager de trop fortes tensions.

— Et laissez-moi faire mon travail.

Michael l'épingla de son regard métallique.

— Quelqu'un joue à un jeu dangereux avec une personne qui m'est très chère. Si vous étiez à ma place, vous attendriez tranquillement en vous tournant les pouces ?

Randall esquissa un petit sourire compréhensif.

— Vous savez, Donahue, je ne rate jamais un épisode de votre série. C'est toujours un grand moment. Et les événements que vous traversez en ce moment me font bigrement penser à l'un d'eux.

Il marqua une légère pause et reprit :

— Le problème, c'est que dans la réalité les choses ne se passent jamais comme à la télévision. Ah, je crois que voici votre *cousine*.

Michael, feignant d'ignorer le ton ironique du lieutenant, se précipita vers Pandora.

— Je vais bien, le rassura-t-elle avant même qu'il ne la questionne.

— Pas tout à fait comme je le voudrais, corrigea le

médecin qui l'accompagnait. Mlle McVie souffre d'une commotion cérébrale qu'il serait bon de surveiller.

Pandora glissa son bras sous celui de Michael et adressa un sourire angélique à l'homme en blanc.

— Il n'est pas question que vous me gardiez prisonnière ici, déclara-t-elle fermement. Viens, Michael, rentrons à la maison.

— Une minute, répondit Michael en se tournant vers le médecin. Vous vouliez la garder à l'hôpital ?

— Michael…

— Tais-toi, coupa Michael d'un ton péremptoire.

— Une commotion cérébrale ne doit pas être prise à la légère. Il serait donc plus sage que Mlle McVie passe la nuit dans notre établissement.

— Je refuse de rester à l'hôpital pour une simple bosse à la tête, riposta Pandora.

Elle avisa soudain Randall et le salua gentiment.

— Bonjour lieutenant.

— Mademoiselle McVie.

Puis, relevant fièrement le menton, Pandora reprit à l'intention du médecin :

— Et maintenant docteur… ?

— Barnhouse.

— Docteur Barnhouse, sachez que je suivrai vos conseils à la lettre. Je vais me reposer, éviter toute forme de stress et au moindre signe alarmant de nausée ou de vertiges, je serai à votre porte. Je peux vous certifier que je ne cours plus aucun risque, maintenant que Michael est persuadé que je suis invalide. Il sera là pour veiller personnellement sur moi, soyez-en assuré.

Loin d'être convaincu, le médecin se tourna vers Michael.

— Je ne peux pas la forcer à rester, bien sûr.

— Si vous croyez que, moi, je le peux, c'est que vous avez encore beaucoup à apprendre sur les femmes.

Barnhouse ne pouvait que capituler.

— Je veux vous revoir dans une semaine, lui enjoignit-il avec sévérité. Plus tôt, si survient l'un des symptômes que nous avons évoqués. Et je vous ordonne de garder le lit pendant vingt-quatre heures. Ce qui signifie sans mettre le pied par terre.

— Bien, docteur, acquiesça Pandora en lui tendant une main amicale. Merci de votre gentillesse.

Les lèvres de Barnhouse se pincèrent.

— Une semaine, répéta-t-il en s'éloignant à grandes enjambées.

— Pour un peu, je le soupçonnerais de te trouver à son goût.

— Il m'a certainement trouvée irrésistible, le visage dégoulinant de sang et un trou dans la tête, se moqua Pandora.

— Je n'en doute pas, murmura Michael en lui embrassant tendrement la joue.

Il en profita pour examiner les six points de suture qui disparaissaient à demi dans la foison de boucles rousses.

— Allons, décida-t-il avec détermination, rentrons à la maison que je puisse te dorloter.

— Je vous ramène, décréta Randall. J'en profiterai pour jeter un coup d'œil au garage.

Ils n'avaient pas franchi le seuil depuis cinq minutes que Sweeney avait pris Pandora sous son aile protectrice. Elle ne laissa pas à la jeune femme le temps de protester et la guida d'une main ferme jusque dans son lit. Là, elle la borda puis elle redescendit lui préparer une soupe chaude et une tasse de thé.

Bien qu'épuisée, Pandora n'arrivait pas à trouver le sommeil. Elle dessinait, tentant d'éloigner de son esprit les pensées horribles qui affluaient.

Un meurtre. Ils avaient été victimes d'une tentative de meurtre. Un oncle, une tante, un cousin était prêt à les tuer pour une vulgaire question d'argent. Mais qui ? Qui aimait l'argent au point de vouloir sacrifier des vies humaines ? Monroe le hâbleur, Biff le fanfaron, Ginger la coquette ?

Pour la première fois Pandora regretta de ne pas les connaître assez. Peut-être aurait-elle eu la réponse à sa question.

Lorsque Michael entra dans la chambre, elle avait croqué une demi-douzaine de visages.

— Jolies gueules de repris de justice, commenta-t-il avec sarcasme.

Il revenait du garage où Randall et lui avaient trouvé la quasi-totalité du liquide de freins répandue sur le sol. Le coupable ayant juste laissé de quoi effectuer normalement les premiers kilomètres.

— Qu'est-ce que tu vois ? s'enquit Pandora.

— Que tu possèdes des talents de dessinatrice exceptionnels et que tu ferais bien de t'essayer à la peinture.

— Je voulais dire, dans leurs visages. Parce que moi, je ne leur trouve rien de particulier. Rien qui fasse d'eux des criminels, en tout cas.

— Oh n'importe qui est capable de tuer, tu sais !

Michael ne laissa pas le temps à la jeune femme de s'indigner. Il poursuivit.

— Oui, n'importe qui. Tout dépend ensuite du motif, de la personnalité, des circonstances. Quelqu'un qui se sent menacé est un meurtrier en puissance.

— Mais c'est complètement différent !

— Non, affirma Michael en s'asseyant sur le lit. Certaines personnes tuent pour se protéger, d'autres par cupidité, mais le résultat est le même.

— Alors tu crois qu'une personne ordinaire, sans histoires, peut tuer pour parvenir à ses fins ?

En guise de réponse, Michael pointa du doigt les portraits qu'il avait sous les yeux.

— L'un d'eux a essayé. Peut-être est-ce tante Patience à qui pourtant on donnerait le bon Dieu sans confession.

— Michael ! Tu ne peux pas croire sérieusement…

— Elle voue sa vie à Morgan. De façon obsessionnelle, quasi psychotique. Tu trouves normal qu'elle ne se soit jamais mariée pour vivre dans l'ombre de son frère ? Et lui, justement ? Si arrogant, si présomptueux ! Et qui a toujours clamé haut et fort que Jolley n'était qu'un vieux fou sénile.

— De toute façon, ils le pensaient tous !

— C'est exact. Mais Carlson ? Son fils unique, prêt à contester les dernières volontés de son père.

— Quant à Biff…

Michael éclata de rire en découvrant le portrait criant de vérité qu'en avait fait Pandora.

— Lui, commenta la jeune femme, je ne l'imagine pas en train de se salir les mains.

— Même pour cinquante millions de dollars ? Et

Ginger, poursuivit Michael. Que cache-t-elle sous cette apparente douceur ? Et Hank.

Pandora l'avait dessiné, les biceps exagérément saillants.

— Pourquoi se satisferait-il d'une somme infime quand il pourrait toucher le gros lot ?

— Je ne sais pas, avoua sobrement Pandora. C'est bien là le problème. Même lorsque je les vois tous là, alignés devant moi, je ne sais pas.

— Alignés, murmura Michael. Peut-être tenons-nous là la réponse. Je crois qu'il est temps que nous organisions une petite réunion de famille.

— Tu veux les inviter tous ici ?

— Ça me semble l'endroit idéal.

— Ils ne viendront pas.

— Oh si, ils viendront ! Tu peux me croire !

Michael réfléchissait à toute allure à l'idée qui venait de germer dans son esprit.

— Il suffit de leur faire savoir que les choses ne se passent pas très bien entre nous et tu les verras rappliquer pour donner le coup de pouce final. Tu vois le médecin dans une semaine. Si Barnhouse donne son feu vert, nous pourrons démarrer un nouveau petit jeu.

— Quel jeu, Michael ?

— Dans une semaine, répéta-t-il, énigmatique.

Il prit le visage de la jeune femme entre ses mains et l'étudia attentivement.

— Tu es pâlichonne.

— On le serait pour moins, non ? Et si tu me dorlotais un peu, maintenant ?

Le sourire qu'il affichait disparut au souvenir du

drame qu'ils venaient de vivre. Il serra Pandora un peu plus fort contre lui.

— Seigneur ! Quand je pense que j'ai failli te perdre.

Pandora devina une telle note de désespoir dans la voix de Michael qu'elle ressentit le besoin de le rassurer.

— Nous aurions été perdus tous les deux si tu n'avais pas aussi bien maîtrisé la situation.

Elle se blottit avec bonheur contre l'épaule solide que Michael lui offrait. Elle se surprit à rêver que ce pourrait être pour toujours.

— Je ne pensais vraiment pas que nous pourrions nous en sortir.

Il s'écarta légèrement d'elle pour la regarder. Ses traits étaient tirés mais il sentait sous l'extrême fatigue la grande force qui l'animait.

— Et si nous reparlions plutôt de ce que tu m'as dit juste avant l'accident ?

— J'ai poussé un hurlement ?

— Non.

— Si j'ai critiqué ta conduite, je m'en excuse.

Michael lui releva un peu plus le menton.

— Tu m'as dit que tu m'aimais.

Il regarda la bouche de la jeune femme s'arrondir de surprise. Un autre que lui, dénué d'humour, aurait pu se sentir blessé.

— Disons que j'ai eu la chance de recueillir ce que tu pensais être tes dernières paroles, ajouta-t-il.

Michael bluffait-il ? Elle avait beau fouiller sa mémoire, elle ne se souvenait que de sa main tendue vers lui et de sa volonté éperdue de mourir dans ses bras.

— J'étais hystérique, tenta-t-elle de se justifier.

— Pourtant, tu semblais avoir toute ta raison.

— Michael, tu as entendu le Dr Barnhouse, je ne dois subir aucun stress. Et, si tu tiens vraiment à te rendre utile, descends me chercher une tasse de thé.

— J'ai une meilleure idée pour te détendre, lui dit-il en se glissant à ses côtés après l'avoir renversée sur l'oreiller.

De ses lèvres, tendrement, il effleura la ligne de ses pommettes.

— Je veux que tu me le redises, Pandora, lui chuchota-t-il.

— Michael…, protesta la jeune femme, en essayant de lui échapper.

— Reste tranquille. J'ai juste besoin de te sentir près de moi, de te toucher. Nous aurons toute la vie pour le reste.

Il était si gentil, si patient ! Elle s'était souvent demandé comment un homme aussi volage pouvait se montrer aussi rassurant.

Michael retira ses chaussures et s'allongea à côté d'elle. Il l'attira tout contre lui, la caressant jusqu'à ce qu'il la sente apaisée.

— Je vais prendre soin de toi, promit-il avec une infinie douceur. Et lorsque tu iras mieux, nous veillerons l'un sur l'autre.

— J'irai mieux demain, lui assura-t-elle d'une voix lourde de sommeil.

— Bien sûr. Mais, tu ne me l'as pas redit. M'aimes-tu, Pandora ?

Elle était si fatiguée ! Elle fit néanmoins l'effort de relever la tête pour regarder Michael dans les yeux.

— Quelle importance, de toute façon ? Les gens tombent amoureux tout le temps.

— Les gens, répéta-t-il songeur. Mais, toi, Pandora ? Cela te rend furieuse, n'est-ce pas ?

— Oui, dit-elle en fermant les yeux. Mais je fais de mon mieux pour que ça change.

Michael se blottit contre elle, décidé à se satisfaire de cette réponse. Un jour il parviendrait à ses fins.

Chapitre 12

Michael étudiait les taches sombres qui maculaient le sol du garage avec une fascination mauvaise. Vider le liquide de freinage d'une voiture dans le but de la faire s'écraser contre un arbre, était une méthode aussi vieille que le monde. Lui-même y avait eu recours des centaines de fois dans l'élaboration de ses scénarios. Il connaissait par cœur, pour les avoir déjà imaginés, chacun des desseins meurtriers utilisés à leur encontre. D'ailleurs, il se maudissait de ne pas s'être suffisamment méfié.

De retour à la maison, Michael se dirigea d'un pas ferme vers le téléphone. Il était temps de mettre son plan à exécution.

Il venait de passer son dernier coup de fil lorsque Pandora fit son apparition.

— Michael, il faut que je te parle de Sweeney.

Michael détaillait avec satisfaction la mine reposée de la jeune femme.

— N'est-ce pas l'heure de ta sieste ? demanda-t-il.

— C'est justement ce dont je veux te parler, répondit-elle, les sourcils froncés, en tripotant nerveusement l'extrémité du ruban qui retenait ses cheveux. Je n'ai plus besoin de me reposer, la semaine est écoulée. J'ai vu le médecin et il m'a trouvée en pleine forme.

D'ailleurs, il semblait très contrarié que j'aie recouvré la santé sans son aide. Mais si Sweeney continue à me couver comme elle le fait, je sens que je vais rechuter !

Elle se tenait devant lui, les poings sur les hanches, le menton fièrement relevé, affichant une détermination qui n'entendait pas être discutée.

— Que veux-tu que je fasse ?

— Parle-lui. Elle t'écoutera, toi. Je ne sais pour quelle raison obscure elle trouve ton jugement infaillible. C'est toujours « M. Donahue par-ci, M. Donahue par-là ». Elle me chante sans arrêt tes louanges !

Michael se rengorgea, mais déchanta tout aussi vite. Cet excès de flatteries pourrait lui nuire.

— Ce n'est que son point de vue. Cependant… Et parce que je ne peux rien te refuser, je vais m'en occuper.

— Comment comptes-tu t'y prendre ? s'enquit Pandora, méfiante.

— Sweeney va être si débordée dans les semaines à venir qu'elle n'aura plus de temps à nous consacrer. Je te rappelle qu'elle a le dîner de famille à organiser.

— De quel dîner parles-tu ?

— Celui que nous allons donner en l'honneur des chers membres de notre famille.

Pandora se souvint que Michael était occupé à téléphoner lorsqu'elle l'avait retrouvé.

— Jusqu'où as-tu été ? demanda-t-elle, au comble de la curiosité.

— J'ai juste planté le décor, répondit-il évasivement. Nous allons demander à Sweeney de sortir sa plus belle vaisselle, même si je doute que nous l'utilisions.

Pandora ne voulait pas passer pour une lâche mais l'accident lui avait appris à se montrer méfiante.

— Michael, l'un d'eux a voulu nous tuer.

— Et il a échoué. Mais il ne s'arrêtera pas pour autant, il essaiera encore et encore. La police ne pourra pas patrouiller chez nous indéfiniment.

Il effleura du regard la cicatrice sur le front de Pandora qu'une mèche de ses cheveux dissimulait à demi.

— Nous allons donc régler le problème. Mais à ma façon.

— Michael, je n'aime pas ça du tout.

Michael lui adressa un sourire réconfortant et lui pinça gentiment la joue.

— Fais-moi confiance.

Pandora laissa échapper un profond soupir puis glissa sa main dans celle de Michael.

— Allons dire à Sweeney de mettre les petits plats dans les grands, décida-t-elle avec fermeté.

Jusqu'au dernier moment, Pandora resta persuadée que personne ne viendrait.

Michael et elle avaient passé de longues heures à discuter son plan puis, se pliant à son sens de la stratégie, elle avait fini par capituler. Elle avait hérité de Jolley son goût du spectacle et de la dérision et finalement, se réjouissait à l'idée de participer activement à la scène finale. Elle avait endossé pour le rôle qu'elle avait à jouer une stricte robe noire qu'elle avait rehaussée d'un collier en argent. Une paire de boucles d'oreilles assorties apportait la touche parfaite à sa tenue. Curieusement, à mesure que l'heure approchait, la tension nerveuse se transformait en farouche détermination.

Lorsque Michael la vit, il en resta pétrifié d'admiration. Pourquoi avait-il cherché à se convaincre, tout au long de ces années, que Pandora était dépourvue d'une réelle beauté ? A ce moment précis, elle éclipsait toutes les autres femmes qu'il avait connues. Pourtant, et pour échapper à l'ironie grinçante de Pandora, il se borna à marquer son appréciation par un léger signe de tête.

— Tu es parfaite, commenta-t-il sobrement.

Lui-même, dans un élégant costume sombre à la coupe impeccable, dégageait une impression de force tranquille. Il s'approcha de Pandora et lui prit la main.

— Tu es aussi sophistiquée et sexy qu'une héroïne de Hitchcock. Il aurait pu faire de toi une star.

— Rappelle-toi ce qui est arrivé à Janet Leigh.

Michael éclata de rire.

— Nerveuse ?

— Moins que je ne l'aurais cru. Mais si ton plan échoue…

— Ce ne sera pas pire que ce que nous endurons depuis des semaines. Bien, tu sais ce que tu as à faire.

— Michael ! Nous avons répété au moins une demi-douzaine de fois.

Michael se pencha et déposa un baiser sur les épaules dénudées de la jeune femme.

— Je dois reconnaître que tu joues avec un naturel époustouflant. Et lorsque tout ceci sera fini, nous jouerons notre propre scène.

Il serra un peu plus la main de Pandora, l'empêchant ainsi de lui échapper.

— Il est trop tard pour reculer, Pandora, ajouta-t-il. Beaucoup trop tard.

Pandora se raidit légèrement, sentant la tension nerveuse la regagner.

— Tu es bien sérieux tout à coup, dit-elle sur un ton qu'elle voulait désinvolte.

— Je suis sérieux, tu es pragmatique, nous devrions former une bonne équipe.

— Tu crois ça ? ironisa Pandora.

— J'en suis certain. La vie serait bien trop monotone sans une pointe de piment. Nous devrions y aller à présent, j'entends nos premiers invités arriver.

Il lui donna un dernier baiser qui se voulait encourageant.

— Bonne chance.

En moins d'une demi-heure, toutes les personnes qui étaient présentes à l'ouverture du testament de Jolley se trouvèrent de nouveau réunies dans la bibliothèque. Ils paraissaient aussi nerveux que six mois auparavant.

Pandora fixa le portrait de son oncle, s'attendant presque à ce que ce dernier lui adresse un clin d'œil complice. Il était temps que le jeu commence.

Pandora s'approcha en premier de Carlson et de sa femme qui, maussades, se tenaient près des rayonnages.

— Oncle Carlson, je suis si contente que tu aies pu venir ! Je trouve que nous ne nous voyons pas assez.

— Pas d'hypocrisie, je te prie, rétorqua Carlson en faisant tourner son whisky dans son verre. Si tu t'imagines que tes belles paroles vont me dissuader de contester cet absurde testament, tu te trompes.

Pandora lui adressa un sourire éblouissant.

— Ne t'inquiète pas, lui dit-elle, je n'en espérais pas autant. Sache cependant que d'après Fitzhugh, tu n'as aucune chance de l'emporter. Mais tu as raison sur un point, ce testament est absurde. M'obliger à vivre sous le même toit que Michael pendant six mois était une idée complètement loufoque.

Elle fit négligemment courir ses mains sur son collier puis reprit :

— Je dois t'avouer, oncle Carlson, qu'à plusieurs reprises j'ai failli renoncer. Il m'a rendu la vie impossible pendant six mois. Une fois, il a prétendu que sa mère était malade, une autre fois, il m'a enfermée dans la cave. Un vrai gamin !

Elle accompagna ses paroles d'un regard dédaigneux en direction de Michael. Carlson l'écoutait parler en sirotant nerveusement son whisky.

— Heureusement, le contrat arrive à son terme, ajouta-t-elle avec un sourire faussement ingénu. Et pour fêter cela, Michael va déboucher la bouteille de champagne qu'il a reçue pour Noël et qu'il conservait jalousement pour une pareille occasion.

Pandora entendit le verre de Mona tomber sur le tapis persan.

— Ce n'est rien, lui dit-elle d'une voix doucereuse. Je vais envoyer quelqu'un nettoyer cela. Veux-tu que je te resserve ?

— Non, cela ira, répondit Carlson à la place de son épouse. Excuse-nous, ajouta-t-il en prenant celle-ci par le coude pour l'entraîner à l'écart.

Pandora ressentit un intense sentiment d'excitation. Ainsi donc, c'était Carlson !

— J'ai arrêté de fumer depuis six mois, disait de son côté Michael à Hank et à sa femme qui approuvaient d'un signe de tête.

— Tu verras, tu n'auras qu'à t'en féliciter, affirma

Hank de sa voix traînante. Après tout, nous sommes seuls responsables de notre santé.

— C'est en effet ce que je me disais récemment, rétorqua sèchement Michael. Mais, vivre avec Pandora pendant six mois n'a pas été facile. Elle a fait de ma vie un enfer. Figure-toi qu'elle m'a fait envoyer un télégramme bidon qui m'a obligé à me rendre en Californie, au chevet de ma mère, soi-disant mourante.

Il jeta un coup d'œil par-dessus son épaule, fronçant les sourcils dans le dos de Pandora.

— Si tu as réussi à passer le cap des six mois sans fumer…, reprit Meg désireuse de réorienter la conversation sur le terrain plus neutre de la santé.

Michael l'interrompit, feignant de ne pas l'avoir entendue.

— Enfin, d'ici à quelques jours, nous aurons honoré notre contrat et je ne serai plus obligé de vivre avec cette femme impossible !

Il adressa un sourire hypocrite à Hank.

— Et ce soir, pour fêter ça, pas question de jus de carottes ! J'ai réussi à sauver une bouteille de champagne qu'un admirateur anonyme m'a envoyée pour Noël. Ce sera l'occasion idéale pour l'ouvrir.

Les doigts de Hank se crispèrent sur son verre, tandis que le visage de Meg devenait blême.

— C'est-à-dire…, balbutia-t-il en cherchant de l'aide dans le regard de sa femme, que… que nous ne buvons jamais d'alcool.

— On ne peut pas dire que le champagne soit de l'alcool, insista Michael qui faisait preuve d'une jovialité excessive. Si vous voulez bien m'excuser…

Il se dirigea vers le bar où il attendit que Pandora le rejoigne.

— C'est Hank, chuchota-t-il à la jeune femme.

— Non, décréta cette dernière en ajoutant un trait de vermouth dans son verre, c'est Carlson.

Reprenant consciencieusement son rôle, elle ajouta à voix haute, afin de se faire entendre de l'assemblée :

— Tu es vraiment insupportable, mon pauvre Michael ! Toutes les fortunes du monde ne valent pas que je passe un jour de plus en ta compagnie !

— Espèce de snob intellectuelle ! clama-t-il en levant son verre dans sa direction. Moi, je compte les jours.

Dans un bruissement de soie, Pandora alla rejoindre Ginger.

— Je ne sais pas comment je fais pour garder mon sang-froid avec un type pareil.

Ginger vérifia la tenue de son maquillage dans un ravissant miroir de poche avant de répondre :

— Oui, mais qu'est-ce qu'il est beau !

— On voit bien que ce n'est pas toi qui vis avec lui. Une semaine à peine après que nous sommes venus nous installer ici, il a vandalisé mon atelier. Et il a eu le culot d'essayer de faire croire à l'acte d'un vagabond.

Ginger fronça les sourcils et se repoudra légèrement le nez.

— Ce n'est pas possible ! Je me disais…

Elle s'interrompit, soudain fascinée par les boucles d'oreilles que portait sa cousine.

— Elles sont magnifiques !

De son côté, Michael feignait de s'intéresser au discours nébuleux que lui tenait Monroe sur les cours de la Bourse. Il attendit patiemment le moment propice pour intervenir.

— Lorsque tout sera terminé, je ferai appel à tes conseils. J'ai l'intention de m'impliquer activement dans les usines chimiques de Jolley. Il y a beaucoup d'argent à faire dans le domaine des fertilisants et des pesticides.

Il regarda Patience applaudir à son annonce et se soustraire au regard noir de son frère.

— En ce moment, il vaut mieux investir dans l'informatique, commenta brièvement Morgan.

Michael esquissa un petit sourire.

— Je vais me renseigner là-dessus.

Pandora ne tira rien d'intéressant de Ginger. Les cinq minutes de conversation qu'elle eut avec elle ne lui apportèrent qu'un début de migraine. Elle décida alors de tenter sa chance avec Biff.

— Tu me parais en pleine forme, attaqua-t-elle, souriante.

— Toi, en revanche, je te trouve un peu pâle.

— Les six derniers mois n'ont pas été de tout repos, précisa-t-elle sur le mode de la confidence. Je comprends maintenant pourquoi tu l'as toujours détesté. Je me demande bien ce qu'oncle Jolley pouvait lui trouver. Peut-être son goût prononcé pour les farces stupides. Tu te rends compte, il est allé jusqu'à m'enfermer dans la cave !

— Cela ne m'étonne qu'à moitié. Il n'a jamais vraiment appartenu à notre monde.

Pandora se mordit la langue avant d'acquiescer.

— Et un soir, ajouta-t-elle, il m'a appelée en déguisant sa voix. Il a tenté de m'effrayer en me racontant que quelqu'un allait essayer de m'assassiner.

Les sourcils de Biff se joignirent en une mimique surprise.

— C'est affreux.

— Enfin, les choses se sont à peu près calmées. Au fait, as-tu aimé le champagne que je t'ai envoyé ?

Les doigts de Biff se crispèrent sur son verre.

— Du champagne ?

— Oui, je te l'ai envoyé juste après Noël.

— Ah, oui, dit-il en scrutant le visage de Pandora d'un air suspicieux. C'était donc toi ?

— Oui. J'ai eu cette idée juste après que Michael en a reçu une bouteille. D'ailleurs, il a promis de l'ouvrir ce soir. Excuse-moi, je dois aller vérifier le dîner.

Son regard croisa celui de Michael tandis qu'elle quittait la pièce. Dans la cuisine, Sweeney mettait la touche finale au repas.

— S'ils ont faim, ronchonna-t-elle, il faudra qu'ils attendent encore dix minutes.

— Sweeney, il est temps d'y aller.

— Je sais, je sais, mais le jambon n'est pas tout à fait cuit.

Pandora avait demandé à Sweeney de descendre à la cave, de couper le compteur électrique et d'attendre exactement une minute avant de le remettre en marche. La vieille servante s'était tout d'abord montrée réticente, puis avait accepté de participer au plan des jeunes gens. Elle s'essuya les mains à son tablier puis descendit les marches qui menaient à la cave. Soulagée, Pandora regagna la bibliothèque.

Comme il l'avait prévu, Michael se tenait près du

bureau. Il adressa un léger signe de tête à Pandora lorsqu'elle entra dans la pièce.

— Le dîner sera servi dans dix minutes, annonça-t-elle gaiement.

— Cela nous laisse juste assez de temps, dit Michael en s'adressant à l'assemblée. Vous vous demandez certainement pourquoi je vous ai fait venir ici ce soir, ajouta-t-il, en dévisageant tour à tour ses invités.

C'est alors que la pièce fut plongée dans le noir le plus complet. Des verres se brisèrent, des cris fusèrent. Lorsque la lumière revint, tous tremblaient, les yeux fixés sur le corps de Pandora, allongée face contre terre, un coupe-papier ensanglanté à ses côtés. En moins d'une seconde, et avant que quiconque ait pu réagir, Michael était près d'elle. Dans un silence de mort, il la prit dans ses bras et disparut avec elle. Lorsqu'il revint, plusieurs minutes après, il était seul. Il épingla de son regard dur chaque visage présent.

— Elle est morte, annonça-t-il.

— Comment ça, elle est morte ? s'écria Carlson en se frayant un chemin jusqu'à Michael. A quel nouveau jeu êtes-vous en train de jouer ? Je veux voir Pandora.

— Personne ne s'approchera d'elle, riposta Michael d'une voix menaçante en lui barrant le chemin. Personne ne l'approchera, répéta-t-il, ni ne quittera cette pièce avant l'arrivée de la police.

— La police !

Pâle et tremblant, Carlson jeta un regard paniqué autour de lui.

— Il n'en est pas question ! Nous allons nous débrouiller sans elle. Je suis sûr que Pandora n'est qu'évanouie.

— Et ce sang partout ? interrogea Michael en désignant l'arme du crime.

— Non ! hurla Meg qui craqua la première. Personne ne devait être blessé. On devait juste vous faire peur. Hank, gémit-elle en se blottissant contre son mari, ça ne devait pas se passer comme ça.

— C'est vrai, murmura-t-il. Nous voulions juste vous jouer un sale tour.

— Nous tuer, tu appelles ça un sale tour ?

— Nous n'avons jamais..., balbutia-t-il, choqué, serrant sa femme aussi fort qu'elle le serrait. Pas un meurtre, non !

— J'imagine que tu ne veux pas non plus boire de champagne, n'est-ce pas, Hank ?

— Je leur avais dit d'arrêter, hoqueta Meg. J'ai même téléphoné à Pandora pour la prévenir. Je savais bien que c'était une folie mais nous avions besoin d'argent. Nous pensions qu'en vous montant l'un contre l'autre, vous finiriez par craquer et par rompre les termes du contrat. Mais je te jure que c'est tout ! J'ai aidé Hank à faire le guet dans la cabane et c'est lui qui est allé saccager l'atelier de Pandora. Nous voulions faire croire que c'était toi.

— Elle ne l'aurait jamais cru, intervint Ginger, les joues ruisselantes de larmes. Tout cela était si... excitant !

Perplexe, Michael fixa sa si jolie cousine.

— Alors, toi aussi, tu étais dans le coup ?

— En réalité, je n'ai pas fait grand-chose. Mais lorsque tante Patience m'a expliqué...

— Patience !

Mais Michael, qui n'en croyait déjà pas ses oreilles, n'était pas au bout de ses surprises.

— Monroe méritait sa part, commenta la vieille femme en joignant les mains comme en prière.

Son regard de fouine balaya la pièce, évitant soigneusement le coupe-papier couvert de sang. Elle avait la certitude d'avoir bien fait.

— Nous voulions que l'un de vous s'en aille, plaida-t-elle. Et tout serait rentré dans l'ordre.

Puis, se tournant vers Carlson, elle ajouta :

— C'était son idée.

— C'est tout de même le monde à l'envers, tonna Carlson en essuyant son front ruisselant de sueur. Ces avocats ! Tous des incapables ! Ils n'ont même pas été fichus de trouver une solution. Ce sont eux qui m'ont poussé à vouloir protéger mes droits.

— En voulant nous assassiner ?

— Ne sois pas ridicule ! dit-il en retrouvant sa suffisance coutumière. Le plan visait juste à vous faire quitter la maison. Je n'ai fait qu'enfermer Pandora dans le cellier. Lorsque j'ai entendu parler du champagne, j'ai eu quelques doutes mais après tout, vous n'en êtes pas morts !

C'était le moment qu'attendait Michael.

— Qui l'a envoyé ?

— C'est Biff, répondit Meg. Mais il avait promis que les choses se passeraient bien.

Résigné, Biff haussa négligemment les épaules.

— Ce n'était que justice, cousin. Tout le monde a trempé dans cette affaire, mais moi, je n'ai pas de sang sur les mains.

Michael fit un pas dans sa direction.

— C'est toi aussi qui as trafiqué ma voiture ? Après tout, ce n'est un secret pour personne que tu me détestes.

— Nous sommes tous responsables, éluda-t-il, mais je ne suis pour rien dans le meurtre de Pandora.

Sa respiration s'accéléra, des gouttes de sueur perlèrent à son front, tandis qu'il s'adressait à l'assemblée.

— C'est évident, quelqu'un a paniqué ce soir, mais ce n'est pas moi.

— Lorsque quelqu'un a fait une tentative, il est facile d'imaginer qu'il puisse recommencer.

— Tu ne pourras rien prouver. N'importe qui dans cette pièce aurait pu saboter les freins de ta voiture. Tu n'as aucune preuve contre moi.

— Je n'en ai pas besoin.

D'un mouvement leste, il envoya son poing dans le visage de Biff. Il le rattrapa de justesse par le col et lui dit d'une voix menaçante :

— Comment sais-tu que ce sont les freins ?

Sentant le piège se refermer sur lui, Biff tenta d'échapper à Michael. Les deux hommes roulèrent au sol, chacun luttant pour prendre le dessus. Sur leur passage, une lampe Tiffany explosa en une myriade de couleurs, une table se renversa.

L'assistance, impuissante, sous le choc, reculait machinalement pour leur céder la place.

C'est alors que la voix de Pandora s'éleva, irréelle. Tel un fantôme, la jeune femme fit son apparition.

— Michael, je crois que cela suffit. Nous avons de la compagnie.

Pantelant, Michael se releva, entraînant Biff à sa suite.

Charles choisit ce moment pour faire son entrée, annonçant avec toute la dignité exigée par sa fonction :

— Le dîner est servi.

Deux heures plus tard, Pandora et Michael se partageaient le festin dans la bibliothèque.

— Je ne pensais pas que ça marcherait, commenta Pandora la bouche pleine. Le lieutenant Randall n'avait pas l'air satisfait, lui.

— C'est normal. Il aurait aimé conclure l'enquête à sa façon. Ses soupçons se portaient déjà sur Biff, ce n'était plus qu'une question de jours.

— Peux-tu imaginer à quel point il est difficile de jouer les mortes ? demanda-t-elle soudain en se massant la nuque.

Michael se pencha vers elle pour l'embrasser.

— Tu as été formidable. Une véritable star !

— Que va-t-il se passer maintenant ?

— Oh, je crois que mon cher cousin n'est pas près de reporter des costumes de chez Brooks Brothers. Il va devoir s'habituer à l'uniforme des prisonniers.

— Quand je pense que tu l'as gratifié d'un nouvel œil au beurre noir ! ricana Pandora.

Michael vida sa coupe d'un trait en souriant à ce souvenir.

— Voilà, nous n'avons plus qu'à passer tranquillement les deux semaines restantes.

— Alors, c'est fini.

Michael prit la main de la jeune femme entre les siennes avant qu'elle ne se lève.

— Non, ça ne fait que commencer, dit-il en la

renversant sur les coussins. Dis-moi, combien de temps cela fait-il ?

Pandora lutta pour cacher le trouble qui l'envahissait.

— De quoi parles-tu ? éluda-t-elle.

— Depuis combien de temps es-tu amoureuse de moi ?

— Si tu crois que je vais m'abaisser à flatter ton ego…, riposta la jeune femme, néanmoins dépitée qu'il s'écarte d'elle.

— Parfait, alors c'est moi qui vais commencer. Je crois que je suis tombé amoureux de toi à ton retour des îles Canaries, lorsque je t'ai vue entrer dans le salon. Tu étais toute en jambes et tu m'as regardé d'un air dédaigneux. A partir de ce jour-là, je n'ai plus été le même.

— J'en ai assez de ce petit jeu, Michael ! protesta Pandora en se raidissant.

Michael lui caressa tendrement la joue.

— Moi aussi. Tu as dit que tu m'aimais, Pandora.

— Je l'ai dit sous le coup de la pression.

— Alors, je vais être obligé de maintenir cette pression parce que je n'ai pas l'intention de te laisser m'échapper. Que dirais-tu de m'épouser ?

— Quoi ?

— Oui, nous pourrions nous marier ici, dans cette bibliothèque.

— Je ne vois pas de quoi tu veux parler.

— C'est très simple. Tu m'aimes, je t'aime.

— Justement, ça n'est pas aussi simple, parvint-elle enfin à avouer. Je n'ai été pour toi qu'une liaison confortable, mais dès que tu retrouveras tes danseuses blondes et tes starlettes, tu…

— Quelles danseuses blondes ? Je ne supporte pas les blondes !

— Michael, je n'ai pas envie de plaisanter !

— Je ne plaisante pas. Je te verrais très bien dans une robe blanche, avec un voile en dentelle. Oui, un voile t'irait très bien. Il y aurait des fleurs partout, ce serait une cérémonie de mariage traditionnelle. Ensuite, nous nous installerions à « La Folie », chacun poursuivant sa carrière. Dans un an, deux tout au plus, nous donnerions à Charles et à Sweeney notre enfant à garder.

Il s'interrompit pour lui mordiller gentiment l'oreille.

— Michael, commença Pandora, la vie n'est pas un de tes scénarios.

— Je suis fou de toi, Pandora. Regarde-moi.

Il releva son menton et la fixa d'un regard pénétrant.

— En tant qu'artiste, tu devrais être capable de voir au-delà des apparences. Ça devrait être d'autant plus facile que tu m'as toujours reproché d'être superficiel.

Pandora voulait y croire. Son cœur bondissait dans sa poitrine comme un oiseau en cage.

— J'avais tort. Michael, si tu joues avec moi, je te tuerai de mes propres mains.

— Les jeux sont faits désormais. Je t'aime, c'est aussi simple que ça.

— Simple, murmura la jeune femme, songeuse. Tu veux vraiment m'épouser ?

— Oui, vivre avec toi est si facile !

Pandora était tiraillée entre l'envie de rire et de pleurer.

— Facile ?

— Absolument.

Il l'allongea sur le canapé, son corps plaqué contre le

sien. Lorsqu'il prit ses lèvres, il le fit sans patience, sans douceur. Pour la première fois, il sentit que Pandora s'abandonnait corps et âme. Peut-être avait-il raison, songeait-elle. Peut-être était-ce facile, après tout.

— Je t'aime, Michael.

— Nous allons nous marier.

— C'est ce qu'il nous reste de mieux à faire.

— Mais je te préviens, je vais te mener la vie dure, plaisanta-t-il d'une voix faussement grave. Ce sera le prix à payer pour vivre avec une femme aussi exaspérante que toi. Nous sommes-nous bien compris ?

Un sourire radieux vint fleurir sur les lèvres de Pandora.

— Comme toujours.

Michael embrassa son front, le bout de son nez, sa bouche.

— Lui aussi, il nous comprend, dit-il en désignant d'un signe de tête le portrait de Jolley.

— Finalement il aura réussi à nous mener là où il le voulait. J'imagine qu'il doit bien rire de là-haut.

Un voile de tristesse assombrit le regard de la jeune femme.

— J'aurais tant aimé qu'il soit là pour notre mariage !

— Qui te dit qu'il ne sera pas là ?

Ils reprirent tous deux leur coupe de champagne et trinquèrent en l'honneur du vieil homme.

— A la mémoire de Maximilian Jolley McVie.

— A oncle Jolley.

Pandora choqua son verre contre celui de Michael.

— Et à nous.

Dès le 1er décembre, 4 romans à découvrir dans la

collection NORA ROBERTS

Les héritiers ennemis

Shelby Campbell a beau être fille de sénateur et habiter Washington depuis toujours, elle refuse d'entendre parler de politique, responsable à ses yeux du drame qui lui a volé, alors qu'elle était enfant, son père qu'elle adorait et qu'elle pensait invulnérable. Mais lorsqu'à l'occasion d'un cocktail, elle fait la connaissance d'Alan MacGregor, jeune et brillant sénateur du Massachusetts, Shelby comprend tout de suite qu'il va lui falloir toute sa volonté pour lutter contre le désir fou, violent, délicieux, que l'héritier des MacGregor lui inspire. Car si elle cède, elle pressent qu'elle ne tardera pas à tomber amoureuse, et qu'elle devra alors affronter l'angoisse de perdre, une fois de plus, ce qu'elle a de plus cher…

Le rendez-vous des amants

B.J. est aux anges. Avec l'arrivée du printemps, la saison battra bientôt son plein sur les rives du lac Champlain, et Lakeside Inn, la vieille auberge pleine de charme dont elle s'occupe, accueillera bientôt des clients amoureux comme elle de la Nouvelle-Angleterre et de ses splendides paysages. Mais l'arrivée de Taylor Reynolds transforme très vite cette joie en colère. Car le nouveau propriétaire des lieux se conduit en despote et prétend lui réapprendre son métier. Et sa colère ne fait que croître lorsqu'elle apprend qu'il compte transformer le petit hôtel qu'elle aime tant en luxueux centre de vacances ! Afin de préserver Lakeside Inn, et de protéger le personnel chaleureux qui y travaille, B.J. est prête à tenir tête à cet homme arrogant. Même si, en secret, elle ressent en sa présence un trouble qui la déstabilise profondément…

collection NORA ROBERTS

Le souffle du danger

En séjournant au château des Fairchild, Adam Haines pensait mener une enquête discrète sur le maître des lieux, un peintre célèbre soupçonné de faux. Certainement pas à tomber sous le charme de Kirby, sa fille, une artiste talentueuse, belle et flamboyante… Très vite, Adam comprend que sa situation va devenir très difficile. Pas seulement à cause des indices inquiétants qui incriminent chaque jour un peu plus Philip Fairchild, son hôte, mais aussi parce que l'aventure sans lendemain qu'il imaginait avec Kirby se transforme rapidement en une véritable passion. Une passion qui pourrait bien compromettre son enquête et attirer sur lui le souffle du danger…

Un Noël dans les Catskills

A la mort de son oncle, Pandora apprend, stupéfaite, qu'elle hérite de la fortune du vieil homme, ainsi que de sa maison des Catskills. A une condition : qu'elle y habite durant six mois avec Michael Donahue, un homme qui l'a toujours horripilée par son arrogance, mais pour lequel son oncle avait une grande estime. D'abord réticente, Pandora finit par accepter, au nom de l'affection qu'elle vouait à son oncle, et par attachement à la demeure, qui abrite ses plus beaux souvenirs d'enfance. Et, alors que la neige isole peu à peu la demeure des Catskills du reste du monde, et que Noël approche, Pandora se promet de tout faire pour que cette cohabitation forcée se passe au mieux. Même si Michael, toujours aussi insupportable —, et toujours aussi séduisant — la trouble beaucoup trop à son goût…

BestSellers

A paraître le 1er novembre

Best-Sellers n°486 • suspense

Un mystère à Black Falls - Carla Neggers

La petite ville de Black Falls, dans le Vermont, semble bien paisible sous son rideau de neige… jusqu'à ce que Rose Cameron, experte en sauvetages d'urgence, découvre un corps carbonisé, presque méconnaissable. Presque… car Rose est sûre de savoir de qui il s'agit, et elle est convaincue que cette mort n'a rien d'un accident. D'autant que Nick Martini, un pompier expérimenté qui est venu la trouver, soupçonne lui aussi l'intervention d'un pyromane. Nick, un homme séduisant qu'elle n'avait jamais revu depuis la nuit de passion qu'ils ont partagée l'année précédente. Bouleversée par ces retrouvailles mais décidée à faire le jour au plus vite sur cette sombre affaire, Rose met de côté ses sentiments et accepte de collaborer avec Nick pour traquer un dangereux criminel – au risque de se retrouver prisonnière d'un piège de feu.

Best-Sellers n°487 • suspense

Mémoire à vif - Brenda Novak

De retour dans le Tennessee à Whiterock, sa ville natale, après douze années d'absence, Sheridan Kohl redoute de voir son passé refaire surface, et avec lui les terribles souvenirs qui ont bouleversé sa vie. Et même si elle a peu à peu reconstruit son existence autour de l'association d'aide aux victimes qu'elle a créée en Californie avec deux amies, elle sait que seule la vérité sur son agression et sur le meurtre dont elle a été le témoin adolescente pourra la libérer des cauchemars qui hantent ses nuits. Mais à peine arrivée, Sheridan est à nouveau victime d'une agression et ne doit la vie sauve qu'à l'intervention de Cain Granger, son amour de jeunesse. Cain, un mauvais garçon au charme ravageur que toute la petite communauté de Whiterock soupçonne encore d'être l'auteur du crime que Sheridan est venue résoudre.

Best-Sellers n°488 • suspense

Menacée - Karen Harper

Lorsqu'elle se rend dans un coin perdu de l'Alaska pour un stage professionnel, l'avocate Lisa Vaughn espère profiter pleinement de ces quelques jours en pleine nature. Pourtant, dès son arrivée, une étrange impression d'être épiée la met mal à l'aise. Un malaise qui se transforme en panique lorsque Lisa est précipitée dans les eaux tumultueuses et glacées du torrent Wild. Un torrent dont elle ne serait jamais sortie vivante si Mitch Braxton ne s'était embarqué en kayak dans une course folle sur les rapides pour la sauver. Mitch, le directeur du stage, mais aussi et surtout son ancien fiancé, cet homme qui lui a déchiré le cœur en partant vivre loin d'elle plusieurs années auparavant. Bouleversée et désorientée, Lisa accepte la proposition de Mitch de veiller sur elle et de l'aider à enquêter. S'agit-il d'un simple accident, d'une menace ? Ou, aussi incroyable que cela puisse paraître, quelqu'un souhaite-t-il réellement la tuer ?

Best-Sellers n°489

Magie d'hiver

Les cinq histoires réunies dans ce livre explorent la magie d'un hiver de givre où la douceur ouatée de la neige et la chaleur réconfortante des feux de bois accompagnent toutes les promesses d'amour… Amour impossible d'Alanna qui, le soir de Noël, ne peut pas accepter la demande en mariage de Ian alors qu'il va bientôt devoir partir. Amour renaissant de Noelle et Thom, séparés depuis dix ans, qui se retrouvent au moment des fêtes de fin d'année. Amour passionné d'Elaine et Tony qui, depuis leur adolescence, se donnent rendez-vous à chaque veille de Noël. Jusqu'au jour où Elaine attend Tony en vain… Amour fou et imprévu de Devin pour Robin et le bébé qu'elle met au monde un soir de tempête. Un amour qui fait naître en lui le désir d'une vraie famille. Amour absolu d'Amy qui rêve pour ses enfants du plus merveilleux des réveillons de Noël. Autant de rencontres imprévues, de brûlantes étreintes, de retrouvailles bouleversantes et de tendres réconciliations…

Best-Sellers n°490 • suspense

L'île des disparues - Heather Graham

Quand Chloé Marin, jeune et talentueuse psychologue, collabore à une enquête de police sur la mystérieuse disparition d'un jeune mannequin sur une petite île de Floride, elle ne s'attend pas à voir son propre passé ressurgir. Et surtout pas ces meurtres terribles qui l'ont brisée lorsqu'elle était adolescente et qu'elle a essayé d'enfouir au plus profond de sa mémoire. Pourtant, à peine démarre-t-elle ses recherches que des crimes sont commis et lui rappellent le drame dont elle a été témoin dix ans plus tôt. Mais le plus perturbant, ce sont encore ces visions qui s'emparent de son esprit. Des visions incroyablement réalistes de la jeune femme disparue implorant son aide. Dès lors Chloé n'a plus le choix. Prête à tout pour faire la lumière sur cette affaire, elle s'associe à Luke Cane – un détective privé secret et mystérieux à qui elle a rapidement accordé sa confiance. Mais elle ne sait pas encore à quel point sa protection lui sera précieuse. Ni qu'elle est désormais la cible d'un tueur implacable. Un tueur qui n'est jamais loin …

Best-Sellers n°491 • thriller

Le silence de la peur - Karen Rose

Son projet était désespéré. Mais Mary Grace Winters savait que la seule manière pour elle et pour son fils d'échapper à son mari, un policier violent qui les maltraitait, était de mettre en scène leur propre mort…

Aujourd'hui, tout ce qu'il reste de leur ancienne vie gît au fond d'un lac. Sous une nouvelle identité, Mary Grace a trouvé refuge avec son petit Tom à Chicago, loin de sa ville natale. Et sous le nom de Caroline Stewart, elle a presque oublié le cauchemar qu'elle a fui sept ans auparavant, au point de se laisser aller à une relation amoureuse avec son nouveau collègue, Max Hunter. Max, un homme qui est lui aussi hanté par d'anciennes et profondes blessures, et qui lui a spontanément inspiré confiance. Pourtant, elle l'ignore encore, son passé est sur le point de ressurgir et de faire voler en éclats la vie paisible qu'elle s'est construite. Car son mari a retrouvé sa trace et celle de son fils. Pas à pas, il se rapproche…

Best-Sellers n°492 • historique
Innocente trahison - Kat Martin

Angleterre, 1854.
Depuis qu'ils l'ont recueillie chez eux après la mort de ses parents, Lily Moran voue une loyauté sans faille aux Caulfield, et surtout à leur fille Jocelyn dont elle est devenue la dame de compagnie. Une loyauté qui est mise à rude épreuve lorsqu'elle rencontre Royal Dewar, duc de Bransford, auquel Jocelyn est promise depuis des années. Car si Lily sait que cet homme ne lui appartient pas, elle ne peut ignorer l'intense désir qui s'installe entre eux dès les premiers instants. Et bientôt, incapable de résister à la tentation, Lily s'abandonne entre les bras du duc pour un baiser d'une incroyable sensualité.
Pourtant, elle le sait, Royal n'a rien de plus à lui offrir que ces quelques instants de plaisir volés. N'a-t-il pas promis à son père qu'il épouserait Jocelyn, ainsi que sa fortune, pour restituer son prestige au duché de Bransford ? Alors, déterminée à mettre un terme à ce vain jeu de séduction, Lily fait tout pour éviter le fascinant Royal. Jusqu'à ce que le destin les pousse à commettre l'irréparable…

Best-Sellers n°493 • suspense
Tensions - Francis Roe
Pour la première fois depuis le début de sa brillante carrière de chirurgien à New Coventry, le docteur Caleb Winter est confronté à un terrible cas de conscience : afin de sauver la vie de sa patiente, Céline de la Roche, il devrait normalement pratiquer une intervention classique et en accepter les effets secondaires indésirables. Et pourtant, cette fois, il se sent prêt à risquer sa carrière et sa réputation pour tenter une « première » médicale en pratiquant sur elle une greffe très risquée. Caleb a en effet des raisons personnelles de vouloir tenter le tout pour le tout. Et même si son devoir de médecin lui impose la plus stricte neutralité, il sent bien que son jugement est altéré par l'irrépressible attirance qu'il éprouve pour Céline. Car sa patiente – une femme de pouvoir qui dirige une maison d'édition new-yorkaise -, est jeune, belle et intelligente. Fragile aussi. Une fragilité qui fait écho à sa propre solitude dans un monde hospitalier fait de rivalités et de querelles de pouvoir, où Caleb suscite de terribles jalousies. Mais peut-il vraiment se lancer dans une lutte sans merci pour Céline… au risque de tout perdre ?

Composé et édité par les
éditions HARLEQUIN

Achevé d'imprimer en France (Malesherbes)
par Maury-Imprimeur
en novembre 2011

Dépôt légal en décembre 2011
N° d'imprimeur : 168057